伊坂幸太郎
Kotaro Isaka 0
死神の精度
ACCURACY OF DEATH
死神的精確度
伊坂幸太郎——著
葉帆——譯

目錄

作者序

關於《死神的精確度》與《死神的浮力》

伊坂幸太郎

《死神的精確度》原本只是一則短篇作品。當初雜誌向我邀稿時，我想寫的是完全不同的故事（一個高中生有四個父親的奇妙家庭），但內容愈寫愈多，遠遠超出雜誌所需的篇幅（後來成為長篇小說《OH! FATHER》）。總之，我陷入「得趕緊再寫出一則短篇」的窘境，加上距離和編輯約定的交稿日僅剩一星期，只好拚命構思。我記得很清楚，那是在假日的星巴克裡，我坐在喝著咖啡的妻子面前，絞盡腦汁思考，腦袋忽然迸出「死神站在唱片行試聽音樂」的情景。

於是，〈死神的精確度〉就這麼誕生了。我接著又想，要是讓千葉在各種不同類型的電影中登場，一定很有意思，例如「黑道電影」、「本格推理式的暴風雪山莊」、「戀愛電影」等等。在大家熟悉的電影故事模式裡，加入死神千葉這個調味料，或許就能變成只屬於我的奇妙故事。責任編輯大表贊同，所以我共寫了六則短篇，最後集結成書。

雖然相當喜愛千葉這個角色，但我認爲繼續寫短篇只是舊酒裝新瓶，沒打算延伸成系列作品。不過，我同時也想，還沒嘗試讓千葉出現在長篇故事中，倘若眞的要寫，我會挑戰長篇故事。之後，這個念頭便化爲《死神的浮力》。

寫《死神的精確度》時，我才三十幾歲，也沒有小孩，感覺「死亡」有些遙遠。我只是就事論事，認爲有生必有死，沒必要太嚴肅看待「死亡」。因此，千葉總是維持冷靜的態度。然而，寫《死神的浮力》時，我突然察覺死亡近在咫尺。一想到自己或最珍愛的人總有一天會面臨死亡，就害怕得不得了，或許有人會笑我後知後覺吧。撰寫千葉的故事的過程中，我滿腦子都在思索如何才能消除對死亡的恐懼。當然，我始終沒找到答案。這樣的心情，我相信已全部融入《死神的浮力》。另一方面，爲了創造出足夠的娛樂效果，我也穿插各式各樣有趣的點子。

值得一提的是，《死神的浮力》在日本出版不久，連大眾的評價如何都不清楚，我便飛往台灣，與台灣的讀者見面。由於這樣的機緣，每當我想起這部作品，便會伴隨著在台灣點點滴滴的回憶。

台灣的讀者若能喜歡這部作品，將是我最大的榮幸。

導讀

奇想・天才・傳說

張筱森

雖然是篇談論伊坂幸太郎的文章，不過請先讓我稍微離題談一下二〇〇六年的第一百三十四屆直木獎。這屆的大事當然是東野圭吾在五度鎩羽而歸之後，終於以《嫌疑犯X的獻身》獲獎；可說是了卻他一樁心願，也替其出道二十年錦上添花一番。東野連續五度提名五度落選的事蹟，讓日本大眾文壇和讀者之間開始悄悄地流傳著一個聽來有點辛酸的名詞「東野圭吾路線」，意指不斷被提名、不斷落選，然後過了該得直木獎年紀的作家。而東野總算在第六次的提名擺脫了這個看似不太名譽，不過差一步就會變成傳說的不幸陰影。但是在東野終於獲獎的這樣可喜可賀的事實背後，其實也存在著一名極為有力的「東野圭吾路線」候選人，那就是本文主角——伊坂幸太郎。

伊坂幸太郎，一九七一年出生於千葉，畢業於位在仙台的東北大學法學部。小學時和一般小孩一樣閱讀各式各樣的兒童讀物，年紀稍長之後開始看當時流行的國產娛樂小說，如：

都築道夫、夢枕獏、平井正和等人的作品，高中時因爲看了島田莊司的《北方夕鶴2/3殺人》後，成了島田書迷。而在高中時，因爲一本名爲《何謂繪畫》的美術評論集，啓發伊坂認爲能使用想像力生存是件非常幸福的事情，而小說恰好可以一人獨立從頭開始，自己應該也辦得到；因此他決定在進入大學之後開始創作，再加上喜愛島田的作品，便選擇了寫推理小說。進入大學之後則開始閱讀純文學，尤其喜愛諾貝爾文學獎得主大江健三郎的作品。

也因爲他將對運用想像力的憧憬著力於小說創作上，於是各項具有想像力的元素都漂浮在其作品中，如法國藝術電影、音樂、繪畫、建築設計等等，使得讀者在閱讀推理小說的同時，也彷彿看了一場交織著奇異幻境寓言、生命哲思與青春況味的文藝表演。

巧妙地融合脫離現實生活的特殊經歷以及不可思議的冒險活動，一向是伊坂作品的創作主軸，這種奇妙組合，正是伊坂風靡了無數熱愛文學藝術的青年讀者的重要原因。

這樣的他，在一九九六年曾經以《礙眼的壞蛋們》獲得山多利推理小說大獎佳作，不過一直要到二〇〇〇年以《奧杜邦的祈禱》獲得第五屆新潮推理小說俱樂部獎後，才正式踏上文壇。奇特的故事風格、明朗輕快的筆觸，讓他迅速獲得評論家和讀者的熱烈歡迎，不光是在年度推理小說排行榜上大有斬獲。二〇〇三年以《家鴨與野鴨的投幣式置物櫃》拿下吉川英治文學新人獎，二〇〇四年則以《死神的精確度》獲得日本推理作家協會短篇部門獎，更在二〇〇三到二〇〇六年間以《重力小丑》、《孩子們》、《死神的精確度》、《沙漠》四度獲得直木獎提名，可以看出日本文壇對他的期待和重視。

伊坂到二〇〇六年爲止總共發表了八部長篇、四部短篇連作集和一篇短篇愛情小說。因爲喜歡島田，而決定創作推理小說的伊坂，打從一出道就以推理小說新人獎得獎作《奧杜邦的祈禱》獲得各方注意；然而《奧杜邦的祈禱》卻長得一點都不像讀者們所熟悉的推理小說模樣。伊坂曾經說過，「寫作的時候，我並不喜歡描寫眞實的現實生活，而是想寫十分荒唐無稽的故事。」《奧杜邦的祈禱》正是這樣特殊，有著前所未有的奇特設定的一部作品。一個因爲一時無聊跑去搶便利商店的年輕人伊藤，意外來到一座和日本本土隔絕一百五十年的孤島，孤島上有個會說話、會預言未來的稻草人優午。優午告訴伊藤，自己已經等了他一百五十年，而伊藤這個外來者將會帶來島上的人所欠缺的東西。留下這般謎樣話語之後，優午就死了，而且還是身首異處、死得相當悽慘。這短短幾句描寫，就能夠看出伊坂作品最顯而易見的特殊之處：「嶄新的發想」，我想很難有讀者在看了這樣奇異至極的開頭，而不繼續往下翻去，畢竟「會講話的稻草人謀殺案」實在太過特殊。而這種異想天開、奇特的發想，就成了伊坂作品中一個非常重要而且難以模仿的特色，在他往後的作品當中都可以看到這樣的特色，以死神爲主角的《死神的精確度》便是個好例子。

然而空有奇特的發想，沒有優秀的寫作能力也無法讓伊坂獲得現在的地位。第二作《Lush Life》便是讓讀者更認識伊坂深厚筆力的作品，畫家、小偷、失業者、學生、神、心理諮商師等等眾多人物各自在五個故事線中登場、彼此的人生互相交錯。如何將這五條線各自寫得精采絕倫，而在彼此交錯時又不落入混亂龐雜的境地，最後將所有故事線收束於一個點上。伊坂在敘事文脈構成上展現了高超的操控能力，就像不斷地在本作出現的艾雪的畫一般地令人目眩神迷。複雜的敘事方式中包含著精巧縝密的伏線，並且前後呼應，而此極爲高明的寫作方式，在第四作《重力小丑》、第五作《家鴨與野鴨的投幣式置物櫃》中也明顯可見。

筆者和大部分的台灣讀者一樣對伊坂最早的認識來自於《重力小丑》一作，對於本作中那幾乎只能以毫無章法來形容、或者可說是某種文字遊戲的章節名稱印象深刻。但在閱讀了伊坂的其他作品之後，便能夠理解日本文藝評論家吉野仁所指出的伊坂作品的一種極爲另類的魅力來源——「將毫無關聯的事物組合在一起」，像是「鴨子」和「投幣式置物櫃」明明是毫無關聯的東西，卻成了小說。或是書名爲《蚱蜢》內容卻是殺手的故事，這樣的奇妙組合讓伊坂的作品乍看書名就能吸引讀者的目光一探究竟。而更引人注意的是，這樣看似胡鬧的作法，也散見於每部作品的內容和登場人物的言行之中。在《家鴨與野鴨的投幣式置物櫃》中，主角的鄰居甫一登場就邀他一起去搶書店，而目標僅僅是一本《廣辭苑》!?在《重力小丑》中，春劈頭就叫哥哥泉水一起去揍人。然而在這些登場人物的異常行動，或是令人不由得笑出聲來的詞句背後，其實隱藏著各種人性的黑暗面。《奧杜邦的祈禱》中，仙台的惡劣警察城山毫無理由的殘虐行徑、《重力小丑》中的強暴事件、《魔王》中甚至讓這樣的黑暗面以法西斯主義的樣貌出現。伊坂總以十分明朗、輕快並且淡薄的筆觸，描寫人生很多時候總會碰上的毫無來由的暴力。如此高度的反差，點出了一個伊坂作品世界中的重要價值觀——在面對突如其來的暴力時，該如何自處？該怎麼找出最不會令自己後悔的生存方式？

如果將毫無理由的暴力推到最極致，莫過於「死亡」了，只要是人，難免一死，那麼人類該怎麼和終將來臨的死亡相處？從《奧杜邦的祈禱》中的稻草人謀殺案起，這個問題意識就一直在伊坂作品的底層流動，筆者想隨著此次伊坂作品集出版，讀者在全部讀過一遍之後，應該也都能得出屬於自己的答案。

而在熟讀伊坂作品之後，讀者便會發現伊坂習慣讓他筆下所有人物產生關聯，先出現的人物一定會在之後的作品登場。像是深受台灣讀者喜愛的《重力小丑》兩兄弟，也會在之後的某部作品中出現，這樣的驚喜也十足地展現了伊坂旺盛的服務精神。

在文章開頭提到伊坂是極有力「東野圭吾路線」候選人，如實地反應出日本讀者和評論家對於伊坂遲遲不能獲獎的難以理解。但是筆者忍不住想，就這樣成為直木獎史上的傳說，似乎無損於伊坂的成就。畢竟就像日本推理天后宮部美幸說的：「伊坂幸太郎是天才，他將會改變日本文學的面貌。」做為一名讀者，能夠和一位不斷替我們帶來全新小說的天才作家相遇，就是一種十足的幸福。

作者介紹

張筱森，推理小說愛好者，推理文學研究會（ＭＬＲ）成員。結束了日本囤積推理小說的留學生涯後，回到台灣繼續囤積。

死神的精確度

Accuracy of Death

1

很久以前，曾經有理髮店老闆告訴我，說他對頭髮沒啥興趣。「不就是用把剪刀剪下客人的頭髮嘛。從早上店門一開，到晚上關起店門為止，連個休息時間都沒有，就這麼一直卡嚓卡嚓地剪。當然囉，看到客人的頭逐漸變得清爽起來，感覺是還不錯啦，可是那並不是因為我喜歡頭髮才有這種感覺喔。」

五天後，那個老闆在街上被瘋子刺中腹部死了。當然說這段話的當下，他根本毫無警覺自己的死期將近，所以聲音中滿是快活且朝氣十足。

「如果真是這樣，那你幹嘛還當理髮師啊？」我隨即反問他。他臉上帶著苦笑這麼答道。

「因為那是工作。」

沒錯！跟我的想法相同，說得誇張點，就是跟我的處世哲學一致。

我對於人類的死亡根本毫無興致。無論是年輕總統在時速十一英哩的遊行專用車上被狙擊，或是某地方的少年跟愛犬一塊兒凍死在法蘭德斯大畫家魯本斯的畫前，我一點都不在意。

說到這裡，我記得剛才那位理髮店老闆也曾提過「怕死」之類的話。當時我針對這句話問他：「你還記得出生前的事嗎？」、「出生之前，你覺得害怕嗎？會痛嗎？」

「不會。」

「死亡不也就是那回事兒嘛，只是回復到你出生前的狀態罷了，根本沒啥恐怖，也不會感到痛楚。」

人死亡本身毫無意義，也不具任何價值。如果逆向思考，也就是說每個人的死亡其實是等同的價值。那也正是我之所以不對任何人、任何時間的死亡感到興趣的緣由所在。話雖如此，今天暫且撇開我有無興趣，還是得專程趕往某地，確認某人死亡的相關事宜。

為什麼？因為那是我的職責所在。正如理髮店老闆所言。

我來到一棟大樓前方，此地離車站約一百公尺遠，是棟二十層樓高的電機廠商的辦公大樓。大樓牆壁閃閃發亮，對面天橋及大樓的緊急逃生梯皆清楚地倒映其上。我站在正門入口旁邊，無聊玩弄著摺好的傘。

頭頂上那一大片沉甸甸的烏雲，鼓脹得像是發達的肌肉，雨水筆直地灑落，縱使雨勢不強，卻讓人感覺這場霪雨將會頑強地繼續，永無停歇的一刻。

無論我何時開始工作，天候總是欠佳。我一度懷疑，或許只是因為「經手死亡」是我的工作，才會老是碰上壞天氣吧？但當我聽聞其他同事描述的經歷，卻似乎從未遇到類似像我這樣的狀況；這一切應該只是巧合吧。儘管明知當我說出「我在執勤時從未碰過晴天」之類的話時，別說是人類，就連我那些同事也對我投以無法置信的目光，但事實就是事實，我也無計可施。

我瞧了瞧時鐘，現在已經是十八點過三十分，根據我從情報部取得的行程表看來，也該是我現身的時刻。心裡剛這麼想著，正巧就看到她從自動門裡走出來，我便開始進行跟蹤她的任務。

她手裡撐著透明的塑膠傘，走路的樣子看上去相當陰沉，儘管她身材高䠷、體態適中，不過值得讚美之處僅止於此。那女子不僅彎腰駝背、走路姿勢外八，再加上那副垂頭喪氣的樣子，整體給人的感覺比她實際的年齡二十二歲更顯得老成，此外她還將那頭烏黑的秀髮攏到腦後梳成包頭，這點也令人有種灰暗的印象。不知道該說是身心疲倦不堪、抑或是心中悲壯難抑，總覺得似乎有抹疲憊的影子籠罩著她整個頭部。不過看來像包裹在厚沉沉的鉛灰色中的她，恐怕不能只歸咎這場濡濕大地的雨吧！

我雖不認為她只要化了妝就會變得好看，但或許她本人也從未萌生過想要好好盛裝打扮的意念。甚至她此時身上的套裝，也跟名牌流行絕緣。

我邁開大步緊跟在她身後。前二十公尺處應該有個地下鐵的入口，只要在那裡跟她展開第一步接觸即可——上級這麼指示我的。

不拖泥帶水，把該做的工作迅速完成，這是我每次執勤的想法；做好分內當為之事，不涉入其他額外情事，是我一貫的作風。

2

等我踏進地鐵樓梯前的屋簷時，已經將傘摺好。摺傘之前，我用力甩了雨傘兩、三次，將雨水甩乾。

附著在雨傘上的泥水，順勢飛到站在我前方的那名女子背上。

我「啊！」地一聲，那片污漬比我想像中的還要大。

那女子滿臉疑惑地轉過身來，我立即低頭道歉。「真不好意思，我傘上的泥水濺到妳了！」

她隨即轉過頭，將自己身上的套裝瀟灑地拉開加以檢視一番。等她發現淺棕色的布料上確實沾著一處約五百圓硬幣大小的污泥時，她再次帶著詫異的目光望著我。

她似乎在生氣，不！她當然絕對有生氣的權利，只不過我發現在她臉上還帶著另一種困惑的神情。

就在她打算走下樓梯離去時，我連忙向前擋住她的去路。

「等等！我會替妳出洗衣費。」我提出這個建議。

雖然我還未詳細確認自己的外表，但是聽說我這次不僅是個對年輕美眉充滿吸引力的二十來歲俊俏青年，並且還足以與那些時尚雜誌上的男模匹敵。以上是我從情報部接收到的設定說明。為了調查方便，情報部會事先歸納一些方便辦事的角色，之後再決定我們的外貌跟年齡。

因此，我實在很難把眼前的狀況解釋成，全是因為我的外表使她對我產生厭惡感。果然還是我唐突提到錢，而讓她察覺情況有異吧。

當下她回應了，八成是「沒關係」、「不用了」之類的客套話。只是她說話的音量實在太小，多半只是在嘴裡嘟囔，所以我無法清楚她說話的內容為何。

「等一下！」我下意識差點想伸手抓住她的手腕，但在下一秒鐘及時收手。

因為我忘了戴手套。根據規定，我們禁止徒手觸碰人類身體！一旦徒手觸碰到人類，會使得他們立即陷入昏迷，而導致整個情況變得異常棘手。因此除了緊急狀況，這種行為是絕對禁止的。違令者必須強制接受一段期間的勞動服務以及講習課程。

縱使我覺得這些小地方的違規，就跟人類隨手亂丟煙蒂、闖紅燈等行為相同，根本毋需一一告誡，可是我還是不曾表達過。因為即使對於某些規定有微詞，該遵守的法規還是得確實遵守。

「弄髒妳身上那件看起來很貴的套裝，我無法置之不理。」

「你說的這件看起來很貴的衣服，上下加起來也不過一萬圓罷了。」從方才到現在，她終於發出能讓人聽清楚她說話的音量。「你這是在諷刺我吧？」

「可是，我真的看不出來那件套裝這麼便宜耶！」老實說，任誰都能一目瞭然。

「更何況，如果就這麼放著，髒污會變得更難處理。我想這樣物美價廉的套裝不容易到手吧？」

「不用了啦！只是一點小髒污而已。」她的聲音晦澀。「就算現在再多沾上一、二塊泥巴也不會有任何改變。」

說得沒錯！妳的人生並不會因為沾到這塊泥巴就產生任何改變，因為再過一個星期妳就要死了。我心裡這麼想著，但並沒有說出口。

「不行！不然這樣吧，為了表示歉意，讓我請妳吃頓飯如何？」

「啥？」她的表情彷彿是她從未聽過這句話似的。

「我聽說有家不錯的餐廳，可是一個人去總覺得怪怪的，不太敢進去。如果妳肯陪我一起去，那就太棒了！」

她張大眼睛瞪著我。是警戒心吧？人類的疑心病其實很重。他們非常害怕只有自己被當成白痴耍弄；可是也正因為如此，他們反而更容易被騙。關於這點我覺得他們實在是無藥可救，當然，我也無意拯救他們。

「其他人躲在什麼地方？」她語中帶刺地問。

「咦？」

「他們現在一定正躲在某處笑個不停吧？你們的樂趣就是看我被搭訕時的反應，對吧？」她一口氣說完這一堆話，可是聽在我耳裡卻像在唸經。

「搭訕？」我一臉錯愕。

「我雖然看起來不怎麼聰明伶俐，可是卻從來沒給誰添過麻煩！所以請你們別糾纏著我！」

說完，她隨即轉身離開。沒想到就在那一刻，我一時大意竟然伸手抓住她的肩膀。慘了！當我察覺之際，已經太遲了，只見她轉過臉來看著我。當時她心裡一定想著，我好像看到死神了，事實上，她的確看到了死神。她臉上血色盡失，全身虛脫無力、軟趴趴地坐在當場一動也不動。

這下可糟了！如今懊悔萬分也無濟於事，我只能暗自祈禱這一幕別被其他同事看到才好！

我隨即從口袋裡摸出手套默默地戴上，然後抱著昏厥在地的她站起身來。

3

「你真的……不是在整我？」坐在對面的她對我仍然半信半疑。

她說話的音量之小，實在很難讓人聽得清楚，因此我只得把耳朵湊上前去。此刻我們兩人正相對坐在一家俄羅斯餐廳的餐桌旁，當我好不容易把昏倒的她弄醒之後，便趁著她意識朦朧之際，半強迫式地把她帶到這家店裡。

「我真的不是在整妳！我只是想表達歉意而已。」

「是……」她抗拒的表情消失了，取而代之的是逐漸泛紅的雙頰。「是這樣嗎？」

「妳剛才突然昏倒，真嚇了我一跳！」老實說，我無法向她說明是因為我徒手觸碰緣故。一旦經我們徒手觸碰的人類，陽壽會縮減一年。不過，這個女人近日內死亡的機率相當高，應該不會構成任何問題才對。

「那也是我生平第一次昏倒，本來我自認起碼還有身體強壯這項優點。」

我衷心希望她說話時語氣能更乾脆點，這種陰沉的口吻，別說是當事人，就連聽者也會覺得疲憊而心生厭煩。

她小聲地問我：「那……你的名字是？」

我回答：「千葉。」因工作之故而被派遣下凡的我們，每個名字的制定都遵循著一定的規則，那就是不管誰的代稱皆沿用小鎮或都市的名字。縱使每回執行任務的外表、年齡有所改變，只有名字這項條件永遠不變。我想名字之於我們的意義大概就像方便管理的代號一樣。

「妳的名字呢？」

「藤木一惠。」她對我解釋這個名字的漢字意義為一個恩惠。「聽說我的父母希望最起碼我能有一項才能什麼的，因此幫我取了這個名字。很好笑吧？」

「有什麼好笑的？」

「他們恐怕沒料到竟然養出個一無是處的女兒吧。」與其說她在試著博取別人的同情，倒不如說她只是單純地感嘆自身無奈的際遇，進而自暴自棄來得恰當點。然後，當她把蛋料理送到嘴裡、吞下肚之後，她突然冒出一句話：「我……很難看。」

「很難看？」我當下真的聽錯了。因為我瞇起雙眼看了一會兒之後，再將頭往後移，回答她說：「不會，很容易看。一點也不難看啊！」

聽完我的回答後，她笑了。雖然只是短暫的瞬間，但那笑容卻令她整張臉亮了起來，感覺上彷彿是燈光第一次照映在她臉上。

「我不是那個意思，我是說我的長相並不起眼。」

我「啊」了一聲，卻也無法立刻否定這句話，因為她說得一點兒也沒錯。

接著她問到我的年齡。我回答：「今年二十二歲。」這回的角色設定成跟她同年。

「可是你看起來很老成穩重。」

「大家都這麼說。」這是事實。同事也經常用「穩重」、「冷漠」這類的字眼評論我。實際上那只是因為我不喜歡跟著別人隨便起鬨，再加上我不善於表達自己的喜怒哀樂，但似乎這是種很特殊的性格。

然後，她開始談到工作方面的事，雖然她的聲音依然聽不太清楚，起碼說話的速度變得流利不少。與其說她是因為解除心防而開始暢所欲言，我倒覺得是因為她多喝了幾杯啤酒的緣故。

她說她在一家電機大廠總公司工作。

「那是一流的公司耶，太厲害了！」我盡全力裝出羨慕的樣子。

「可惜只是負責處理客戶的投訴罷了，」她眉頭深鎖的模樣，令她的長相更與可愛絕緣。「我啊，隸屬於客訴處理部，那是個誰都避之唯恐不及的工作。」

「客訴處理？」

「就是接聽來自客戶的電話。一開始客戶的電話會先接到別的服務窗口，但一旦他們覺得客戶態度惡劣，就會立刻將電話轉到我們這個部門，因為我們的職責就是專門處理那些囉哩囉嗦的投訴。」

「聽起來這工作挺苦悶的。」

「對！」只見她此刻垂著肩、滿臉鬱卒地點頭贊同。「真的是鬱悶到不行！打電話來的人全都是牢騷滿腹，不是氣得大聲咒罵，就是竭盡所能說些尖酸刻薄的話，再不就是施以威嚇伎倆。我們每天做的就是跟那些人斡旋，這種日子實在快要把我逼瘋了！」

「好機會！」我心裡暗自竊喜。「每天都飽受煎熬吧？」我不動聲色地引導著她。

「錯！」她搖搖頭，糾正我說：「應該說每天都『極盡』煎熬！」

「這麼難過喔？」我故做同情。

「你別看我現在這副樣子，我接起電話時，還會特地裝開朗的聲音應答呢。雖然說這樣假惺惺對對方很失禮……，然而，當我不斷遭受責罵，總是令我的心情沉到谷底。」

她這時的聲音，宛如冒出泥沼表面卻瞬間破裂的水泡，聽來異常低沉。儘管她剛才提及接聽電話時會特地裝出開朗的聲音，但還是令人難以想像。

「特別是最近有一個怪異的客人。」

「哦？」

「他還特地指定要我聽他投訴。」

「指定？」

「客訴處理部一共有五名女職員，因此轉接過來的電話都是隨機接聽的，偏偏那個人卻指名要我接他的電話。」

「這真的蠻過分的。」所謂跟蹤狂性格的投訴客，就是像這種壞心眼的傢伙。

「是太過分了！」她低下頭，用毫無生氣的眼睛望著我，有氣無力地擠出一抹微笑，說：「真想以死求個解脫呢！」

妳的心願即將實現！我差點脫口而出。

4

「除了工作，有從事其他休閒娛樂嗎？」即使不感興趣，我還是得問一下，這就是工作。

「休閒娛樂？」她的表情彷彿是從未聽過像這般愚蠢的問題。「除了家事以外，什麼也不做。再來就是丟丟硬幣什麼的。」

「丟丟硬幣？」

「我首先會設想：如果是硬幣正面，就表示我會得到幸福。然後就開始拋投十圓硬幣，說穿了，就是簡單的占卜啦！」接著，她露出宛如已經衝破自嘲難關而已然頓悟的表情。「可是啊，每次幾乎都是出現反面。於是，我當下改變規則，決定如果出現反面就表示我會得到幸福，然後再次丟出硬幣……」

「結果竟然出現正面對吧？」

「沒錯！」

「妳不覺得妳想太多了嗎？」

「一想到連百分之五十這種高機率都放棄了我，還真難叫人有勇氣繼續活下去呢！」她大口大口地將啤酒飲盡。「像我這種人，活著像行屍走肉，死了也不會有什麼不同吧。」

「妳如果死了，有很多人會替妳難過的。」我嘗試說些安慰她的場面話。

「是有一個人……」她的身體開始搖晃。「就是那個老是指名要我聽他投訴的歐吉桑……」說完，她露齒高聲大笑說：「我是真的想死，因為從未有好事降臨在我身上嘛。」

老實說，雖然我們從未催促被鎖定的調查對象，但是他們經常把「死」掛在嘴上。箇中原因或許是出自於對死亡的恐懼或憧憬，抑或是心裡早已有面對死亡降臨的萬全準備。總之，每個人都有著相同的表情，彷彿他們正隱身在茂密叢生的雜草堆裡，窺伺著更黑暗的地方，偶爾就拿出來論長道短一番。

據說那是因為人類的潛意識能夠察覺我們死神的真面目。我們研習時也曾論及這點：「死神會帶給人類死亡的預感。」

以實際的例子來說，從遠古時代，就有某些人類可以隱約感應到我們的存在：有些人因「有寒氣襲來」而惶惶難安，也有人「感覺到近日之內死亡即將降臨」進而事先寫下明確死亡預言，還有一些人不但對我們的存在十分敏感，更以占卜之名傳達相關訊息給我們的調查對象。

「想死之類的話，還是別輕易掛在嘴上比較好。」我言不由衷地說。

「日復一日接聽客訴電話，再加上生活裡毫無好事可言，實在找不出任何值得生存下去的理由。老實說，我還真想找人投訴一下我的人生呢。」她說了這句不像她想得出來的台詞。

本來就沒有所謂生存的理由。我忍住沒說出這句話。

「什麼陽壽、命運的，真有這些玩意兒嗎？」她的酒量似乎很差。這下子原本因單眼皮而不起眼的長相，變得更加晦暗了。

根據情報部的資料顯示，她應該鮮少有像這樣跟男性面對面吃飯的經驗，或許是緊張，加上情緒亢奮的因素作祟，她喝酒的速度越來越快。

我們隔壁坐著另一對男女，他們面對面吃飯的樣子，看起來似乎很親密。女子用手摸著肚子，用一種既為難又嬌媚無比的表情說：「人家肚子好撐，再也吃不下了！」坐在對面的男子，立刻用充滿英雄氣概的聲音回答：「沒關係，我幫妳吃。」只見女子開心極了地道謝，「你好溫柔喔，謝謝！」我著實無法理解，為何把食物跟他人分享的一方會顯得如此開心呢？

「是有陽壽這回事，」我將意識拉回到藤木一惠身上，同時回答她。「只是，無人保證眾人皆能活到陽壽已盡罷了。」

她輕蔑地笑了起來。「這豈不怪哉？人應該皆因陽壽已盡才死吧？不保證能活到陽壽已盡，你不覺得這種說法很怪嗎？」

「如果眾人都因陽壽已盡才死，那可就糟了……」或許不應該告訴她這些事，但見她此刻已經酩酊大醉，於是我接著往下說。

「因為那樣會破壞平衡。」

「破壞什麼平衡？」

「像是人口、環境之類的世界平衡。」雖然我這麼解釋給她聽，其實我也不清楚其中詳情。

「可是人不就該因陽壽已盡才死嗎？」

「坦白說，也有陽壽未盡而死的人，有些人會因突發的意外事故身亡，比方說火災、地震、溺死之類的，這些都不能稱為陽壽已盡、壽終正寢。這些因意外身亡的人跟陽壽已盡的人不同，他們都是事後才決定的對象。」

「由誰決定？」她閉起越顯沉重的眼皮。

原本想誠實回答她「是由死神決定」，但隨即想到這個稱呼帶有輕蔑的意味，因此決定改口回答：「大概是神吧！」其實死神也帶個「神」字，是以我的說辭也不算有錯。

「騙人！」她發出乾澀的笑聲。「如果真有神，為什麼不來幫幫我呢？」她提高了音量，聲音十分澄澈，令我心頭一驚；剛才，我的確瞬間聽到美妙悅耳的聲音。「可是神又是用哪套標準決定誰該生該死？」

「那個連我也搞不懂。」我誠實回答。老實說，關於他們選擇對象時所採用的標準、遵循的方針，我一無所知。說穿了我們分屬於不同部門，我也只是聽從那個部門的指示照章辦事而已。

「可是，如果只因神草率所下的決定而注定得遭逢意外身故，還讓人挺難受的。」

「大概吧。」

「真希望祂們能夠經過仔細調查後再行定奪，要不然可就傷腦筋囉。」她現在說話的樣子就像唱歌一般。說完，隨即「砰」的一聲，整個人重重地趴在桌上。

「妳說得對！」我心底暗自點頭讚許。那也正是我來此見妳的目的。

經過審慎調查，先評斷是否得對此調查對象執行「死亡」任務，接著將結果向上級呈報。這就是我的工作。

雖說是調查，其實也不是多了不起的工作。充其量只是在一個星期前與被鎖定的對象進行面對面接觸，期間經過兩、三次的交談，然後向上級呈上「認可」或「放行」的報告，調查作業即告完成。老實說，判斷標準全憑個人自行裁決，因此這套調查制度早已淪為形式，只要沒出什麼大差錯，幾乎所有對象都會以「認可」結果收場。

「啊……好想死喔。」我聽到臉頰緊貼著桌面的她，此刻正喃喃說著夢話。「明天就讓我死了吧。」

我們進行調查的這段期間內，調查對象絕不會死亡。縱使自殺、病死等不屬於死神的管轄範圍，而我們也不知道意外何時會發生。但意外絕不會在我們調查期間內降臨。為此，我懷著些許歉意對她說：「可惜妳現在死不了。」

5

送她搭上計程車後，我獨自漫步在深夜的商店街。

也許心有所感這趟工作即將順利完成，所以我的腳步也越來越輕快。這工作本來就很輕鬆，只要不排斥幻化成人形以及與人類接觸，稍微交談一下，把對話內容寫成報告交上去即大功告成。說真格的，不但和同事鮮少有交集，就連到現場也全憑個人意志行動，這工作實在太適合我了。

我走進一家CD唱片行。由於很少有CD唱片行願意營業到深夜時段，是以當我發現有這種店時，總會有種如釋重負的感覺。

深夜十一點已過，雖然來客略顯稀疏，還是有少許客人滯留。我輕快地穿過CD唱片陳列架，往試聽機方向移動。

若有人問我：從事這項工作有何樂趣可言?我想答案就是聽音樂。

從耳機傳送樂曲到耳邊，對我而言是種很新鮮的感覺，而且還能細細品嚐聽到樂曲時震撼心弦的感動滋味，這實在是太棒了！

我其實不在意人類的死亡，可是只要想到人類滅亡，連帶著音樂也會隨之消失，這點就讓我心痛難當。

「啊！」我注意到有個中年男子，那是我的同事，他正戴著耳機站在試聽機前。

我拍了拍他的肩膀。那名原本輕輕閉上雙眼，正陶醉在音樂世界裡的男子猛然屏住呼吸，轉頭望著我。然後他摘下耳機，「喔」的一聲笑了。

「你的對象也在這一區嗎？」我問他。

「是啊，今天剛結束。」

「是報告結束，還是確認死亡作業結束？」

「是確認死亡作業。」他聳聳肩。「他喝得爛醉，在回家途中從地下鐵的月台跌下去。」

通常結束一個星期的調查後，我們會向所屬部門報告調查結果；如果報告為「認可」，不、幾乎都是「認可」，而在翌日，也就是第八天，就會執行「死亡」作業。簡單地說，當我們確認死亡作業執行完畢時，該工作也就宣告結案。

順帶一提，上級事先並未知會我們關於調查對象的死法，而且在我們調查工作進行的七天內也不會預先埋下死因，從未聽說有人傷口在第六天惡化，然後第八天死去的案例。因此，死亡時刻未到之前，我們無法想像他們最終的死法。

「回去前的最後試聽？」我用手指著耳機。

「是啊，誰知道何時才能再來？」他微笑這麼說。

我們所有同事只要抓到工作空檔，多半都會到ＣＤ唱片行免費試聽音樂。如果你們發現有客人忘我地抓著耳機，絲毫沒有離去的意願，那個人就算不是我，也一定是其他同事。

很久以前，有機會看了場電影，裡頭提到：「天使都集中在圖書館。」原來他們都聚集在圖書館啊！這點讓我心有戚戚焉，我們是聚集在ＣＤ唱片行。

「這張專輯棒呆了！」他遞上耳機，我隨即附耳上去。分不清究竟是搖滾樂或流行樂，耳際迴盪著女歌手輕快的歌聲。

這個好。我將耳機交還給他，點頭贊同他的說法。我們在工作閒暇之餘享受音樂，但有時過於入迷，變成鑽研音樂的空檔才執行一下工作，因此對於各種音樂資訊也瞭如指掌。像我眼前這名同事，正帶著幾分得意的表情，滔滔不絕地說：「這張專輯的製作人最近挺受矚目的喔！」還提及此人是如何地讚許這位製作人，說他簡直是無與倫比的天才。

「可是，這個音樂之所以好，應該歸功於女歌手的好嗓音吧？」我回問他。「這與誰是製作人無關。」

「沒錯！歌曲即嗓音，那個製作人也是這麼說的。好嗓音來自資質跟才能。正因為如此……」

「正因為如此？」

「正因為這位製作人能夠發掘到這種好歌聲，人家才會覺得他厲害啊！」

「是嗎？」我含糊帶過。雖然這些只是他任意推論，毫無根據所衍生的推測，但或許是他長久以來都隱身在幕後，因此在移情作用下，不由自主地將自己投射在同為幕後工作者的製作人身上。

「你呢？」他抬高下巴對著我。

「今天剛開始調查，不過幸好挺簡單的。」我邊回答著他，腦海裡邊浮現藤木一惠的臉。

「管他簡不簡單，反正打從一開始你的決定就是『認可』對吧？」

「我會認真下判斷的。」我反駁他。「我想盡可能收集資料，然後加以判斷。」我的個性就是這樣。

「可是，最終結果還是『認可』吧？」

「或許吧。」我不得不承認事實正是如此。「反正，基本上我會認真調查。」

「基本上？」

「沒錯，基本上。」我點了點頭。解釋完畢後，我隨即拿起旁邊的耳機戴在頭上，跟著按下播放鍵。「拜！」同事向我揮手道別，離開。

爵士樂也好，搖滾樂、古典樂也罷，與派別類型無關，對我而言，不管任何音樂都是最棒的！只是這麼單純地聽著，心底就會湧起一股幸福的感覺。其他同事也是相同的感受吧？雖然身為死神，我們絕非像某些CD封面上所畫的骷髏那樣，除了重金屬樂外排斥所有的音樂。

6

與藤木一惠的第二次邂逅，發生在兩天後的夜裡，天空中依舊飄著綿綿細雨。我站在她工作的大樓前方，發現她從自動門裡走出來後，我立刻追上去。此時身旁的車道上有汽車通過，貯積在車轍裡的雨水發出浪潮般的聲響，飛濺到空中。

她匆忙的步伐似乎比上回還快，害我多花一點工夫才能勉強追上。直到跟她的距離縮短到伸手可及之處，我才伸出戴著手套的手輕拍她的右肩。她的身體猛然一震，迅速轉過頭來。看著她敏感的反應，不禁讓我聯想到，如果在睡著的貓咪頭上突然澆上熱水，想必也有相同的反應吧。這反倒令我畏縮了。

當她發現是我的時候，輕輕地發出「啊！」的一聲，臉上浮現安心的神色。看來害她驚慌失措的人應該不是我。

「其實，」我從口袋裡掏出一條手帕，「我是想把它交還給妳。」

「咦，那條手帕是我的？」

「是啊，就是上回我弄翻啤酒時妳借給我的。」

「有……這回事嗎？」她帶著滿臉黯淡無光的神情努力回想著。

這故事當然是我瞎編的。實際狀況是我將她送上計程車的當時，順手從她口袋拉出這條手帕。

「啊，上回真的十分感激，不過很抱歉我真的不太記得了。」她說得結結巴巴，一面低頭致謝。

「怎麼樣，還想不想再多聊一下？」

她連忙向四周張望。與其說她在乎別人的目光，倒不如說正在警戒什麼似的。於是我客套地問道：「不方便？」

「不、不是！」她連忙搖頭。「呃，其實是因為『他』或許就在附近……」

「誰？」

「之前應該跟你提過有位打電話來投訴的客人。」

腦中突然浮現某段記憶，「妳是說那位指名要妳接聽的客人？」

「嗯。」她的聲音小到幾乎聽不見，「今天他又打電話來了，還說想跟我見面之類的。」

「真恐怖！」

「所以我才想他會不會在附近。」

我立即攔下一部計程車，和她一起移動到另一區。原先我還以為她會抗議「幹嘛強迫我」之類，然後加以拒絕，幸好最後並沒有發生上述狀況。當我們相偕走進一家從未來過的咖啡廳時，她反而顯得安心，雙肩鬆懈下來，說：「這兒應該沒問題了吧？」

「那投訴客還真恐怖呢！」我搭著她的話說。我並不是非得強求她開口不可，只不過要是我能多了解一點她每天受到如何的煎熬，不僅可以當成我報告時的判斷依據，更重要的是，藉著探查聆聽對方的煩惱，能讓我在執行的過程中感到非常充實。

「起先，他打來抱怨說錄影機上的退帶鍵故障了。」

「妳說話可不可以大聲點？」我在不經意之下脫口說出了這句話。

「咦？」

「說話太小聲會給人不夠開朗的印象。」其實，該歸咎於她本身的存在會凍結周遭的氣氛，因此希望她起碼說話的語氣可以開朗點。

「如果是工作，我就會勉強自己的聲音盡量開朗些。」

我想也是。如果用這種聲音應答，只怕那些投訴客人更要抱怨個沒完沒了。

「那些轉接到我們部門的客人，全是為了芝麻小事來找碴的，我們得仔細聽完他們想發洩的話，然後跟他們拚命道歉：『實在非常抱歉，真的對不起』，只能不斷重複這樣的動作。」

「光想像就令人鬱悶。」我說。

「那個人也是如此，只是到中途我開始覺得他有點怪異。因為他突然叫我『再道歉一次』。」

「再什麼？」

「是『再道歉一次』。當然，我還是向他道歉，可是他不斷要求我再多說幾次、一次、再一次。最後變成像是他在拜託我說點別的什麼似的，說著說著還生氣呢。」

「也許他是那種只要女性跟他道歉，就會令他產生性興奮的人。」雖然這麼說沒啥依據，可是對於人類五花十色的性癖好，經常連我看了都嚇了一跳，所以這也並非完全不可能。

她似乎還相當純潔，一聽到「性」這個語彙臉就紅了。「那通電話就這麼結束了。可是，隔天他又打電話進來，這回換成是電視的問題。」

「電視？」

「他說電視畫面越變越窄，然後啪的一聲就消失了。當然，我還是向他說明我們會派專人前去修理，誰知他卻說沒關係，只要我把故障原因告訴他就好了。」

「跟他說明故障的原因？」

「我怎麼可能知道那種事？」

「妳又不是維修人員。」

「是啊，我只是客訴人員嘛。況且看那台電視的人又不是我。可是，他竟然還說，說什麼都可以，說吧！再大聲點、口齒清晰點！」

我告訴她：「或許說話內容對他並不重要，他只是想跟妳說說話而已。」聽了這話她馬上露出一副嫌惡萬分的表情。

「接著是收錄音機。」

「音樂！」我不由自主地高聲驚呼，但下一秒立即驚覺自己的失態，於是趕忙說：「他收錄音機壞了嗎？」好含混過去。

「那一定也是騙人的，」她的表情痛苦而扭曲。「他說ＣＤ拿不出來，還唱了首歌給我聽。」

「太怪異了吧？」

「對吧？唱完後，他一直問我，妳知道這首歌吧？妳唱來讓我聽聽看嘛。」

「需要修理的，恐怕是那個客人的腦袋吧！」

「我當時很害怕，於是拚命地向他道歉，可是他還是繼續說：沒關係，妳就照我所說的去做。」

「真是太惡劣了！接著他是不是說『想跟妳見面』？」

「沒錯。」她有氣無力地說，沮喪地低下頭。「等到他喋喋不休抱怨完ＤＶＤ錄放影機的故障之後，就跟我說：我們要不要在哪兒見個面啊？」

「說不定他喜歡上妳了。」

「喜歡我？」她似乎從未想過這方面的可能性，神情顯得相當吃驚。

「或許他跟妳通完電話後，便不可自拔地愛上了妳。」果真如此，那她會不會就不想尋死了呢？

「怎麼可能？」她的心情有些動搖，臉上掠過一抹雀躍的神情，不過她立即回過神來。

「被那種怪人愛上，也不是什麼值得開心的事。」

「也是。」我不認為這種幾近變態的投訴客，真的能給她幸福。再者，他們這對鬱卒女和變態投訴客的組合，也很難讓人覺得會有光明的未來。

她陷入短暫的沉默。我邊煩惱著該繼續說點什麼，邊看著窗外的街景，映入眼簾的淨是愁眉苦臉，撐傘走在雨中的路人。外頭人行道上四處都是小水窪，突顯出地面的凹凸不平。

「最近雨一直下個不停呢。」她追著我的視線，開口說道。

「只要我一開始工作就會下雨。」我坦白承認。

「那你就是雨男囉。」她露出微笑。我無法理解這件事有何愉快可言。話雖如此，當下我的腦中卻浮現出長久以來的疑問，「有所謂的雪男嗎？」

「咦？」

「就是那種當他想做些什麼事時，就一定會遇上下雪天的男人啊？」

她再次笑了出來，還拍手說：「這個好笑。」

真是令人不愉快。把我認真的疑問解讀為幽默，並非我的本意。我無法理解哪裡是笑點，也無法活用在以後的會話中。這種經驗太多了，每每都令我不開心。

過了一會兒，她低聲說道：「我的人生，究竟是什麼？」雖然聽得出聲音飽受壓抑，只是其中的無奈卻如沸騰的開水不斷翻滾滿溢而出，這點著實令我吃了一驚，心臟也慌亂地怦怦作響。此刻浮現在她眼底的神情，像是想緊抓住一根海上浮木般無助。彷彿掉落陷阱無法逃脫，正翹首盼望，帶著點嬌媚，幽幽地呢喃著：「繩子怎麼還沒放下來呢？」

我猛然驚覺到，莫非她在向我求救？從她企盼的眼神中，我感覺她心裡正期待著：在自己一無可取、低空飛行的人生中，能夠救自己脫離困境的人肯定是眼前這名男子沒錯！我想到這次自己充滿魅力的外表，卻怎麼也開心不起來。可惜的是，這樣的外表非但幫不上忙，還害我遇上工作範圍以外的麻煩。儘管我們同事中有人主張：「反正他們下星期就要死了，就讓他們在短暫的餘生裡留下點幸福的回憶吧。」等配合著各種演出。不過很抱歉，本人對此毫無興趣。

我覺得他們的主張就如同心想：「反正特地來一趟嘛！」而在將要剪短的頭髮上下工夫做一番裝飾是相同的道理。而這改變不了頭髮都得剪掉的事實，下什麼工夫都毫無意義。

正如理髮師不會拯救頭髮一樣，我不會出手搭救她的，僅此而已。

7

從那天起，在接下來的四天內，我所做的事幾乎都與工作無關。不對，應該說直到我接獲監察部的電話那一刻為止，我沒有再和藤木一惠有過任何接觸，因此正確來說，並非「幾乎」而是「完全沒有」做跟工作相關的事。

在那四天裡，我不停地穿梭在街上的各家CD唱片行，佇立在試聽機前研究音樂，甚至遭到店員的白眼。此外，我還流連在深夜的公園裡，觀看成群結黨的年輕人如何襲擊上班族，不然就是到各書店把所有音樂雜誌讀得滾瓜爛熟。

某雜誌登出前幾天同事興奮地對我說明的那位「天才」製作人的專訪，雖然以前未聞其名，但我在那之後聽了好幾張由他製作與介紹的CD，每張CD都可堪稱為傑作。「他果然是天才啊！」至此我終於決定承認他的才華。只要與音樂扯上關係，我對人類總是另眼相看。

我的目光被那篇專訪中所出現關於「死亡」的敘述所吸引，文字寫道：「在死亡降臨前，我引頸企盼有一天能跟全新的才能邂逅」。我對他身上所散發的那股絕對的自信，或者該說是堅定不移的意念，總之就是那種朝氣蓬勃的活力艷羨不已。我絲毫沒有辭去工作的打算，但也缺乏那位製作人身上散發出來的烈火熱情。原來如此，我欠缺的就是對工作的熱情。

當監察部的電話響起時，我正好按下試聽機的播放鍵，接著一陣手忙腳亂，我連忙跑出唱片行。

「工作進行得如何？」對方問我。他們會不定期跟我們聯絡，類似突擊檢查，以便確認我們的工作狀況。

「正進行中。」我含糊帶過，一如我的個性，回答得既無熱情，亦無幹勁。

「如果報告完成，就早點呈報。」他也報以這句樣板的台詞。

「可能必須等到時間快到的時候，」這也是我們一貫的回應。這句話想當然耳是謊言。其實縱使他們要求我立刻呈上報告也不成問題，而且不只單就藤木一惠這個案件，任何個案我們隨時都可填上「認可」，呈報上去後任務便宣告終結。明知如此，我們調查部的人卻鮮少這麼做，反而在快到期限之前，盡可能以人類姿態在街上閒晃。你問我原因何在？因為我們想要有多一點時間好好享受音樂的滋味。

「大致的結果是？」對方最後這麼問道。

「大致是『認可』吧？」

像上述這樣的對話說穿了有點像例行公事，或是某種儀式。反正對我而言，這樣的突擊檢查快變成一種既定的手續了。掛上電話後，我心想也該是去會會藤木一惠的時候了。

她一如往常，在固定的時間離開公司。不知道是不是錯覺，總覺得她比上回更瑟縮渺小，渾身上下散發出一股將死之人才會有的氣息。

在小雨中，她撐著傘小跑步前進。我緊追在後，心中暗忖，她應該是要前往經常去的地鐵站吧?結果，與我的預期相悖，只見她通過地鐵入口，直接穿越十字路口。

她沿著名牌專賣店林立、植有行道樹的道路前進，接著毫不遲疑地走進龍蛇雜處區。有屋頂遮蔽的行人專用區此時正是人聲鼎沸，兩旁的電玩中心與速食店，還有充斥四周來源不明的噪音，污染了空氣。

她停下腳步。然後在路中央的小噴水池附近的長椅坐了下來。

此時，她低著頭，胸前抱著一本女性流行雜誌，並沒有翻閱的打算。我猜想，她大概在等人，而那本雜誌可能只是為了那個素未謀面的對象而帶的信物。

藤木一惠竟然有約會的對象，這點倒是出乎我的意料之外。對象是誰?如果是友人或是熟識者，她用不著這麼戰戰兢兢的吧?我靈光一閃，該不會是先前提到的那個投訴客吧?或許，她對自己那永遠不會好轉的日常生活已經厭倦至極，因此，即使挽回這個頹勢的可能性微乎其微，也想放手一搏吧。不，也許她認為，就算無法好轉，比起這單調、永無變化的每一日，就算遇上再怎麼令人難過的事，也好過現狀啥事都沒發生。因此，她下定決心跟這名極可能是變態的投訴客見面。嗯，非常有可能!

就在我下結論的當頭，有個中年男子大搖大擺地走近她所坐的長椅。他四十歲出頭，帶著墨鏡，燙著一頭及肩的長髮。他的體型屬於中等，而從頭到腳清一色黑色打扮。我猜他應該不是從事什麼正當職業的人。為了不妨礙行人通行，我的身體緊貼著大樓牆壁，偷偷觀察他們兩人的情況。

男子開口跟藤木一惠打招呼，她則怯生生地望向那名男子。在四目相接的瞬間，我看見她臉上清楚浮現了失望的表情。

就算我存心偏袒那名中年男子，也實在無法將他列入美男子之林。而且，論財力，恐怕也無法滿足女人所需。也就是說，他沒有任何特殊魅力來彌補他那不尋常的投訴行徑。想必藤木在那瞬間也察覺此事了吧。

那名男子正凝視著她。原本認為他應該會大失所望，結果我猜錯了。那名男子跟藤木一惠的眼神交會時，我看到他牽動著嘴角，喃喃地說「原來如此」，臉上卻絲毫沒有任何幻滅的神情。

那名男子和她聊了一會兒之後，想帶她往巷子裡走。只見她雖然猶豫再三，最終還是與那名男子相偕走去。

不管如何力圖翻身，幸福也不會到來的！我早已看穿他們接下來的發展。

我不知看過多少她這種沒見過世面的女性，被無意間出現的男人操弄而改變一生的例子。那些女子最終不是淪落風塵，因過度操勞而搞壞身體；要不就為愛欠下大筆債務，最後弄得人財兩失。我不太關心這些人間悲劇，也不會為她們感到同情或悲傷。終歸一句話，我可以想見藤木一惠大概也會被強拉到那種地方去吧。

我尾隨其後轉進某條岔路，隨後約在前方二十公尺處，我看見那名男子正強行將藤木一惠拉進一家店。

那名男子硬拉著她的手想進去的店，是家卡拉ＯＫ。大樓牆上裝飾著色彩絢爛的電燈泡，排列成「カラオケ（卡拉ＯＫ）」的字樣。老實說，我不太喜歡卡拉ＯＫ這玩意兒，儘管我愛試聽各式各樣的音樂，但我卻不愛卡拉ＯＫ。曾有好幾回為了工作不得不出入卡拉ＯＫ店，但是總是一股莫名的不悅驅使我想逃出那裡。究竟出了什麼問題？老實說，連我自己也不清楚。只能說可能音樂與卡拉ＯＫ之間有道難以跨越的鴻溝吧。這並非在論孰優孰劣，或許是本人只懂得享受鴻溝這邊的樂趣，至於彼岸，我想還是保持距離遠觀就好。沒錯，一定就是如此。

我推敲得到男子想把她帶進店裡的理由。

那類的店都會幫客人準備一個小房間，而唱歌也如同字面意思真的是唱歌的場所，也有機會聽到彼此的「肉聲」（未透過麥克風發出的嗓音），因此這是拉近彼此距離的好方法。當然，有可能他打算一進房間就襲擊她，但也有可能他單純只想舒壓歡唱而已，總之，任何情況都可能發生。

可是她似乎非常厭惡卡拉ＯＫ店，只見她腰整個往下沉，簡直就快蹲下去了，而且雨傘險些掉落在地。

我想這接下來的後續跟我無關，解決男女問題並不是我的工作，於是我準備離開現場。就在我即將轉身離去之際，突然焦急的呼救聲衝入我的耳際：「千葉先生救我！」她的聲音彷彿有明顯輪廓般清楚、響亮。宛如喇叭所發出的深沉音響，藤木一惠高聲呼喊著。她叫著我的名字！我花了點時間才回過神來。

8

我決定慢慢走向他們，假裝我是偶然經過此地。「怎麼了？」站在她身旁的男子訝異我的存在，不停地從頭到腳打量著我。

「千葉先生救我！」她站起身來打算抓住我的手腕，但我並未戴手套，所以避開了她的手。

「有什麼事嗎？」明知大半的來龍去脈卻得裝糊塗，還挺麻煩的。

「這個人……就是……我之前說的……」只見她嚇得連話都說的結結巴巴。瞧我推理的厲害。「打電話來的男子？」

「是的。」

「你是誰？」男子看來比遠觀時正常，但我還是不覺得他會是有禮貌的單純上班族。他的眼神銳利，瞪得我渾身不舒服。黑色夾克的肩頭已經被雨打濕，可是他卻絲毫不在意。

「只是一個認識她的人。」話才說完，只見藤木一惠的眼神霎時轉為悲傷，並躲開我的視線。「你呢？」我反問他。

「我找她有點事……」他似乎不打算老實說明，一副欲言又止的樣子。

此時，藤木一惠突然奮力地跑了起來，沒料到原本像株枯萎植物呆立一旁的她突然就這麼逃跑了。有人「啊」地驚叫出聲，不是我，是那名男子。

她跑步的樣子實在是醜到極點，但感覺得到她的奮勇拚命。只見她雙手瘋狂地擺動，頭也歪斜著，連手上的皮包快要掉落了還不停地往前跑。「千葉先生，不好意思，下回見！」她在遠處對著我喊叫。餘音迴盪在商店街上，顯得相當動聽。「別擋路！」男子向我逼近，我想他大概興奮過度，整個人簡直就要飛撲過來。

真可怕！才這麼想著，瞬間他早因失去平衡而倒在我身上。

嘖！我就這麼接住他，整個人跌坐在地上。屁股下方正是下水道的孔蓋，上面積水滿佈，雨水滲進我的褲子裡，肌膚感到一陣冰涼的寒意。等我回過神來，才發現我已徒手觸碰到他。

人類這種生物怎麼動不動就愛搞出一大堆問題！當我心底犯嘀咕，感到厭煩至極時，偶然地瞄了一下他的側臉，卻意外地有驚人的發現！

9

男子甦醒後，瞧了瞧四周，發現自己竟睡在路上，表情顯得有些害羞地站了起來，並緩慢地向前方走去。

躲在自動販賣機後的我決定尾隨那名男子。這回任務是怎麼搞的？老是搞跟蹤。不過跟蹤這名男子不是為了藤木一惠，而是個人因素所致。總而言之，並非為了工作。

我認識這個男的。

不對，我這麼說可能會招致誤會，認為我是那個男人的朋友，因此正確的說法是：我看過那個男的照片。

若問我在何處看過，別無其他，正是最近站在書店裡看的音樂雜誌裡。他就是我同事口中的那位「天才」製作人。只見他揉著腰，步履蹣跚地走進巷子裡，途中，他拿出行動電話。

好機會！我慶幸自己的好運氣，屏氣凝神，豎起耳朵仔細聆聽。只要是利用電波傳導，縱使在遙遠彼方我們依然能截取到談話的內容。要從空中游離的無數電波中鎖定目標，確實有點麻煩，但並非完全不可能，尤其如果事先得知發信地點和時間便容易鎖定。男子將行動電話貼近耳邊，小跑步跑進龍蛇雜處的大樓，到了樓梯口。我已經鎖定他電話發出的鈴聲。

不久，傳出一個女性的聲音「喂！」

「我啦！」男子冷淡地應答。他沒報上姓名；可能是兩人交情匪淺，或是因為有來電顯示，我不知道。

「如何？」

「再等一等。」他說。

「不順利是吧？我不能再等了。」

「我不是叫妳別說了，錯不了的，那東西確實貨真價實。妳剛才也聽見了吧？那個聲音是真的！」

男人聲音裡的熱情，就像我從音樂雜誌的鉛字裡感受到的東西一樣。「只是我還沒向她說明……」

「真有所謂貨真價實的聲音嗎？」

「當然有！那就是歌唱的天賦才能，也就是所謂聲音的魅力。」

「雖然聲音好，搞不好她是音痴？」

「所以我才拉她去卡拉ＯＫ唱歌嘛！只可惜她誤會了。」
「那你還說沒問題？」
「妳要相信我的直覺嘛！」
「你幹嘛不好好向她說明呢？反而讓別人誤會你是怪叔叔。」
「如果讓對方知道我是音樂製作人，想要挖掘她的話，大多數人都會抱持過高的期待，然後開始緊張，聲音就會失真。」
「你想太多了。」女子似乎是他業界的老友。
「她的聲音真的棒呆了！」
「你聽過凱薩琳．費麗兒（Kathleen Ferrier）嗎？」女子問他。
「她是誰？」男子開口問道。
「她是誰？」我也在腦中問。
「她是名歌劇演唱家啦！聽說未成名前做過電話接線生，一次因緣際會之下，一名打電話的人發現她美麗的聲音，才使得她後來成為名演唱家。嗯，或許這是她成名後別人虛構的逸事，但我覺得這則逸事跟你目前正在進行的事如出一轍，因為你也愛上了偶然接到你投訴電話的女子聲音。」
「是啊！」

「你不覺得這樣很蠢嗎？還打了那麼多通客訴電話。」

「我是為了再三確認才打的耶！結果越聽越覺得她的聲音真是美妙極了。」

「她的外表如何？」

「毫不起眼。」男子不加思索地回答。答完之後，自己也忍俊不住地笑了起來；那是個充滿溫暖的笑聲。「沒問題的，才能尚未開發的人通常都是那副模樣，只要才能一發揮，屆時她就會像脫胎換骨般散發出迷人的魅力。我的眼光絕對不會錯的！」

「嗯，隨你吧。」我聽不出那女子的聲音裡是否抱著任何期待。她只說：「我只能再等三天，到時再跟我聯絡吧。」

通話到此結束。男子將行動電話放進口袋，雖然拖著腳步行走，不過他的神情充滿著對未來的把握，只見他挺起背脊走到小路上，由於沒有屋頂遮蔽，他輕快地將傘打開。

我沒有繼續跟蹤他。相反的，我停下腳步，開始思考接下來可能發生的事。

那位製作人愛上了在電機大廠的各訴處理專員藤木一惠的聲音。似乎是這樣沒錯。藤木一惠確實提到那名男子打來投訴時逼她「唱歌」這件事，莫非也是這個緣故？雖然這樣確實有點亂來，但卻不至於讓人覺得不快。

這樣的話……，我望著天空開始陷入思考。

她究竟會變得如何？

她真的有歌唱的天賦嗎？

不管製作人對她的嗓音有多著迷，卻不表示她有百分之百歌唱的才能。即使她真的有潛力，誰也無法保證她最後一定會成功。這是人類世界運行的常理。再說，我也無法判斷到底她會不會得到屬於她的幸福。

我問自己：到底該怎麼辦？如果就這麼交出「認可」報告，藤木一惠明天就會撒手人寰，雖然我無法預知她究竟會出什麼事故或意外，但肯定逃離不了死亡的手掌心。

我對於人類的死亡漠不關心。理由是，那不過是工作；調查對象的人生會以何種形式結束，我不是很在意。

只是，萬一那位製作人的直覺正確無誤，萬一她真的變成一名優秀的歌手，而且、而且萬一哪天ＣＤ唱片行的試聽機裡頭傳來她演唱的歌聲，或許那也挺不賴的。

等我回過神來，雨勢似乎變得更強了，在地面上彈跳的雨滴也發出叮咚聲，彷彿正催促著我：該是下結論的時刻了。

腦海裡再次浮現藤木一惠的臉。「好！」決定了。

我從口袋掏出錢包，拿出一枚十圓硬幣。毫不遲疑地，用手指彈高硬幣，然後用手背接住。十圓硬幣安穩地躺在被雨打濕的手上。

是正面還是背面，就由它做決定吧！究竟是該「認可」還是「放行」？到底明天她會死？還是繼續活到陽壽終了？無論結果如何，對我都沒太大的差別，因此我想由硬幣來決定就好了。

我打開一看，是正面。糟糕！我歪著頭想了想，正面是代表「認可」還是「放行」？我忘了！雨越下越大，有種屋漏偏逢連夜雨的感覺。不管了，我決定了！好吧，就「放行」吧！

07

死神與藤田

Death and Fujita

1

「你就是千葉嗎？」一名年輕人突然出現在我面前，他那佈滿血絲的雙眼瞪得老大，惡行惡狀地叫著我。「你給我過來一下，老頭！」

我聽得出來他這句話可不是什麼有禮貌的邀請句。這回我身上穿的是件五顏六色的鮮豔毛衣，外頭再罩上一件茶色的皮革外套。那年輕人一把抓住我毛衣的領口；片刻也不停歇的小雨，在地面製造了一處水窪，讓我不偏不倚地一腳踏了進去，腳邊傳來一陣聲響，聽起來就像地面這隻怪獸正興奮地猛舔我的腳。

這一切就發生在我從鬧區街上轉進小巷子之際。那年輕人從別條岔路閃了進來。這條街上居酒屋和卡拉ＯＫ店四處林立，觸目所及皆是色彩繽紛的霓虹燈招牌。也許因為今天是非假日，或是歸咎於這場老是下個不停的雨，再不然就是這裡人氣原本就不旺，明明才晚上十點鐘，路上卻幾乎看不到行人的蹤跡。

「喂！聽說你知道栗木躲在哪？」年輕人那頭原本挑染有型的咖啡色頭髮，已經被雨淋到扁塌變形；看樣子他應該等我好一陣子了。

我含糊地應了他幾句，誰知道他隨即吐了口口水說：「碰到我你就玩完啦！」紛紛落下的雨滴在地面上跳動著，口水也隨之流至低窪處。

「玩完？」

「以老頭的年紀，在你們那個年代應該是說『繳納年貢的大限已到』（註）。」

聽他叫我老頭，這才令我想起這回所扮演的角色是一名「四十多歲的中年男子」。沒錯，就是品行不良的四十多歲歐吉桑。「喂！」我有些地方不解，因此想請教他。

「幹嘛？」

「現在還有繳納年貢這種制度嗎？」印象中那是許久之前曾聽過的制度，不過最近倒是鮮少聽人提起。只見那年輕人滿臉通紅，像是我說了什麼極盡侮辱的話。「你在耍我啊！」說著整個人對著我衝過來。

看樣子他說的那個「繳納年貢」應該是種比喻或修辭法。

他的右拳朝著我的左下巴揮來，我對他揮拳的動作看得一清二楚，老實說，這個年輕人的身手稱不上敏捷，要避開他的拳腳攻擊，對我根本就是小事一樁，但我還是特地湊上去讓他飽以老拳，裝出一副痛苦難堪的樣子。雖然，我根本沒有痛覺。

此時有車子從旁邊道路駛過，車頭燈照射著紛飛的綿綿細雨，將雨幕襯得宛如一層

註：原文為「年貢の納め時」，原為向莊園領主繳納年貢之意，引申為某人壞事作盡，惡貫滿盈，終於到了接受制裁的時刻。

輕紗。

「栗木藏在哪裡？快招！」年輕人得意地擺出勝者為王的姿態。

「如果讓我見藤田，我就告訴你。」我答道。這是我特意想出來的腹案。

「喂，你是被我揍到腦袋秀逗？還敢擺出這副神氣活現的樣子。」不消說，那年輕人立刻又送我了幾拳。

「沒見到藤田之前，我是不會說的。」我心平氣和地說。那年輕人開始東張西望，似乎擔心自己的行蹤被埋伏的敵人發現。

最後他決定先把我塞進開來的廂型車後再做打算。這點正中我下懷，是以我沒有顯露出絲毫驚慌之色，反倒是那年輕人顯得相當浮躁不安，呼吸也變得急促。他用力將我推進了後座，大聲喊叫著「快給我上去！」，然後連忙關上車門。

當他發動黑色廂型車時，雨刷也在同時開始忙碌得左右擺動。隨後年輕人拿出行動電話，一面單手扶著方向盤，一面講起電話。我猜想應該是跟藤田本人報備吧？「可以嗎？欸、是！那我現在就把人帶過去。」年輕人如此答道。

2

這回我調查的對象是個名叫藤田的中年男子，根據事前獲得的情資顯示，他是一個黑道份子。

許久之前我曾問過上級：「黑道份子，指的是哪一種人類？」、「又是什麼樣職業？」事實上，我們反而有較多機會跟那些被稱之為黑道份子的人類接觸。我猜想大概是他們跟「死亡」的關係比一般普羅大眾更為密切吧。話雖如此，我其實並不瞭解他們的本質，也就是所謂的「黑道份子的真面目」，所以我才會詢問上級。但如意料中的結果，上級僅以冷淡的態度回應我：「就算不瞭解，照樣能工作吧。」

事實的確如此，縱使不瞭解他們本質，對我的工作並未造成任何妨礙。

反正我該做的就是在七天內觀察藤田並和他交談，之後再向上級呈報他是否該死，如此而已。如果過分一點，就算不跟藤田本人見面，還是一樣可以如期提出報告，只要報告結果為「認可」，就不會衍生出其他問題。坦白說，我們有許多同事就是採取這種不詳加調查而直接提出報告的方式來混水摸魚。

不過，可別拿我跟他們混為一談，本人可是認真工作型的。該說是我嚴以律己吧，總之，我就是堅持盡份內該盡之義務。

所以即使過程再怎麼麻煩，我還是會去見藤田，整件事的來龍去脈就是如此。

3

經過一番折騰，車子終於停在一棟約有二十多年歷史的公寓前方。原本潔白無瑕的外牆，如今卻像蒙上煤灰般的灰澀黯淡。算起來從上車到這裡前後不過十五分鐘左右，預估此地應該離東京市中心不遠。

那是棟八層樓高的公寓，樓梯和走道佈滿厚厚的塵埃，不僅逃生梯的金屬部分鐵銹斑駁，連電梯內都有股霉味。通道上的螢光燈或許已相當老舊，整棟公寓到處都是時明時滅的狀態。

以我的眼光來看，此地的確是個完美的藏身之處，因為它嚴重髒污到令當地居民拚命想將之隱藏起來。

那名年輕人一路拉扯著我走進一間有著兩房一廳一廚的屋內。鋪著木板的地板看起來很乾淨，但室內光線略顯昏暗，整間屋子裡只有四張隨意放置的單人沙發，感覺有點空虛。那名年輕人強迫我坐在面對窗戶的沙發上。

我觀察了一下周圍的環境，窗戶旁邊有個小小的架子，上頭放著水族箱，裡面有兩隻橘色的金魚正悠哉地游著。牠們是這座昏暗公寓中唯一不協調的明亮顏色。廚房的角落裡有台冰箱，運轉時發出的低沉聲響，此刻正沿著地板傳導過來。

在我對面的沙發上坐著另一名男子。

我馬上察覺到他就是藤田。

他的外表不僅與事前取得的資料相同，更重要的是他那張面無表情的臉與我想像中的如出一轍。儘管資料顯示他已年過四十五，但他幾近小平頭的短髮裡卻不見任何白髮，因此顯得相當年輕。濃眉加上深鎖的眉頭，再配上瘦削毫無贅肉的下巴，整張臉散發出一股敏銳和精悍的氣息，而他那寬闊的肩膀加上高䠷的身材，整體看來稱得上體格壯碩，但卻給人箭頭般的尖銳印象。

「你就是千葉吧？」藤田開口問道。

「正是。」才剛說完，那名年輕人立刻走過來，用力抓住我的肩膀把我整個人提起來。「少給我用那屌口氣說話。」

「阿久津！」藤田叫著年輕人的名字斥責他，接著從沙發站起身來，緩緩地朝著我走來。「你知道栗木的藏身地點吧？」

「是，」我沒必要跟他裝模作樣。「沒錯。」

那個叫栗木的男子跟藤田同為黑道份子，但隸屬於其他組織。據我所知，他好像是某組織的老大，曾因殺人罪入獄服刑，是行走江湖多年的黑道份子。

「老頭，栗木在哪兒？」相較於阿久津近乎歇斯底里的逼問法，藤田顯得格外沉著冷靜，他只是輕鬆地說了一句「告訴我！」或許是眼睛下方黑眼圈所造成的錯覺，他的眼睛給人的感覺活像是樹幹上的深邃樹洞。

「你知道我為何要打聽栗木的下落嗎？」藤木用那雙深不可測的眼眸緊盯著我。

「不知道。我知道你在打聽栗木的下落，不過不清楚其中的緣由。」

這是老實話。我們被派到此地之前，雖然會收到來自情報部的相關情報，比如這次就是藤田的資料，不過也只是些概略的資訊，他們並未告訴我們所有細節。依據情報部的說辭：下凡以後總是狀況百出，況且人類天資駑鈍、想法善變，因此不必在意細微末節，應掌握大方向隨機應變，諸事方能順利進行。但在我看來，那只不過是他們偷懶怠惰的藉口罷了。

「我要殺了栗木。」藤田的語氣顯得一派輕鬆。

「這樣啊。」這答案沒啥新意，是以我絲毫未流露出敬佩或驚嘆的神色。

反倒是藤田，似乎覺得我的反應挺鮮的，於是他說：「你不問我原因嗎？」

「跟我又沒關係。」我回答他。

「他殺了我大哥……」

「你大哥？」根據情報，藤田應該沒有兄弟姊妹。

「我情同手足的大哥被栗木殺了。」

「喔。」原來他說的是那種大哥啊！

片刻後，藤田訝異地皺著眉問我：「千葉，你究竟是什麼人？栗木的地盤上似乎沒有你這號人物。阿久津，我說得對吧？」

「我不記得他們那裡有像他這種長相的傢伙。」阿久津似乎對栗木的組織成員瞭如指掌，可以感受到他回答中所蘊含的自傲。

我逕自說了起來，「我知道栗木的藏身處，而你想要打聽栗木的下落，所以嚴格說來是你有求於我，對吧？至於我是什麼人根本不重要。」我在心裡加了一句：因為我根本就不是人類。「我說的沒錯吧？」

阿久津聽了之後，大聲開罵，但藤田阻止了他，並且指著浴室說：「阿久津，你趕快去洗個澡吧！瞧你的頭淋得這麼濕，光看就害我快感冒了。」此話一出，阿久津彷彿領到聖旨似地沒有任何反駁，恭敬地走到後頭去了。

「你說得對！沒錯，你是什麼人根本不重要。」

「對吧。」

「千葉，你這個人蠻有趣的。」

「完全不。」怎麼又來了，本人可是拚了命地工作，竟然還被人說成「有趣」，真是令人遺憾。

「你被人強行帶到這裡，卻沒露出半點害怕的樣子。」

「是嗎？」

「也許你會在這裡被我幹掉，不是嗎？就算我不取你的性命，起碼也會打斷你幾根骨頭吧？可是你從頭到尾都是一副氣定神閒的模樣。你剛踏進屋內的時候，還從容不迫地從牆壁到窗戶全部仔細觀察一遍，通常害怕的傢伙絕不會如此冷靜，就連阿久津大聲罵你，你也沒放在心上。」

「藤田哥，」一旁傳來阿久津的聲音。我回過頭一瞧，只見他全身赤裸，下半身連浴巾也沒圍，就這麼直接大喇喇地朝著浴室走去。他的背上刺著一條深綠色、看起來像蛇的龍。「那傢伙只靠一張嘴啦！剛才我只不過揍了他一拳，他馬上就倒在地上耶！所以他只出那張嘴啦！」他一面指著我說話，一面走過我們身旁。

「你是故意讓阿久津揍的吧？」藤田將嘴巴湊近我。「我可看不出你有哪一點會輸給那傢伙。」

「那傢伙是打架王。」我不在意地微微聳了聳肩。我只是演了一段挨揍痛到連話都說不出的表演罷了。

藤田歪著嘴說：「千葉，你到底想要什麼？」

「我只想告訴你栗木的所在地，」我靜靜地說。「而交換的條件就是，可以讓我暫時躲在這裡嗎？」這麼一來，我的調查工作也能順利進行。「這裡看起來挺安全的。」

「隨你高興。」藤田隨即應允。他回答得非常不經意，但不難看出其實他也有自己的盤算。「千葉，你也恨栗木嗎？」

「嗯，大概是吧。」我神色自若地撒了謊。

4

「栗木目前正躲在蕗田町的一棟大樓公寓裡。」我依照情報部告知的資料一句不漏地轉述給藤田。他一聽完，隨即不知從何處弄來一本像電話簿的小冊子，遞給我後問道：「那棟公寓在哪裡？」原來是本鉅細靡遺的地圖，不但標識有街道上大樓的名稱，甚至每家的戶長名字也都詳加載明。

我照著情報部提供的地址，試著在地圖上找出那棟建築物的所在地。一開始尚未抓到要領，花了一點時間，沒多久我指著地圖告訴他：「這裡。」

藤田搶過地圖，直盯著我剛才所指的地方。「原來栗木藏在這裡啊？」

「五樓，五〇二。」

藤田瞇起雙眼，迅速地估算一下那棟公寓的周圍環境後，嘴巴緊緊抿成一直線，似乎因為強行壓抑住了亢奮的情緒，使得他的聲音變得沙啞低沉，他摸著下巴，喃喃自語地估算道：「如果是藕田町，從這裡搭車過去不到二十分鐘吧？」接著，他低頭瞄了左腕上的手錶，隨即又將視線移到窗邊的架子上，這時我注意到水族箱旁邊有個類似黑色工具的東西，但我猜想那並非工具，而是手槍才對。

「你現在就要去？」

「你想阻止我嗎？」笑意只出現在藤田的眼睛。就憑你阻止得了我嗎？他似乎想要掂掂我的斤兩。

「不！我不會阻攔你。」那不屬於我的工作範疇。

就在此時，電話鈴聲大作，原來是沙發上的行動電話正明滅閃著。藤田只得先放下手中的地圖，心不甘情不願地拿起電話。

我坐在沙發上一動也不動，眼睛則緊盯著他，將一切的注意力轉移到耳朵。我打算用意識鎖定，好截取電波傳送過來的聲音。

「藤田嗎？」我聽到對方劈頭如此問說道。儘管電話那頭說話的聲音有些低沉，但遠比藤田尖銳。

「我是。」藤田的語氣聽起來很客氣，可以想見對方就算不是頂頭上司，起碼也是組織中數一數二的大人物。

「下星期我會跟栗木談談那件事。」

「不會吧？這可不是件靠聊天就能解決的事！」藤田強壓心中怒氣。

「你就甭操這個心，好好休息吧！那傢伙被殺，心裡氣憤難平的人可不止你一個。」

電話那頭雖然試著想安撫藤田的情緒，然而藤田仍顯得憤恨難消，只見他語帶迫切地繼續往下說：「可是，歸咎起來這件事完全是因我而起。」

「跟你無關！就算不是你，他遲早也會槓上栗木的。」

「我到底得在這裡躲到什麼時候？」

「栗木的目標是你，所以你就暫時先避避風頭。由我來好好跟他把事情講清楚。」

「這件事並不是講清楚就能解決的。」藤田依然對這點相當堅持。「先出手的人是栗木，而且還亂找一大堆藉口，如果這回就這樣放過他，那就太沒天理了。」

「你的那些道理很煩人咧！」對方的反應看起來就像背上突然不小心碰觸到恐怖的毒蟲一樣。

「不照天理行事，還算哪門子黑道？」

「藤田！」聲音明顯變得尖銳。「無論如何，你不得擅自對栗木下手，聽見沒！」

藤田含糊地答應對方，等到對方掛上電話後，藤田嘆了一口氣。

「誰打來的？」我不加思索地詢問。

「我父親。」藤田強忍住憤怒地回答。

藤田的親生父親早在許久之前就因嚴重肝炎病故，因此他剛才所指的應該並非親生父親，而是指組織中的「父親」。

「千葉，栗木真的躲在這裡？」藤田一邊問我，若有所思地望著依舊翻開攤在桌上的地圖。

「沒錯。」

「是嗎……」藤田站起身來。他背對著我，直接走到窗戶邊，伸手拿起架子上那支冰冷的手槍。

我轉頭問道：「剛才那通電話不是命令你不得輕舉妄動，要乖乖待在這裡？」

藤田的臉上隨即顯露出驚慌失措的神色，彷彿在說：你怎麼知道？不過下一刻他立刻就露出苦笑說：「如果習慣聽從他人命令，就不會走上黑道這條路吧？」他說話時的神態沉穩，絲毫嗅不出半點驚慌失措的味道。我不由得燃起對他的敬佩之心。

此時浴室的門打開，阿久津再度出現。從浴室裡飄散出來的水蒸氣，就像薰香般緩緩飄散至整個屋內，分不清是肥皂或是洗髮精的味道，混著藥劑和香料的味道濃濃地瀰漫在空氣中。

「藤田哥！」他原本打算用浴巾擦乾身體，卻突然注意到藤田的樣子有異，於是渾身濕淋淋地衝了過來，問道：「大哥你要拿著那玩意兒上哪兒去？」那慌張焦急的模樣，就跟慘遭父母拋棄的孩童無異。「難不成你向這傢伙要到了栗木的藏身之處，打算趕到那裡去，對吧？」

藤田沒有粗暴地甩開阿久津，相反地，他沒有任何回應，只是淡然無言地撥開他的手，朝著玄關走去。

不過阿久津並未氣餒，他高聲叫道：「老大不是叫你待在這裡，哪裡都別去嗎？」

「你……不是站在我這邊嗎？」說這句話的藤田並非企圖對阿久津動之以情，反而聽來像是沉穩地陳述著一件事實。

「我……我當然是站在你這邊啊，你在胡說什麼嘛！我就是因為擔心藤田哥，才會跟你一起來到這裡的啊。」

「那只是組織的命令吧？」

「那個也是部分原因啦！可是話說回來，如果只是為了服從組織的命令，我幹嘛特地把這老頭帶來此地，自找麻煩啊！」

阿久津把我抓到此地，就是聽到有風聲說「有個叫千葉的男人知道栗木的藏身處」。

「如果這是你的真心話，就別阻止我，我一定要去幹掉栗木那傢伙。」

阿久津張開雙手，拼了老命地攔住他，說：「等……等一下，也許這傢伙是騙我們的。對！有可能這是圈套，對吧？」

聽到這話的藤田不由自主地停下腳步，他先看了看阿久津之後，再瞧了我一眼。

「藤田哥，總之你現在先別去啦！」全身光溜溜的阿久津還是不斷拼命阻攔，這使得他背上的刺青就彷彿正在跳舞似地扭曲著。「這樣吧，明天我跟這傢伙先去探探他所說的地方，看他是不是說謊欺騙我們，等到確認無誤，你再去也不遲嘛！」

與其說藤田同意他的觀點，倒不如說他被阿久津的熱誠所感動，「是嗎……」最終藤田還是點頭接納他的建議。

阿久津開心地露出笑容，然後回頭瞪著我惡狠狠地說：「喂、老頭，明天帶我去你所說的地方，要是讓我知道你在說謊，我可不會輕易放過你。」

「阿久津！」藤田的聲音既低沉又尖銳。

「是！」

「趕快把衣服穿上！」

「遵命！」阿久津連跑帶跳地蹦回浴室。

藤田把手槍放回水族箱旁，再次坐回沙發。

「我可以問你一件事嗎？」對工作善盡職守是我的堅持，是以我趁機提問，「你對死亡有何觀感？」

說實在的，我並未特別企盼他的回答，因為他身為黑道份子，我猜想他八成會逞強回答「我根本不怕死」之類的話。

可是藤田彷彿搜身似地將我從頭到腳檢視了一遍，然後開口說道。

「跟死亡相比，我更害怕輸。」

「嗯。」我將雙手交錯胸前，這真是個讓人丈二金剛摸不著頭緒的回答。

「千葉，你還真是有趣呢！」聽藤田這麼一說，又讓我搞不清楚現在究竟是什麼情況。

5

翌日一大清早，我就被阿久津強拉著坐進那部廂型車，準備出發到蕗田町。「你快告訴我怎麼到那棟公寓！」坐在駕駛座的阿久津語帶威脅地命令我。「唉，這雨怎麼還是下個不停啊？」

天空中依舊烏雲密佈，沒有絲毫放晴的跡象，雨刷則是慢條斯理地愛撫著擋風玻璃。抱歉！是我的錯。坐在副駕駛座上的我在心中偷偷對著阿久津致歉。每當到人間會晤調查對象的期間，天氣總是不好。不是挾帶強風的豪雨，就是驟雨；有時是陰雨綿綿的霪雨，有時是午後雷陣雨。儘管雨勢有大有小，但總是無緣瞻仰萬里晴空的景緻。

我的目光落在自動排擋桿旁的電子鐘上。「黑道份子都要選在這麼一大早的七點展開行動嗎？」

「這跟那個沒啥關係啦！」阿久津邊回答我，邊打了兩、三個哈欠，眼角還黏著一坨眼屎。

「難不成是因為一大清早才不會碰上其他出來蹓躂的黑道份子？」我脫口說出自己的臆測，心想這應該就是所謂比較安全的時段吧？

「既然知道就別多問。」阿久津強壓心頭那股油然而生的怒氣，說：「你不也是在道上混的！」

「我才不是道上混的，其實我根本搞不清楚黑道是啥東西咧！」

「少騙人了！」

我沒有撒謊，可是要耗費唇舌跟人解釋又是件麻煩事，因此我選擇沉默不答。相反地，我不由自主地吞了吞口水，伸出手指著車上音響問他：「我可以操作這個嗎？」

「操作它？你還想聽音樂唷！喂，我說你啊，到底懂不懂自己現在是處於什麼立場？」

隨他愛怎麼說，我隨即著手開始尋找播放鍵，然後輕輕地按下。似乎裡頭原本就放著一片CD，一陣細微的旋轉聲結束後，立刻自音響內流洩出一陣樂聲，瞬間我感到背脊發麻，臉上肌肉隨之鬆懈，甚至從胸腔深處緩緩滲出一股暖意。

「喂！幹嘛露出那娘娘腔的表情呀？」斜眼瞄著我的阿久津掩不住一臉的訝異。

「沒什麼，因為我很喜歡……」我坦白回答。

「你喜歡滾石合唱團？」

「滾石？不是，我喜歡音樂。」

「你在說什麼啊，喜歡音樂，這範圍太廣泛了吧？」

事實上，不分音樂種類，只要是音樂我一律來者不拒。正確地說，不單單是我，我們所有同事均是如此。我們對人類不帶有一絲同情或懼怕，卻獨獨鍾情於他們所創作的「音樂」。

只要有空，不，應該說就算勉強擠出空檔，我們也一定會到唱片行報到，站在試聽機猛聽音樂。

所以雖然不該這麼說，但我們所有派遣下凡來的調查部同仁，通常並不會互相保持聯絡，我們根本不在意哪位同事被派去調查誰，如果有事要找同事，那麼只要往有音樂聽的地方鑽就行了，因為百分之百會在該處發現某位同事。

「不過這首Brown Sugar很酷吧！」阿久津指著音響說。

「咖啡色的糖？」咖啡店裡的方糖我倒是看過。

「我是說這首曲子啦，你沒聽過嗎？這可是藤田哥最喜歡的歌喔，他的品味不錯吧！」阿久津一說到藤田的事，就開心地像有人誇讚自己似的。

廂型車沿著平緩蜿蜒的道路推進，等到來到一處大型的十字路口前，車子慢了下來，我完全無法判斷前方的路況，看樣子似乎是陷入令人抓狂的車陣中。

順道一提，我確信「塞車」跟「音樂」剛好是兩個極端，它絕對是人類所有的發明物中最不必要、也是最醜陋的玩意兒。我十分難以理解為何人類允許這東西繼續存在，卻不加以撲滅？

阿久津拉起手煞車，轉過頭看著我。圓滾滾的鼻子讓他的五官跟身材看上去有點幼稚。

「我想問你……」我開口道。

「幹嘛啦，老頭？」阿久津的口氣雖然粗暴，但語氣中夾雜的嫌惡感卻比昨天少多了。

「藤田是個怎麼樣的男人？」

「你問的這是什麼鳥問題！你在耍我喔？」

「他跟我印象中的黑道份子不同……」

我這句話好像大出阿久津的意外，只見他倏地屏住呼吸，放鬆了臉上緊繃的線條，然後又再度裝出緊繃的表情，故作不爽的口吻答道：「那是當然的啊，像藤田哥這麼酷的男人確實是世間少有。」

前面車子的煞車燈熄滅，開始向前推進，阿久津也跟著放下手煞車，踩下油門，車子慢慢往前滑動。

「是嗎？藤田很特別啊。」我不禁對他感到興趣，儘管只有一丁點。

「你知道我第一次遇到藤田哥的事嗎？」

「我哪知道！」

「就跟你剛才對滾石合唱團那種如癡如醉的感覺一樣，好像腦袋被誰狠狠地K了一下，心想：死定了，就是這種感覺啦！」

「死定了？這不是被逼到絕境時才會說的台詞嗎？」

「我當時的感覺就像被逼到絕境嘛。好比說你在街角突然聽到搖滾樂，一定會嚇一跳吧？平常不可能發生的事，可是偏偏就讓我遇上了，你說這不是『注死』的嗎？」

「你的表現方式還挺抽象哩。」用這種表現法竟然還能溝通無礙，人類還真是奇妙的生物。

「藤田哥真的很有俠義風範喔！」阿久津驕傲地說。

廂型車此時再度停止步行，看樣子要逃離車陣似乎沒那麼容易，宛如身陷泥沼，不管如何掙扎還是無法逃出。

「俠義？」我反問他，因為鮮少聽到這名詞。

「你連這個也不懂喔？」阿久津帶著優越感的眼神瞧著我，「字典、去查字典！」

「到底是什麼意思？」

「扶助弱小、扭轉強權！」

「扭轉？」如果是扭傷腳的「扭」字我倒是認得。

阿久津話說完，立刻滿臉通紅，似乎是為了方才這番話感到害臊又驕傲。「藤田哥經常告訴我們：所謂黑道份子的本份，就是行俠仗義。因為弱者通常都是慘遭國家和法律欺凌的一群，而唯一能拯救他們於水火之中的，就是那些勇於跨越法律藩籬的男子漢，換句話說，就是那些視法律如無物之人。沒錯吧？雖然那樣的人通常給予外界不好的印象，不過，他們的初衷可全都是為了拯救善良的弱者，這也才是真正的黑道。」

「這就是黑道的定義嗎？」

「定義？」阿久津驚訝地轉過頭來，「這只適用在藤田哥身上，因為藤田哥跟其他那些傢伙壓根兒就不一樣。」說完之後他驕傲地抬高下巴。

「前面的車動囉！」看到前面的休旅車開始往前推進，我開口提醒阿久津。阿久津放下手煞車，我從他側面愁眉深鎖的模樣看來，他似乎正為了一些事而心煩。

「再多問一件事，可以嗎？」我想問他一件令我在意的事。

阿久津則回報我一個若有所思的表情。

「像藤田這種人，是不是連同伴也會覺得很煩？」

「這是哪門子的鳥問題啦！」只是阿久津反駁我的音量卻明顯減弱了。

「與眾不同的傢伙很容易遭人嫌惡，對吧？」我腦中閃過昨晚跟藤田通話的那位「父親」，他的聲音中似乎就帶著厭惡感。

阿久津哼的一聲，奮力踩下油門。

6

在我的引導下，廂型車在公寓對面的路旁停了下來。這是條雙線道，中央設有分離島，此刻我們正停在對面車道上，距離公寓入口還有段不算短的距離。

雨勢開始減弱，天空依舊灰暗，但透過車窗還是足以觀察到外界的動靜。

「這裡嗎？」雙手放開方向盤的阿久津聲音透露著緊張。「這裡就是栗木的藏身地，對吧？」

「沒錯。」老實說，我也是第一次來到這棟公寓。不過根據手上的情資顯示，正確地點應該就在這裡錯不了，萬一情報真的有誤，不該怪我，而應該向情報部投訴才對。

我探起身，把臉湊向駕駛座往窗外一瞧，那棟十層樓高的公寓，光看就知道是高級住宅，那固若金湯的外牆，跟藤田藏身的公寓相比較，簡直是天壤之別。

起先一直把額頭貼在車窗上觀察外面動靜的阿久津，當他轉頭發現我的臉龐離他不過咫尺，不禁「啊」的驚叫出聲，瞬間他整個人嚇得直往後仰，一副膽小到家的菜鳥模樣。「老頭，幹嘛把臉靠這麼近！」

我沒搭腔，只是把身體靠回椅背上。

「害我全身直打哆嗦。」阿久津一臉糾結地埋怨著。我其實很想告訴他：靠近死神，本來就會感受到一股寒氣，因為死亡與寒氣如影隨形。

「喂、是那些傢伙吧？」我注意到有幾個人從公寓裡面走出來，遂舉起手來指向他們。

聽到這話的阿久津，宛如上緊發條的洋娃娃，立即挺直上半身，望向車外。「是栗木！」聲音顯得有點激動。

我再次探出身子往外瞧，儘管受阻於外頭的雨勢與往來不斷的車輛，卻還是可以清楚看見對面車道那群穿著西裝、昂首闊步的男人。

那些傢伙個個一臉壞蛋的長相，不過意外的是他們撐傘的姿勢卻是一板一眼。那群人當中有一個是由他身旁的年輕人替他撐著傘，那是名中年男人，身材適中，燙著滿頭整齊的小卷髮。阿久津說：「栗木這傢伙，還是沒變，一副囂張的樣子。」

就這樣，阿久津便向著我的後腦勺，觀看著外頭的動向好一陣子。

過了幾分鐘，有輛黑色轎車開過來接他們上車，一會兒之後，他們便消失在我們右前方。

「看樣子他似乎雇用了新的人。」這時阿久津將背靠回駕駛座，喃喃自語著。

「雇用？」

「我從未見過剛才站在栗木身旁的那名男子，我想他一定是他聘僱的殺手。」

「你是說保鑣嗎？」很久以前我調查對象中，也有曾經從事過那種職業的男子。

「老頭，你還真古板耶！」阿久津不屑地撇了撇嘴。「不過他也可能只是個新來的小弟。」

「他為什麼要僱用殺手？」

「還不就是為了保護自己免於藤田哥的攻擊。」阿久津語帶謹慎。「一定是這樣沒錯。栗木那傢伙天性膽小，我想他現在應該是嚇得皮皮剉咧！一方面他打算幹掉藤田哥，另一方面又害怕自己先被做掉。」

「這樣啊？」

「老頭……」阿久津再次轉向我，用認真的眼神望著我，他那雙充滿血絲的眼眸和初見面時相同，只是這次的眼神裡藏著某種真摯的情感。

「幹嘛？」

「你幫我串供好嗎？」

「什麼事？」

「我打算告訴藤田哥說你徹頭徹尾都在撒謊，可以嗎？一旦藤田哥知道栗木確實躲在此地，他一定會立刻飛車過來。他肯定會這麼做，對吧？這麼一來就傷腦筋了，所以我得騙他栗木不在這棟公寓內。你肯幫我這個忙嗎？」

我覺得阿久津的話聽起來很不合理。「如果決定要這麼做，當初一開始就別來找我不就得了？」

「我也沒辦法呀！誰叫藤田哥一聽到有關你的流言，就立刻下令叫我帶你去見他，我總不能違抗他吧。再說，其實當初我不相信你真的知道栗木的藏身地點。」阿久津應該不覺得寒冷，可是他的雙腳卻發起抖來，而那種讓人心神不寧的顫動竟也傳到我的座位上。

「老實說，你到底打算怎麼做？」這回則輪到我沒品地高聲亂吼。「你打算怎麼安置藤田？難道你想讓他繼續窩在那間破公寓裡頭？」

「少囉唆，我自己也不曉得該怎麼辦才好啊！」阿久津也失去耐性地大吼大叫。

「當初是組織命令我好好監視藤田哥，誰知道藤田哥意志堅定，無論如何都想做掉栗木報仇，我也不知道該怎麼做才好啊！我心裡當然是向著藤田哥，但我不想他去送死。」

「你覺得藤田不該死嗎？」瞧這年輕人說得好像這世間真有不死之身一樣。

「那是當然的啊。」阿久津似乎煩惱到連聲音都充血了。「依照藤田哥的個性，他肯定會單槍匹馬闖進栗木的地盤，但我不要他被殺啊！」

「為什麼？」

「因為藤田哥不能被打敗。」我明顯感受到阿久津咬牙切齒說著話時，內心深處那無比的苦痛。「就拿你來說好了，如果搖滾樂被消滅了，你會很難過吧？」

「音樂會死嗎？」這對我來說可是個天大的問題。

「不會死啦，我只是打個比方。」

我鬆了一口氣，接著說：「他不見得會死吧？」當然人類最終的宿命絕對是死亡，不過我說的是最近這陣子，反正只要我的報告還沒呈上去，藤田的死活就還未定。換句話說，雖然自殺、病故等等並非死神的管轄範圍，但在調查期間發生這些事故的機率是零。

「廢話少說。總之，拜託啦！就幫我這麼一次吧。」阿久津低頭對我深深地鞠了個躬。他似乎不擅長低頭求人：「幫我串供吧。」

7

一踏進藤田的公寓內，阿久津馬上開始扯謊：「栗木好像已經離開那間公寓了。」他沒誣賴說是我提供的情報有誤，我想這大概是他表示對我的善意吧！

而坐在沙發上聆聽的藤田，則報以不帶任何情緒起伏的回應：「是嗎？」這實在叫人猜不透他心裡究竟是鬆了一口氣，還是正在計算其他可能的下一步。

這場雨直過了中午還持續下著，替這間原本昏暗的公寓更覆上一層沉重的氣氛。不過，我已經逐漸習慣將那數十年來無一日間斷、輕輕敲擊路面的雨聲視為日常生活中該有的音律。

藤田首先瞄了阿久津一眼後，然後轉頭望著我。他那雙帶著黑眼圈的眼眸直盯著我，雖沉默無言卻又饒富意味。

剛吃完阿久津做的炒飯之後，藤田好像突然想起什麼似地對阿久津說：「你幫我把衣服拿到自助洗衣店洗洗吧。」他解釋說是最近天氣不好，與其等衣服自然晾乾，還不如用乾衣機烘乾來得快。

「遵命！」阿久津既快活又乾脆地回答之後，立刻動手將髒衣物裝袋，「那我去囉。」說罷他飛也似地狂奔出門，這時的他活像個元氣十足、禮貌週到的學生。

此刻屋內只剩下我和藤田兩人獨處。據我觀察，他分明是有事找我談，才故意支開阿久津。因此，「其實，」當藤田開口詢問我時，我的臉上並未露出任何驚慌的神色。

「栗木還躲在那裡對吧？阿久津人是不壞，只是他呀藏不住心事……」藤田雙手抱胸，接著說：「只要看他眼神閃爍不定，立刻就可看出他在說謊。」

我聳了聳肩，瞬間我的大腦正忙於盤算如何做出最適當的回答。

「不必在意阿久津，你直截了當地告訴我，栗木目前就在你說的那棟公寓內，對吧？」

「你無論如何都要殺死栗木？」

「當初埋下這整件事導火線的，就是因為我出手教訓了他們組裡那些年輕小子，最後當然也該由我來擺平，這才對吧？」藤田的聲音很響亮，但不同於那種下流又沒品的恫嚇。

「年輕小子？你揍了他們？」

「強拖老年人到小巷內搶錢，你覺得這種事是黑道份子該有的作為嗎？」藤田嘴邊的皺紋陰影加深了，看起來很像傷痕。此時天花板上的日光燈正在替那道皺紋勾勒出更深刻的陰影。

「所以你忍不住就揍了那些傢伙？」

「我揍到他們瘀青，甚至骨折。」藤田的表情絲毫沒變，並沒有流露出伸張正義後的滿足感。「或許我是衝動了點，但我就是無法原諒那些囂張的小鬼。」

「栗木為此震怒不已？」

「自己部下被狠狠修理一頓，說什麼面子也掛不住吧。不過反正他老早就看我不順眼，說不定他心裡還覺得只要能找碴，什麼理由他都不在意。」藤田輕描淡寫地說著。

「總之這件事唯有我出面才能解決，我怎能安心地躲在這棟公寓裡置身事外呢？千葉，我說得對嗎？」

「怎麼說呢……」這樣徵詢我的意見，其實還蠻困擾的。

「不妨老實告訴你，剛才我父親打電話通知我，說他們已經決定好下星期跟栗木見面。我甚至還聽到風聲，說他們雙方不帶其他兄弟，就只是單純一對一促膝長談，打算好好地把這件事圓滿解決。就這樣！」

「你反對他們和談吧？」

「所以我必須趕在那之前出手……」藤田的雙眼炯炯有神，當然現下並非什麼值得興奮的時刻，但他心底因有所覺悟而形於外的那股堅定不移的意志，使他的眼眸深處閃爍著淡淡的光輝。「栗木單槍匹馬赴會，那正是我的機會。只要他落單，憑我一個人絕對可以收拾他。」說著說著他把視線移到那把槍上。

「會面時間是下星期幾？」

「星期三，六天後。」

原來是這麼回事啊！這下我可茅塞頓開了，接下來這件事會如何發展我已經心裡有數了。我們調查部到人間來後有七天的調查期限，如果調查報告結果為「認可」，調查對象隔天就會死亡。換句話說，我們來了之後的第八天，死亡就會降臨在他們身上。

這次我是昨天到的，也就是星期三。照這樣算來，藤田如果得死，就會在第八天，也就是下星期三應驗。

藤田打算狙擊栗木的日子確實是那一天，是以那天應該也是他迎接死亡的日子，儘管目前只是我個人的臆測，不過可能性相當高。

「你相信這個消息嗎？」我試探性地問。

「你這話什麼意思？」藤田瞇起眼睛反問我。

「栗木那天真的會單刀赴會嗎？不，我應該問：你父親真的打算在那天跟栗木單獨見面嗎？」

「你這話什麼意思？」雖然他重複地問了一次，但我知道藤田已經明白我話中的含義。

此刻沒有必要再裝模作樣，因此我單刀直入地問：「難道你不會被人出賣？」

事實果真如此，這整件事情的全貌就會更簡單明瞭了。

藤田的組織因為某個原因和栗木達成協議，我想最有可能的因素就是金錢。人類最令人匪夷所思之處，就是他們對金錢無比執著。儘管我覺得音樂本身的價值遠高於金錢，但只要為了錢，人類幾乎會不擇手段。

藤田被出賣的可能性極高，此時此刻我的腦海裡正浮現「羊牲禮」這個字眼。接下來，我試著將下星期三可能發生的事情在腦中預先演練一遍：藤田在路上狂奔，為的是趕去收拾栗木的性命，孰料這時栗木事先埋伏在會場路旁的手下像燒開的水蒸氣般突然從四面八方衝出來，而且人手一槍，不需任何信號的指示，大家同時朝藤田瘋狂掃射，不久藤田的西裝背部染滿了鮮血，最終不支而倒地身亡。我想這應該就是當天的劇情。

藤田氣得怒目圓睜，活像快把我生吞活剝似的，不過他並未真的衝過來賞我幾拳。

「你的意思是我父親會出賣我，對吧？」

「很有可能。」雖說得等到第八天前來「確認死亡」時，才能得知調查對象的死因，但事前還是能約略猜到幾分。

「千葉，你這話是認真的？」

「工作當然得認真做才行。」

「工作？」

被藤田這麼一問，害我一時心慌意亂，只得趕緊提出別的問題當擋箭牌。雖然我對這個問題根本沒興趣，也沒必要問，不過眼前為了轉移焦點，我還是硬著頭皮問了。

「如果這次見面和解真如我所說的是個陷阱，你會怎麼辦?你打算終止狙殺栗木的行動嗎？」

「不！」藤田露出無力的神情，那些方才那堅定不移的堅毅和貫徹到底的決心，此刻彷如煙霧般消逝無蹤。「我還是會殺他。」他的聲音聽起來相當平靜。「我不可能會輸給做壞事的傢伙。」

我真的很想告訴他：很遺憾，可是你輸的機率相當高。「如果你死了怎麼辦？」

「我寧死也不會逃避，這是我的心願。」當時藤田的臉上沒有半點虛偽。原本只要沒什麼意外，我是打算呈上「認可」的調查報告的。「這是你的心願呀？真是太好了！」我在心底回應他。

8

接下來的幾天我閒著沒事做。既然結論已經出來了，照理說我應該早早呈上報告，儘快結束工作才是，不過要是我這麼做，豈不是白白失去享受音樂的機會？所以我一直待在他們的公寓內，直到繳交報告的期限截止。縱使這段期間，監察部來電詢問「進展如何？」，我也只是虛應一應故事，回以一貫的曖昧答案：「尚在進行中」。值得慶幸的是，阿久津幫我帶來了一部小型收錄音機，因此可以聽聽音樂。

藤田似乎完全忘卻栗木的事，每天過著平凡的生活。他有時會對阿久津的料理讚許一番，偶爾睡個午覺，或時而鍛鍊身體，時而跟我一同聆聽音樂。「黑道份子其實是不大聽這玩意兒的，他們說要堅持黑道的傳統或文化什麼的。」藤田坐在沙發上低垂著半邊眉毛。「可是酷的東西就是酷，對吧？」語畢，他指著收錄音機對我說：「滾石合唱團的〈Rocks Off〉。」似乎是名曲。「看到年過六十還在玩搖滾的米克傑格，我覺得他還真不賴！我想，當個像他一樣帶著傻勁卻又酷的大人也不錯。」

「這樣啊。」雖然無法理解他那一長串話的含意，我還是虛應了一下。什麼都比不上可以聽到這種洋溢著暢快及躍動感，卻又不失乾脆豪爽的音樂的愉悅，我真的是太幸福了！

「老頭你瞧，藤田哥品味就是不一樣！」阿久津在旁邊插嘴說道。品味不一樣？難道你吃過藤田？我原本想這樣問，不過依我的直覺判斷，這大概又是一句修辭吧。

有大變故在星期一發生了，也就是我被派到此地的第六天。

深夜十一點，窗簾始終緊閉的窗戶外頭，雨滴依舊輕敲著地面，白天雨滴滴答答地下個不停，入夜之後雨勢突然轉強，彷彿想要洗去鎮上潛藏的污穢。

此時藤田正在沐浴。

我和阿久津舒適地仰頭坐在沙發上，阿久津對我的認知和警戒心好像已經從「不知真實身分的敵人」，降低為「不知真實身分的同居人」。我想他或許沒注意到，就連他叫我「老頭」時的語氣裡，也早已夾雜著些許程度的親密。

此時阿久津的行動電話突然響起，是那種沒有抑揚頓挫、冰冷的電子音。他趕緊抓起電話跑到窗戶邊。

儘管我沒啥興趣知道他們的談話內容，但我還是習慣性地集中精神在電話上，聽取他們的交談。

「喂，阿久津！」開口說話的人是個沒品的傢伙，聲音不同於我之前所聽過的那位組織大老，他的聲音讓人感覺極富攻擊性，而且口氣粗暴。「你有好好監視他吧？」

「是。」阿久津的聲音顯得有氣無力。

「日子就是後天，記得吧？到時你得負責把藤田帶來。萬一失敗，你很清楚你會有什麼下場吧？」

「是。」

「你啊，如果連這種時候都派不上用場，你就真的不用混了。」

「可是藤田哥……」

「你別老是藤田哥、藤田哥地叫個不停。我跟你說藤田那一套早就過時了啦，什麼講誠信、俠義的時代老早就不符潮流了，今後講究的是交涉、交涉啦！」

原來如此，原來今後是講究交涉的時代啊！聽了他們的談話，有上了一課的感覺。

「如果你選擇搭乘被淘汰的小船，就會跟著沉到海裡喔。聽著，總之後天的計畫只許成功不許失敗！栗木那邊已經安排好了。你知道該怎麼做吧，阿久津！」

電話切斷了。阿久津嘖的一聲後，回到沙發上呆坐著。他頂著一張苦瓜臉，活像背上正駝負著虛幻的巨石一般。

「怎麼了？」我明知故問。

「遇到一點煩心的事。」依我的判斷，阿久津八成事先已經得知藤田被設計一事，因此他奉命待在這棟公寓好就近監視藤田。

「老頭，假設喔……」阿久津開口了。縱使他的視線轉到他處，然而他對我說話的口氣裡夾雜著與平時不同的親密感，在他心裡似乎對我有所依賴。「假設藤田哥被大批敵人包圍……」

「被栗木的同夥嗎？」

「隨便啦，就是一大群敵人……」阿久津好像覺得我反應遲鈍，特地加重了語氣。

「你覺得單憑藤田哥一個人足以應付一大群敵人嗎？他有勝算嗎？」

「你在擔心什麼？」

「我不想他輸……」阿久津仰起頭望向天花板附近。他看到的似乎不是壁紙，而是某種別的東西。「他說他不會輸……」阿久津的嘴裡不斷地嘟囔著這句話，雖然語氣堅定，身體卻抖個不停。

很遺憾，如果藤田被一大群黑道圍攻，肯定會死。我若能這麼告訴他就好了，可是我沒有開口，畢竟連阿久津自己也無法信服這句話，因此就算我回答了也毫無意義。

當夜，萬籟俱寂之時，我與上級取得聯繫。

「如何？」我迅速回答對方「認可」。

「瞭解。」他以一貫的回答回應我。事實上我們的報告通常都是「認可」，看來這工作果然只是道儀式罷了。

我在腦子裡一面盤算，等天一亮立刻跟藤田辭行然後離開此地，身體一面隨著收錄音機裡播放的薩克斯風樂曲擺動起舞。

只是過沒多久，阿久津便強行將我搖醒。想當然耳，身為死神的我根本不需要補充睡眠，當時我只是單純躺在床上，假裝正在睡覺的樣子。「安靜點！趕快到外面去！」當阿久津搖醒我時，他臉上流露出蓄積已久的憤怒及緊張的神情，著實嚇了我一跳。他完全無視於我滿臉狐疑地問：「究竟發生什麼事？」，只是一味地抓著我的手腕，強行把我帶到房子外頭，然後搭著電梯匆忙地離開公寓。

我被他像塞行李似地弄進廂型車的副駕駛座之後，他帶著令人發噱的壯士斷腕、必死的氣勢坐上駕駛座，手握好方向盤，接著似乎為了確認自己的決心，他大聲說道：「出發吧！」

車輪發出聲響，車子緩緩地起動，車頭燈照出無數滴落在街頭的雨水。

「我們要去哪裡？」我邊問他，眼睛邊瞄著時鐘，現在是半夜一點鐘。簡單地說，今天就是我調查工作的最後一天，不過報告我已經呈報上去了，根本沒什麼好緊張的。但是話說回來，我也沒心情跟阿久津結伴去享受兜風的樂趣。

「我們現在的目的地是栗木的地盤唷！」阿久津語帶興奮地說。

「去栗木的地盤？」

「就是去殺他啦！」阿久津聲音略帶沙啞，一看就知道他此刻正處於恐懼之中。

「殺他？」

「聽我說！」阿久津像洪水決堤似地開始喋喋不休。「聽我說，老頭！藤田哥現在很危險。這些話只能在這裡說，我告訴你那是個陷阱，都是事先設計好的……」

我原本就打算將這件事弄個明白，是以我靜靜地聽著他的話。

「可是我還是嚥不下這口氣啦，而且我也不容許藤田哥輸給那些姑息養奸的傢伙。是吧？」

「那群『姑息養奸的傢伙』裡有你嗎？」

驚訝於我的提問，阿久津慌得鬆開了踩著油門的力道。一陣短暫的時間，他似乎有點難以啟齒，不過片刻後，他咬著牙承認：「嗯，沒錯，我真是白痴！因為害怕組織的命令，只能乖乖聽命行事，我真是差勁！太差勁了！所以現在只要殺了栗木，一切都還來得及，對吧？還不會太遲。」

「所以你打算……？」

「去把栗木做掉。只要先殺了他，這一切就和藤田哥毫無瓜葛，對吧？」

為什麼人類每說一句話都得徵詢他人的認同不可呢？

「我們只要先把栗木殺了就萬事ＯＫ了。」會採取這項行動，想必是他想破頭之後才得到的結論吧！阿久津這種發神經的計畫，怎麼想都不是明智之舉。我邊繫上安全帶，邊皺著眉問他：「你口口聲聲說我們、我們的，你幹嘛要把我扯進這趟混水啊？」

這是頭一個我無法認同之處。

9

阿久津毫不猶豫開車轉進蕗田町，轉眼間栗木的公寓進入眼簾。跟上回一樣，他將廂型車停在寬闊的車道上，眼睛盯著矗立在右邊對面車道旁的那棟深褐色建築物。那棟漂浮在雨夜裡的公寓總是散發出一種不安穩的預感。

我將目光轉向阿久津，陷入沉默的他雙手正緊握著方向盤，力道之大連手上的青筋都一一浮現，任誰都能一眼瞧出他正身陷恐懼心魔的掌握，連我都能明顯感受到他對自己懦弱面的不甘心。

「老頭，用這個！」他從副駕駛座前的置物箱中翻出冰冷的手槍，將其中一把交給我，另一把自己拿著。「現在只能靠魄力跟氣勢殺進去了。」我仔細觀察手上的槍枝，心想，這醜陋的道具怎麼還是一副老樣子啊。

差不多該出發了。當我把手放在門把上時，阿久津突然像個癟三似地「啊！」的尖叫出聲。此時他兩眼直盯著擋風玻璃，整個人張口結舌、無法動彈，活像個石像似的。

我也立刻轉頭望去，點頭道：「原來是這樣啊。」

車燈持續亮著，只見數名男子緩緩從黑暗中步出。人數大約有五個，個個是穿著鮮豔的西裝外套，長相凶惡的大漢，只見他們趨步向前。此時的天空依舊飄著綿綿細雨，卻沒有半個人撐傘，此外，大概是怕太招搖，每個人都把手放低，但手裡皆緊握著槍。

「那、那是……」阿久津嚇得目瞪口呆，此刻他的腦中一片空白，他既沒有衝出車外，舉槍四處掃射，也沒有發動引擎，豁出去似地開車向前衝。他除了發愣之外，沒有採取任何行動。

不一會兒，只聽到車旁傳來一陣凌亂的腳步聲。那些兇神惡煞開始粗暴地舉起石塊以及金屬，不斷用力撞擊車窗，受不了這種折磨的阿久津只得開門投降。

那群沒品的粗暴大漢沒花多少時間就把我和阿久津拖出車外。「你們之前曾經在這區出沒對吧？」、「開這麼跩的車一定有鬼，混哪裡的？」、「啊、這傢伙不是藤田的小弟嗎？唷，來的正是時候。喂、把他們給我帶到屋裡去！快點帶進去！」包圍在四周的人聲此起彼落、叫來喚去，嘈雜得不得了。我們倆就這麼被拖著走過雙線道朝著公寓而去。

10

這還是我頭一回被人類捆綁在椅子上。

我們目前在一個感覺像招待所之類的寬敞房間內，他們用膠帶將我緊緊捆在木頭椅上，而坐在我身邊的阿久津也遭受相同的待遇。

現在應該是三更半夜，室內卻日光燈大開，照耀得如同白晝。

牆壁上橫掛著書法的漢字掛軸，無論是牆壁、桌椅，再再都強調出木頭的紋路之美，也造就了這個散發傳統風情的房間。身處於這般雅致靜謐的氣氛當中，唯一格格不入的就是站在那頭的黑道惡煞。

阿久津正急促地喘著氣，他不僅嘴角流血，頭無力地低垂，眼睛周圍也被打腫了。

「喂，我叫你把藤田叫來！」那名光頭大漢手裡握著一根像枴杖的東西，站在阿久津面前不停地戳著他。他剛才用那根拐杖連打了阿久津好幾次，連我的身體也被他足足打了二十二下之多。不過，阿久津表現出寧死也不說的意志，還以堅定的眼神回瞪他。

「老大，怎麼辦？」光頭佬轉頭問。在一張極醒目的柔軟黑沙發上，坐著一個發福的中年男子，只見他嘴裡頭還叼著根菸。

是栗木。那副囂張的模樣依然沒變，與我們先前在路上看到的一樣；大鼻子、小眼睛，即使同為黑道，真是一樣米養百種人。我不禁暗自興嘆，藤田跟他們這些傢伙的氣質就是不一樣。

「那傢伙也不招嗎？」栗木拿著香菸的右手指著我。

「我從剛才一直痛扁那傢伙，可是他怎麼樣就是不吭聲。」

沒錯，我就是不吭聲。無論他們如何地甩我耳光、用枴杖打我、甚至拿沙包拚命丟我，我根本沒有半點痛楚或恐懼，更無所謂的感慨。雖然被刑求時我曾經試過裝疼、故意呻吟個幾聲，但連我自己也覺得未免太像做戲。

「要不要拔他的指甲？」背後有個長相凶狠的年輕人這麼建議著。抱歉，拔指甲這把戲對我也是不痛不癢。想到此，我心中燃起一絲對他們的歉意。

「老頭！你可千萬不能說。」阿久津擠出僅存的力氣對我說。那聽起來既像哀求，又像忠告，也許其中還蘊含著對我的某種信賴，可惜我一點兒也沒有放在心上，只是一個勁兒地觀察著屋子，心裡暗自估算：該選個什麼好時機閃人。我打算等這件事大致抵定後，就要打道回府。既然報告結果已定，此刻我的行為根本就像在做售後服務或義務加班。雖然，該做的事要認真做，但不應好管閒事。

我看著一張張流氓的臉，他們個個人一臉淺薄、相貌平凡無奇，壓根兒引起不了我的興趣。突然，我的視線定在門邊。我看見在美麗木紋大門旁站著一個高頭大耳的男子，他雙手交錯在胸前，雙眼注視著我，眼底還閃著愉悅的光采。他似乎對我有極大的興趣。

過了半晌，我喃喃自語道：「喔，原來是這麼一回事啊！」

「你說什麼！」拿著拐杖的光頭佬粗暴地跑到我面前高聲叫嚷，一道烙在太陽穴的傷痕顯得更加醒目。

「我把藤田的電話號碼告訴你。」我對他這麼說，瞬間，阿久津像發了瘋似地瞪大眼睛怒視著我，他奮力搖晃身體，挾帶著驚人的氣勢企圖連人帶椅朝我衝撞過來。我在心底暗自嘆道：他的體內怎麼還能有這麼驚人的氣力？耳際傳過他那如雷狂飆的咒罵，只聽見他聲嘶力竭地叫著：老頭！你到底在想什麼？你真的要出賣我們嗎？

我唸出心裡默記的電話號碼，幾乎在同一時間，我聽見阿久津像孩童似的啜泣，還有些人站在遠處嘲弄他的笑聲。

光頭佬轉頭看到栗木點頭應允，便伸手拿起桌上電話，按下我所說的號碼。等待電話撥通的當下，他還不忘威嚇我，說：「如果你敢撒謊，我就把你宰了！」

「老頭！你出賣我們……」阿久津還在繼續咒罵，他那卯足全力、拼老命的模樣，幾乎快到喉嚨咳血的地步。

我跟他說：「藤田會來救你。」以俠義自勉的男子漢不可能不來救他。

「你！」阿久津咬牙切齒憤恨地說：「那就稱了這些人的心意了，你想害死藤田哥嗎！」

我不得不降低音量，將我心中的疑問提出來：「喂，藤田會輸嗎？」

「啊？」阿久津眼睛瞪得老大。

「你不相信藤田嗎？」你不是一直喋喋不休地對我強調藤田有多強嗎？

藤田不會死。

我當然知道。因為藤田的死期是明天。既然是身為死亡調查員的我說的，肯定錯不了。被鎖定對象在調查期間暴斃從未發生，也查無前例。

換句話說，藤田明天也許會因闖紅燈而被疾駛而過的卡車輾斃，或者為了救溺水的年輕人而跳水溺斃，抑或是為了其他因素而死，但絕不會是今時今地。

「我當然很想相信他呀……」阿久津發出微弱且有點遺憾的聲音喃喃自語著。「可是對方人數這麼多，就算英勇如藤田哥也一籌莫展吧。」

就在此時，方才打電話的光頭佬粗魯地大聲嚷著：「藤田那傢伙馬上就會趕來，看樣子只有他一個人來。」

「真是愚蠢。」栗木苦笑。說著說著他把香菸捻熄在菸灰缸裡，然後大聲說：「都什麼時代了，單槍匹馬竟敢想來救人，這套把戲老早就不流行了。」說完，其他人也跟著大聲笑了起來。

我再度將目光轉向那名站在門邊的大耳男子，他跟其他流氓混混不同，臉上既無任何興奮的反應，甚至帶著一抹冷笑，靜靜地靠在牆上。從他那雙不帶任何情緒的眼眸看來，我知道此刻他已經抽離所扮演的人類角色，好整以暇地仔細觀察著這群人。不過這是理所當然的，因為他正是我的同事，調查部的同仁。

我知道他比我早一天來到人間，但倒沒聽說他這回的調查對象身在何處、是何身分。

直到幾天前，阿久津曾經提及「栗木帶了一名素未謀面的男子，那應該是他聘僱的保鑣」，我想他指的應該就是我這名同事，原來他的調查對象就是栗木。

這名同事比我早來一天，算來栗木的死期就是今天。現在的他也是為了確認栗木之死，才會選在此時此地現身。

「今天是栗木的死期，而明天輪到藤田……」我像是再三確認似地說，但阿久津似乎沒聽到。我將身體靠上椅背。

「喂！藤田哥真……真的會贏嗎？」阿久津鼻下掛著兩道已乾涸的血，低聲膽怯地問我。

「你馬上就會知道。」我冷冷地回答。

坦白說，我根本不在意藤田的死活。我的工作結果既沒有變，考績也沒有提升。只是，我後來想了想，既然已經捲進這場是非，何不留下來看完最後的結局？

我的眼睛直盯著門口，心裡等著藤田破門而入的那一刻。雖然我對這個結局早已不抱任何期待。此時，我的腦海裡開始奏起不知是〈Brown Sugar〉還是〈Rocks off〉的前奏。藤田現身的時候，背景音樂理應是如此隨意放肆的搖滾樂吧。他帶著那股蠢勁和剛毅衝進屋內，然後，大難不死。

「藤田哥不可能輸的……」坐在我身旁的阿久津依舊緊握著那雙被捆綁的拳頭。

他不再徵詢我的同意，只聽見他嘴裡不斷反覆唸著「扶助弱小、扭轉強權」。而我，只是默默聽著。

07

暴風雪中的死神

Death in Snowstorm

1

我望著窗外，這是我頭一次見到如此驚人的降雪量。環繞著這棟西式建築周圍的那片白樺樹林，因暴風雪之故，根本無法清楚辨識出白樺樹的輪廓。

這場暴風雪看來絲毫沒有停歇的跡象，從天空裡爭相露臉的白色雪花，既像羽絨，又似柳絮般地輕輕飄落著。目前時刻雖然已過清晨六點，卻不見太陽露出笑顏。

「看樣子今天是不會放晴了。煩死人了，趕快把窗簾拉上啦！」從我背後傳來說話聲。說話的人叫做英一，是個三十歲左右的男子，銀框眼鏡，肥胖的身軀，尤其是他那個大到離譜的啤酒肚，根本就像被塞進一個橡木桶似的。雖然我不清楚他的職業為何，但光憑他那副怠惰又毫無責任感的樣子，根本就是個百分之百的蠢人類。

「好的。」我禮貌地加以回應，並且立即拉上窗簾。這次我所扮演的角色是個「有禮貌的好青年」。

我們目前所處的位置是在這棟西式建築裡頭，位於入口處右手邊的一個寬敞的空間裡。連我在內共有五個房客正相互對坐在休息室的沙發上。

「這究竟是怎麼一回事嘛？」坐在我對面，名叫真由子的女子語帶膽怯地問。她的年紀約在二十七、八歲上下，身材高䠷，皮膚白皙，再配上那頭茶色的長髮格外引人注目。

「田村夫人現在的狀況如何？」身穿白色制服的廚師問我，聽得出來他的聲音正微微地顫抖著。大概是因為前額垂下的瀏海吧，娃娃臉的他看不出已經年過四十。

「方才我去探視時，她已經睡著了。」我如此答道。田村聰江在二樓的臥室裡發出均勻的呼吸聲。不過，我分不出來她究竟仍在昏迷當中，或是曾一度甦醒過後，再度陷入睡眠之中？

「你說你叫千葉，對吧？」英一一面用食指推高眼鏡，一面緊咬我不放。

「是的。」

「或許你就是罪魁禍首。」他噘起嘴，像看到不祥神符時的眼神瞧著我。

「我？」我試圖裝出一副好青年該有的猶豫不安回問他。

「我們所有的人一開始就打算在這間旅館投宿，而且也收到邀請函，可是……」當他說話時，下巴的肥肉不停顫動著。「只有你不是吧？」

我嘆了口氣，臉上拚命裝出抱歉萬分的表情，撒謊道：「可是……這場暴風雪實在太猛烈了，我別無他法，只能到這裡暫時避難。」但我到這間旅館的真正目的並非避難，而是為了進行我的工作。

「就是因為你，事情才會變成這樣啦！簡直是糟糕透頂了。」英一依舊喋喋不休地數落我。我根本搞不懂他剛才所說「糟糕透頂」究竟指的是什麼事，因此無法提出反駁，只能一個勁兒地用「哪有啦……」表現出極盡困惑的樣子。

「英一，那只是推託之辭吧！」坐在他隔壁的男人開口斥責他。這個額頭和眉間佈滿著皺紋的男人名叫權藤，是英一的父親，據說最近才剛從職場上退休。

遭受父親斥責的他，絲毫不改凶狠本色地繼續攻擊我，而且還變本加厲伸出了大拇指指著自己的背後說：「莫非殺害那個大叔的凶手就是你？」他所指的「那個大叔」就是倒在廚房入口附近的田村幹夫。他臉部朝下俯臥著，嘴巴裡還不時冒出白沫。

那是一具屍體。

「在沒有任何證據之前不可妄下斷語，英一！」權藤嚴厲指責他。

真由子也跟著輕聲問我：「不過千葉先生看起來一點兒也不害怕耶。」她有著姣好的外型。「哪像我到現在還嚇得心臟一直怦怦跳個不停呢！」

那是理所當然的事——這句話到了喉嚨，又被我硬生生地嚥了下去。我是死神，對人類的死早已習以為常。說真格的，看屍體對我們而言，每每心裡頭只剩下「怎麼又來了！」的觀感罷了。

2

我從沒收到過比這次更冷漠的指令了。昨天午後，暴風雪強烈地吹著，被丟到白樺樹森林裡頭的我只接獲以下情報：「往前直走約十分鐘後，眼前會出現一棟西式建築，你就以躲避暴風雪為由，叫裡面的人收留你。」

「田村聰江就在那棟建築物裡面吧？」我再一次確認，情報部人員回答我：「沒錯，他們應該是夫婦倆一起來的。」

「那棟建築物是田村聰江的住所嗎？」

「不是。田村聰江的丈夫是東京的開業醫師，這回是到此地觀光。」

「觀光？那棟西式建築是旅館嗎？」

「據說那棟房子的第一任屋主是十九世紀的一個俄國人，他去世後，房子即轉交給他人管理。這棟兩層樓高的房子莊嚴典雅，換句話說，就是別樹一格啦。如今一般人只要付費也可前往投宿。嗯，就像一棟小旅館。」

「所以只有這對夫婦，沒有其他外人嗎？」

「不，應該還有其他幾名投宿客。」情報部人員回答得非常迅速，任誰都能一眼看出他根本就恨不得趕快結束對話離開。「除了田村夫婦，還有其他三名投宿客，再加上廚師，總共四個人。」

「先告訴我詳情！」我強行壓下心頭陡然升起的怒火問他。只見他完全無視我的要求，只顧講自己的：「他們都接獲一張邀請函，那是一張得獎明信片，上頭寫著：『請來享受三天二夜豪華洋房假期』，因此才會聚集在旅館裡。」

「得獎明信片？」我直覺其中必有蹊蹺，因而脫口而出：「這太古怪了吧？」

「是很古怪。」情報部那傢伙竟也理所當然地點頭贊同。「肯定是某人暗中企圖進行什麼勾當，不然幹嘛把人叫到這種深山裡的洋房，是吧？」

「你說的某人到底是誰？他又在圖謀什麼？」

「天知道？」他故意裝傻。

「我可以再問一件事嗎？」

他以聳肩代替言語，意思是「請說」。

「為何你們提供的都只是片段的資訊？」要不是我積極提問，他們根本不會主動告知其他的相關事宜。負責挑選調查對象，並且進行資料收集及整理的是情報部；依據他們整理完成的相關資料進行調查，則屬於我們調查部的工作。工作責任的分際雖本應如此，可是他們這麼冷淡的應對態度到底是什麼意思？本人認為這件事早已超越發怒，甚至到了匪夷所思的地步。

但他一副不在乎的樣子，反問：「不知道對方詳細資料，對你們的工作有任何窒礙難行之處嗎？」

「沒有。」我不加猶豫地答道。

「對吧？你們調查部只要負責把分配到的調查任務做好就可以了。反正你們這些傢伙根本無法掌握到事件的全貌，即使我們主動提供詳細資料，你們懂得該如何靈活運用嗎？別說廢話了，快點出發吧！到時候雪越積越深，你走起路來會很辛苦的。」

儘管我對他剛才說出「反正你們這些傢伙」這種話的輕蔑態度火冒三丈，可是一想到對他提出抗議也挺麻煩的，便轉身邁開腳步準備出發。此時，他從背後叫住我：

「啊，對了！」

「怎樣？」

「順帶一提，到了那棟西式建築可能會接連死好幾個人。」

我回過頭望著他，挑高半邊眉毛。「怎麼回事？」

「因為那些投宿客裡頭，已經有幾個調查結果都是『認可』。」

「除了田村聰江以外？」

「當然，你的同事手腳可真是俐落無比，才調查沒多久就紛紛呈上報告，所以才會造成這回死亡案例重疊的狀況。」

「這麼急著提出調查報告，他們到底在幹嘛？」與其說我正在抒發不滿埋怨同事，倒不如說我心存狐疑。對於這種不經過仔細調查，只提出報告表示『認可』就一了百了的工作態度，我著實無法理解。

「天曉得！只要你們調查部提出調查報告，無論是早是晚，對我們都不會造成任何妨礙。」他接著又說：「總之，那幾名投宿客中，除了田村聰江以外，已經有其他預定死亡的名單。說到第一個死者嘛……」看得出來他正努力搜尋著自己的記憶庫，最後開口說：「是田村幹夫。」

「田村聰江的丈夫嗎？」

「沒錯。田村幹夫將在明天死去。」

「其他人也會相繼死亡嗎？」

「被暴風雪孤立的西式建築物裡，死亡事件接二連三地發生，這樣子多少讓人感覺是刻意安排好的佈局，你覺得呢？」

「我哪知道。」我根本不在意這種事，便隨意敷衍過去，反正我們這些傢伙既無力掌握事件的全貌，也不懂如何靈活運用相關資訊嘛！我的腳步慢慢陷進厚重的積雪裡，等到用力拔出後，才能繼續邁出下一步。腳踩在雪地上的聲音，伴隨著雙腳沉入積雪裡的聲響，聽起來像是富含韻律感的樂音，令人心曠神怡。

直到過了下午三點過後，我才走到那棟西式建築物。當時所有的房客皆聚集在大廳的暖爐周圍，他們對於眼前突如其來、渾身上下沾滿雪花的我當然會心生懷疑，因此，他們不僅看我礙眼，我甚至感覺到他們想把我趕出旅館。若非我臉上刻意裝出膽怯的表情訴說著：如果在場各位狠心把疲憊困頓的我推出這個門外，那麼把我推向死亡深淵的，並非外頭可怕的暴風雪，而是在場各位的冷酷無情！最後總算獲得他們的首肯，願意讓我投宿。

晚餐時刻，我問他們：「各位是參加哪種旅行團？」田村幹夫代表全體成員回答我說：「沒有，我們是偶然抽中旅行社的抽獎啦。」

「抽獎？」

「就是信州洋房旅館的雙人住宿抽獎。這是我生平第一次中獎，所以就偕同內人來此度假。」身為開業醫師的他大概早已熟悉為病患解答疑惑，因此我聽得出來他相當習慣對任何事提出說明。坐在他身邊、滿頭白髮的田村聰江則低頭不發一語。

由於田中幹夫起了頭，接著大家便開始依序自我介紹。

年紀略長的權藤首先發言，他用低沉的聲音：「我叫權藤。雖然覺得和老大不小的兒子一同旅行其實挺丟臉的，但想想偶爾一次應該也不錯！所以我們是父子倆一起出來玩的。」他勉強露出笑容。

「就跟你說做這種突兀的事，才會招來暴風雪啦。」英一將臉轉向一旁，開始碎嘴叨唸。他氣鼓鼓的模樣，使得臉上的贅肉全跑到下巴去了。

「我是在東京準備踏入演藝界的新人……」真由子低著頭，語帶羞怯地說。「最近我經常抽到類似這樣的旅行，可是我幾乎全部放棄，這回我是想在深山裡度假似乎也挺有趣的，因此就來玩玩。只不過我男朋友原先預定稍後前來跟我會合，但是到現在卻還不見人影……」她憂心忡忡地望著柱狀時鐘。

「這場突如其來的大雪，他恐怕很難趕來囉。」正在排餐盤的廚師如此說道。聽得出是一種無心的、不帶一絲感情的、禮貌性回答。

「如果妳的男朋友沒來，妳看我這傻兒子如何？妳就讓他代替妳男朋友陪妳睡吧！他今年三十五歲，還是個王老五。」權藤說完後露齒一笑。雖然這個笑話聽來有點下流，但也不難聽出他關懷兒女的父母心。

真由子瞬間眉毛抖動了一下，接著她露出僵硬的笑容，小聲說道：「這種話怎麼可以亂說嘛……。」我想她此刻心裡真正想罵的或許是「白痴」之類的話吧！

「你也自我介紹一下吧。」田村催促著正忙於排放餐具的「娃娃臉廚師」。大概是突然被指名讓他嚇了一跳，害得他差點把手上的沙拉盤打翻。「上個月之前我在東京都內的一家飯店擔任總廚，不過我已經辭掉工作。現在就是靠著朋友的介紹，到處接案子。」他爽朗地向大家自我介紹。「今天我也是臨時接到電話叫我來幫忙，所以跟在場的各位一樣，我也是第一次光臨這間旅館。」

接著他提及已經備妥大量的食材，「所以，萬一暴風雪持續不停，導致各位被迫困在此地無法回家，也不需擔心食物方面的問題啦！」他笑著說。

「也許這場風雪明天就會停呢。」真由子輕聲地說。

「果真如此，那各位想不想去瞭望台看看？這附近的山上有個瞭望台喔！」田村幹夫提議。

「瞭望台啊？」真由子一副興趣缺缺的樣子；權藤則是嘴上答著：「聽起來挺有趣的。」可是話裡卻聽不出任何一絲對瞭望台的興趣。

「大夥一起去嘛！」娃娃臉廚師才剛說完，英一立即點頭附議。當下氣氛彷彿是規定全體成員無論如何非得到瞭望台一遊不可，令我覺得有點可笑。

「可是，如果把暴風雪想得太樂觀甜美，搞不好反而會持續好一陣子喔。」英一用低沉的聲音冷冷地說。

「甜？暴風雪有味道嗎？」我脫口說出心中的疑問。

「你真的是……！」英一被我的提問氣到連話都說不出來，藉著拚命吐氣來壓抑心中的怒氣。

田村起身站了起來。「師傅，你一個人忙進忙出地挺累的，不如就讓我們夫妻倆幫忙拿餐盤吧！」他對娃娃臉廚師提議。

「說得也是，反正我們倆就坐在離廚房最近的地方。」說完，田村夫人也跟著站起身來。

他們夫妻倆死期已近。根據情報部提供的資料，田村幹夫的死亡時間將在明天，而他的夫人也會在一星期之後，依我提出的報告來決定她的死亡，他們倆剩下的生命是如此寶貴，真不該浪費在幫客人分配食物這種小事情上頭。我真想告訴他們這番話，但並未付諸行動。

那是昨晚，也就是第一天晚上。

3

接下來的第二天，就是今天，大夥群聚在休息室裡，遠遠望著田村幹夫的屍體。

「警察呢?有誰報警了嗎?」真由子的聲音顯得相當微弱。

「電話不通。」開口回答是權藤。除了我之外，這群房客當中最沉著冷靜的就數他了。他的表情糾結，一副若有所思的模樣，但或許是皺紋造成的效果。

「也許是大雪切斷了電話線，而且行動電話也收不到訊號。」

「日本怎麼會有行動電話打不通的地方呢？」真由子彷彿認為行動電話不通是世界上最可怕的事，聲音裡透著濃濃的絕望。

「喂！」英一放下原本蹺高的腳，正襟危坐，說：「那個大叔真的是飲毒自盡的嗎？」

「毒？」真由子杏眼圓睜。「是毒藥嗎？」

「那的確是中毒反應。」權藤點頭回答，看來並非故意不懂裝懂。「屍體上既無傷口，也沒有勒痕，另外從嘔吐的方式，以及胸口上遺留的抓痕種種跡象研判，確實與中毒致命者相似。」

「會不會是心臟病發作之類的？」英一問道。

「不能說沒有這種可能，可是在我看來，那具屍體確實是死於中毒。」

他說得非常斬釘截鐵，散發著豐富經驗的自信，令我相當佩服。

「Strychnine（番木鱉素）。」真由子下意識喃喃說出這個名詞，似乎是不自覺地脫口而出。

「那是什麼？」我這一問，害她嚇了一跳。「啊，沒什麼啦，只是外國推理小說裡經常出現的毒藥名稱啦。」她有點不好意思地說。「我常看推理小說，因此腦中突然閃過這個毒藥的名稱，不過那種毒藥應該是虛構的吧？」

「我不清楚耶。」我順勢帶過。

「我老爸以前是幹警察的。」英一從遠處帶著厭惡的眼神望著權藤。

「直到退休前一刻他都還在刑警這個崗位上努力不懈地工作，所以他應該比我們在場任何人都習慣面對這種場面。」

聽完這番話，真由子的眼神中閃過一抹安心和佩服，也許跟前刑警同處一室讓她內心深處的浮躁安定下來，不過同時她又流露出些許害怕的情緒問道，「如果是中毒，那他是自殺囉？」

「我不知道。」權藤將雙手交錯在胸前，緊抿著雙唇。

「萬一田村先生並非自殺，那麼就意味著在場的某人是凶手對吧？」真由子以迫切的聲音飛快地說道。「被暴風雪隔絕在這種地方，然後發生殺人案件，這不正是推理小說的情節嗎？真希望他是自殺就好了。」

「『自殺就好了』妳這種說法未免太一廂情願了吧！」英一哼的一聲。

「那你認為他殺比較好囉？」真由子翻了翻白眼。我猜想真由子真正的個性或許蠻強勢的。

「經你們這麼一提，我想起有些小說就是描寫在與世隔絕的小島上，發生接二連三的殺人事件，比方說《東方快車謀殺案》。」娃娃臉廚師從旁插嘴說道。

「那不一樣啦。」真由子遲疑了一下，最後還是決定點出他的錯誤之處。「那是不同種類的小說。」

「啊，真的嗎？」

「很遺憾，」我開口說話，「我想他不是自殺。」

咦！真由子滿臉驚訝地看著我。「你憑什麼如此斷言？」英一那對眼睛透過鏡片惡狠狠地瞪著我。

田村幹夫並非死於自殺——以我的立場看來，那是理所當然的事。

被死神鎖定的調查對象只會因意外或不幸事故等突發情況而死，根本不可能因衰老、生病或是自殺而喪生。情報部那傢伙說過田村幹夫的調查結果也是「認可」，此事證明我們某個同事事前已經對他做過一番調查。所以他不可能是自殺的。

「如果不是自殺，你倒是說說看是誰讓那大叔服下毒藥的呀！」英一瞪大眼睛。

權藤也摸著下巴，露出嚴肅的表情。片刻後，他終於開口說：「廚房裡留有兩只酒杯。」

啊啊，其他人也點了點頭。在田村屍體倒臥的廚房內發現兩只紅酒杯，儘管兩只酒杯的放置地點不同，但杯底都還殘留著極少量疑似紅酒的液體。根據娃娃臉廚師的說法得知，直到昨晚就寢前，他並未發現那兩只酒杯，也就是說那些酒杯可以斷定是入夜之後被某人拿出來的。

田村聰江說「田村是個貪杯的人」，由此推測其中一只酒杯應該是田村喝的。

「既然有兩只酒杯，意即還有一人跟田村對飲吧？」英一像要逼出犯人似地逐一審視其他人。「就是那傢伙把毒藥加進紅酒裡的吧？」

「那紅酒是昨晚我拿出來請各位享用剩下的酒。」娃娃臉廚師戰戰兢兢地說道。

「換句話說，毒藥並不是打從一開始就摻進紅酒裡的囉。」權藤這時放下交錯在胸口的雙手，重新坐直身體。「田村死亡時間大概是幾點？」

「我想，」我一邊回想，然後答道，「大約是早上五點到六點之間。」可能是我回答得過於乾脆迅速，以致惹來其他人狐疑的眼神，當我心想「糟糕」時，已經太遲了，只見英一立刻探出身體質問我：「你怎麼會這麼清楚!?」

我立即聲明：「老實說，因為我的房間就在樓梯旁，只要有人經過我都會聽到腳步聲嘛。」

「所以……」權藤眼睛眨也不眨地緊盯著我。他看我的神情，彷彿只要我有半句虛假，立時會對我展開強烈的攻擊。

「清晨五點鐘左右，我突然聽到外面有腳步聲經過，由於好奇心驅使，偷瞄了一下，正好看到田村先生走向樓梯。」

住宿房客以及廚師的房間都在二樓。從樓梯上去，右手邊是一條長長的走廊，走廊左右兩邊各有五間臥室。右手邊最靠近樓梯口的是我的房間，而田村夫婦的房間正好就在隔著走廊的對門。

「你當時是從門眼看的嗎？」

「門眼？對，沒錯。我湊上去的當時，正好看到田村先生一個人走出房間。」

坦白說，不只當時，我根本一整晚都透過門眼觀察著門外的動靜。對我而言，躺在床上裝睡，或者整晚站在門前觀察，消耗的體力幾乎沒什麼不同，就算要我花上幾小時，甚至好幾天站著，我也不覺得難受。我原本想等到對門的田村聰江走出房間時，趁機假裝偶然巧遇，屆時就可以跟她聊個天什麼的，所以才整晚都站在門前觀察，等待時機。

而清晨五點左右，我看到田村幹夫步出房門。我心想他八成是睡不著，只見他悶悶不樂地走出房間，然後拖著沉重步伐走向樓梯。

「為什麼你五點多還醒著？」英一尖銳地詰問我。

「我就一直擔心著這場暴風雪啊……」我信口編出這個合理的謊言。「怎麼也睡不著。」

「發現屍體的時間是清晨六點多吧！」權藤再次確認。

最先發現屍體的人是田村聰江和我。當田村的身影消失在樓梯口，約一個小時後她從房裡走出來。我立即照計畫打開房門，假裝自己正好出門撞見她，立刻打聲招呼。她報以沉靜的微笑，告訴我：「我一醒來就發現我先生不見了，到底他會上哪兒去了呢？」看她這麼從容不迫地說著，或許她並未預感到先生的死亡吧。

我們一起走下樓梯，接著就在廚房入口附近，發現倒地不起的田村幹夫。

「我一聽見田村夫人的哀嚎，便立刻飛也似地起床，直奔樓下。」娃娃臉廚師用手摸著下巴。

「我跟我兒子也感覺有事發生，所以起了床。」權藤撇著嘴，然後伸出食指指向真由子說：「我們就是在樓梯口遇到妳的吧？」

「因為當時聽到一陣淒慘的叫聲嘛！」真由子也許是想重演當時的受驚狀況，只見她把手放在胸前，一副驚魂未定的樣子。她的動作只能用「誇張」來形容。

「這麼說來，」娃娃臉廚師開口說道：「事發當時所有人都在二樓囉，那跟田村先生對飲紅酒的究竟是誰呢？」

「那個人會不會逃到外頭去了啊？」我說出自己的想法，覺得這個想法挺合情合理的。

「逃進暴風雪裡？」權藤瞄了瞄拉上窗簾的窗戶。「這棟建築物都上鎖了吧？」

大夥的視線突然集中在娃娃臉廚師的臉上。擔任廚房工作的他似乎順理成章地被定位成這棟房子主人的人。「正面入口的確上鎖了。」

真由子似乎到此時才明白事情的嚴重性，只見她臉色發青地問：「那……凶手究竟是從何處消失？」

「凶手不一定是消失。」權藤冷靜地說。「或許是我們當中某人設計的，先與田村對飲，等到他毒發身亡，再悄悄回到二樓的房間。之後只要等聽到夫人的哀嚎聲，再若無其事地走到一樓就行了，根本沒有逃到外面的必要。」

「不過，」在還沒意識到自己要開口時，我已脫口而出：「昨天一整晚根本就沒有其他人下樓啊！」

「你怎能如此肯定？」英一就像看到怪物似地瞧著我。

因為我在門內片刻不離地監視著走廊，這句話可不能輕易說出。「我剛才不是說過，我的房間就在樓梯口旁，只要外頭有什麼風吹草動，我馬上就會知道。」

「胡扯！」權藤不容分說地否定我的說法。「你好歹是個人類，怎麼可能一直保持清醒，可能有人趁你睡著時，偷偷地走下樓梯。」

我既非人類，而且能永遠保持清醒，但我很遺憾不能告知各位實情。「我沒有說謊。」明知他們絕不會相信我，但我還是堅持自己的說法。從清晨五點到六點這段時間內，除了田村幹夫之外，沒有其他人走下樓過，這是事實。

「大家分頭找找，或許就會發現可以通到外面的門或窗戶。」娃娃臉廚師如此提議。「凶手說不定就是從那裡逃走的。」

「但是，」突然英一沒來由地，帶著不滿的表情轉向窗外，以所有人都聽得見的音量自言自語道：「如果只是下毒這種事，即使是妳這麼可愛的女生也辦得到吧。」

「你這話是什麼意思？」真由子露出驚訝的神情。

「該不會是妳殺害田村先生的吧？」英一的態度看似嘲諷對方，又像是趁著混亂之際無的放矢，更可看出他喜好欺負虧弄女性的個性。

「英一，你住口！」權藤喝斥他。「沒有證據，別淨說些有的沒的！」真不愧是曾經當過刑警會說的話。

「我為何要殺害田村先生？」

其他人的眼光全落在她的身上。眾人的視線裡隱含著一股熱氣，就跟昨晚餐桌上其他房客望著真由子時的感覺相同，我當時以為或許是只有真由子一個年輕女性在場的緣故，那種感覺包括了對性的好奇，與極端厭惡造成的緊張感。

「比如說，」真由子的眼底閃過一抹什麼似的，「會不會是這種情形？」她說。「裝在酒瓶裡的紅酒經過一夜後竟然發生某種化學變化，像是氧化之類的，因而今早紅酒裡就帶有毒性了，而田村先生在偶然的情況下喝下那些酒……」

「妳的意思是，他是死於意外囉？」我覺得有此可能。意外致死確實屬於我們的管轄範圍。假設田村並非自殺而只是誤喝毒藥，這種可能性其實相當高。

「經過一晚紅酒就會轉化成毒酒，這種事我聽都沒聽說過！」權藤立刻否定她的說法。

「不是說還有另一只酒杯嗎？妳會說這麼說，是不是就是妳下手的呀？」英一又瞪了真由子一眼。

「沒有理由只懷疑她吧？」我說了句不帶攻擊性的話。

儘管這句話應該不至於對誰構成攻擊性，但對英一而言似乎非常不中聽。人類的反應有時還真超出我的想像。「你幹嘛要幫她說話？」

事情怎麼會演變至此？雖然我一時傻眼，忍不住「咦」的一聲驚叫出聲。

「你真的只是因為暴風雪才來避難的嗎？你該不會就是這女人的同夥吧？」

我又「咦？」了一聲。

「你昨天不是也幫她吃盤子裡的菜嗎？」

我在腦中仔細回想一遍之後，回答：「啊，你說那個啊！」

昨晚的主菜是香草烤雞，一看到這道菜上桌，真由子馬上悄悄對我說：「我不敢吃香草烤雞，可以幫我吃嗎？」

這句話聽起來像是禮貌性的請求，可是骨子裡所隱含的自信，卻意謂著絕對無人抗拒她的請求，這點令我倒盡胃口。

所以我建議她：「如果不想吃，剩下來也無妨呀！」她當下反駁我：「但是不能整個都剩下吧！太失禮了。」

我遲疑了一會兒，最終還是幫她吃了菜。因為我腦中猛然閃過有次為了別的任務到餐廳吃飯時所見到的一幕情景。當時我看見隔壁桌的年輕男子對她女友說：「如果吃不下，我可以幫妳唷！」，這話立刻換來他女友開心的稱讚，說：「你好體貼喔！」基於這種經驗，本人當下的判斷是：身為「好青年」的我也應該採取同樣的行動。

對沒有味覺，也不需要任何營養素的我而言，吃飯這檔事簡直是無趣到家，不過我還是勉強吃了兩人份的雞肉。

「被你發現了?」我不由得面露苦笑。為了儘量低調，我還把肉切成小片，然後再從她盤裡移到自己的盤子上，看樣子還是不夠自然。

「哪有第一次見面的男女就共享食物的?」

我聽著英一的指控，心裡突然湧出一個念頭：莫非他在嫉妒我？所以他才對分享真由子食物的我抱著敵意嗎？可是，如果他的嫉妒不是針對這個，難不成他最喜歡的食物是香草烤雞，而我多吃了一份？

「比起這件事，」我指指廚房，說：「你們有人試喝過殘留的紅酒嗎？只要試過就能清楚知道酒裡面到底有沒有下毒？我們首先就來確認這項疑點吧！」

「萬一酒中真的被下毒怎麼辦？」英一哼的一聲，笑了出來。

就在這個時候，背後突然傳來腳步聲，有人開口說道：「我看見了。」眾人一齊望向聲音的來源，只見田村聰江緩緩從樓梯走下來，她那纖細瘦削的臉上氣色很差，甚至連滿頭的白髮也像失去水分，變得如稻草般乾澀。她說：「就在發現我先生倒在地上時，我瞄到了一個人影從後門消失。」

4

田村聰江的貧血症狀似乎尚未完全恢復，她的步伐略顯不穩。等到她坐定在沙發上，「我看到了！」她如囈語般反覆說著。「早上，我丈夫倒在廚房裡……」她的視線也投向後方。

案發現場理所當然地維持著當時的狀態；田村幹夫的屍體依舊倒臥在地上。看到自己丈夫的屍體，她倏地倒抽了一口氣，但她緊閉雙眼，咬緊牙關強忍著。「當我撫著他的身體，我看見廚房窗戶外頭咻地閃過一條人影。」說到這裡，她已經淚眼迷濛。

「這麼說來，那個人就是凶手囉？」真由子明顯想儘快做出結論。

「那您還記得他的長相嗎？」娃娃臉廚師盯著夫人的臉。

「他長得很高，身上罩著一件灰色外套，頭髮短短的，而且鼻子高挺……」

「您只瞧了一眼，就記得這麼清楚啊？」權藤說話的口氣彷彿還是現役的警官。

「是的。」夫人用力地點了點頭。「坦白說，因為他與我們最近認識的某人非常相像。」

「誰？」權藤坐直身體。

「一個醫療器材的業務員，我們是上星期才認識他的。年紀大約三十五歲，給人印象不壞，上星期他每天都來我們診所報到，名字叫蒲田。」

「那傢伙為什麼會來這裡？」英一問道。

「我也不清楚。」田村聰江搖搖頭。「我丈夫跟他似乎非常談得來，算是紅酒同好。」

「紅酒同好！」英一提高音量。「所以跟田村先生一起喝紅酒的，莫非是那傢伙？」

權藤不停地搖頭，儘管他有百分之五十認同英一的意見，「可是，在這樣的暴風雪中，那名男子從何而來？又消失於何處？」

「說不定他現在還躲在這棟房子裡呢！」娃娃臉廚師說。

這句話聽來沒啥特別意思，可是卻讓我以外的所有人臉色一下子全刷白了。「凶手還待在這裡？」真由子摸著臉頰。

「去查一查吧。」英一站起身來。

「查什麼？」我回問他。

「當然是去查那個叫蒲田的男人是不是還藏在這旅館裡呀！」

「很危險吧？」娃娃臉廚師有點畏縮。

「我說啊，」英一一臉不耐煩的樣子。「要是凶手真的還躲在這裡，豈不是更加危險？他只有一個人，我們有六個人，沒什麼好怕的啦！」

真抱歉，我幾乎忍不住叫出聲，看你們如此認真討論，真的不好意思，不過我很明白那名叫蒲田的男子並非凶手。

那個男的絕對是我的同事。

我們調查部有個同仁，出任務時的化名就是蒲田。簡單來說，擔任調查田村幹夫的人就是蒲田，而昨晚他來此的目的正是為了確認田村幹夫的死亡。身為死神，無論是多麼狂烈的暴風雪，或是浪濤洶湧的大洪水，吾等皆可輕易現身其中。

想必蒲田是選在一大清早出現在廚房內向田村打招呼，兩人一起舉杯共飲紅酒吧。不過，不對，如果他貿然出現，應該會把田村嚇一跳，因此他可能躲在廚房邊，等到確認田村死亡後，他再將殘存的紅酒倒進另一只酒杯中喝掉。雖然我們沒有味覺，但也不乏有對紅酒情有獨鍾的同事，「喜歡它那鮮血般的艷紅色」。我思忖著：蒲田把酒杯放著就這麼離去，只是單純疏忽？或者他根本不在意？總之，工作結束，起身離去，就是這麼回事。

5

搜查結果如我所料，並沒有在館內發現其他可疑之人。我們全體房客包括貧血的田村夫人在內，全都參與搜索旅館內部的行動，即使旅館內側的倉庫也不放過。外頭狂風已歇，大地復歸平靜，儘管如此，天上還是不斷落下雪花，讓人感到不可思議。

「我很難相信有人能在這種大風雪中逃走。」權藤抱著頭，一副怎麼也想不透的樣子。

「對了，妳男朋友還好吧？」搜查過倉庫，當我們返回大廳時，娃娃臉廚師這麼問真由子。她臉上流露出不安的神情，眼睛直盯地面，輕聲回答：「我現在只求電話能接通就好了。」

這趟搜索之旅唯一的發現是一台文字處理機，不過這個發現並未將凶案導向解決之途，反而把整個情況帶往更混亂的深淵。當時，這台舊型的文字處理機就放在大廳的櫃檯上，並且處於開機狀態，聽說當時正在櫃檯裡搜查的權藤，在偶然之下發現這台機器，他高聲喊叫：「你們看！」

大夥湊近文字處理機一瞧，除了我以外其他人都嚇傻了眼。

只見處理機的螢幕畫面上有一行橫寫的文字，「第一名亡者死於中毒」。大家面面相覷，不知所措。

「這是怎麼回事？」娃娃臉廚師盯著權藤問。

「不知道。」

「到底是誰寫的啊？」真由子的聲音微弱地像隻蚊子。

「除了那個叫蒲田的男人還會有誰啊！」英一呼吸急促、咬牙切齒憤恨不已地說，「開什麼玩笑啊！」

真的是蒲田寫的嗎？我心中浮出問號。我的同事確認死亡之後，會用文字處理機搞這種惡作劇嗎？

「如果不趕快報警……」真由子發出微弱的聲音，雙手合十拚命禱告著。「看是要先報警，還是先離開？我看我們還是早點離開這裡吧！」

「就是因為無法離開此地才糟糕啊！」權藤的聲音透著不耐煩，他回答時的音量大到連地面都輕微地震動著。

「電話又不通，碰到這種暴風雪，就算想離開也辦不到，妳懂嗎！」

「請問，」田村聰江經過心裡一番掙扎後，開口問道：「呃，我先生的屍體就這麼放著好嗎？」

「就這麼放著？」

「如果就這麼放著，會不會有什麼損傷呢？」她說這句話時，彷彿是將自己丈夫的屍體當成水果，擔心會不會被別人踩傷之類的。不過田村聰江似乎是鼓起極大的勇氣才說出這番話的。

「在警察沒來之前，還是保持現場完整比較好。」權藤雙手交錯胸前，似乎正思考著什麼，片刻之後，他接著說：「還是將屍體搬到外頭吧！這場雪應該可以讓屍體不會產生腐敗。」

「腐敗」，這個字眼不由得讓田村聰江的身體抖動了一下，不過她的聲音馬上轉為安心，回問道：「這樣可以嗎？」

「您還好吧?」站在她身旁的我,對明顯露出疲態的田村聰江出聲表示關切。

「嗯,我還撐得住。」接著,她深深吐出一口氣,揉著雙眼。看著她那副痛苦的神情,我實在很想告訴她,其實妳的死期也在眼前了!

6

一天,這種時間單位,充其量不過是人類制定的玩意兒罷了。對這些住宿房客而言,這是漫長無比的一天,可是對我而言,一天瞬間即逝,很快就來到夜晚了。

整個狀況可說毫無進展。

這場暴風雪絲毫未減弱,只見它逐漸將白樺樹森林埋進深深的雪裡。旅館出奇地安靜,只有正在準備晚餐的廚房裡不時傳出輕微的聲響。

今日早上用過餐後,男人們就合力將田村幹夫的屍體抬到房子外頭,並且埋進雪堆中。處理完畢後,眾人便各自解散自由活動。

真由子好幾次踱到室內電話前,想與男友取得聯繫,可惜似乎都沒有成功,之後她就躲在房內不出門。權藤跟英一則在休息室裡不停地交談,可是卻不像親子間那般開心。

而放在櫃檯上的那台文字處理機，畫面上的文字依舊保持原狀，似乎誰都不想觸碰，更不想提及。我心想，把電源拔掉不就得了？只是他們連這種小事也懶得動手。

田村聰江的臉上透著憂鬱神情，茫然孤獨地坐在大廳的椅子上。我走近她身邊坐下，一面觀察她的表情，一面提問試探她的反應。簡單地說，我在進行我的工作。

「您在看什麼？」我問道，她不刻意隱藏臉上的淚痕，回答我說：「我在看現在人在外面的丈夫。」的確，從她坐的位置可以清楚看見那埋著田村幹夫屍體的雪堆。「為什麼會發生這種事？」她雙手掩面。

「這世上沒有道理的事太多了。」我試著說一些看似貼心，實際上卻毫無意義的安慰話，像這種空泛的言語，經常應用在填補談話的時間，這是人類慣用的手法。

「為什麼我們老是遇到這種不幸？」

「我們老是？」她上鉤了。「此話怎講？」

田村聰江輕按著眉頭，告訴我：「其實我們曾經有個兒子。」

我注意到她的用辭是過去式。「曾經？」

「他在二十四歲的時候喝下奇怪的藥死了。」

據她所言，他兒子似乎是喝下某種從朋友那裡取得的非法毒藥而自殺身亡。原來如此！繼兒子之後，丈夫也中毒身亡，這也難怪她會心生憤慨吧？

當我問及她兒子自殺的動機時，她聲音哽咽，掩面哭泣，以致難以聽清楚她說的話。不過，從聽到的片段內容上大致推斷，好像是她兒子因為單相思或失戀之類的原因走上絕路，然而詳細情況就不得而知了。

「真是太慘了！」我故作同情地說道，接著為了探查她的心意，我問她：「您難道沒想過乾脆追隨他們的腳步死去嗎？」

聽完我的詢問後她倒吸一口氣，緊張地抬起頭，眼睛緊盯著我。我原以為這結論是不是下得太急促了，不料她竟然回答我：「也許會。」

就在問答之間，夜幕已悄然低垂。

娃娃臉廚師大概也無心於料理，餐桌上的菜餚並不多。但每個人也鮮少出手夾菜，因此並未造成任何問題。用完晚餐後，全體房客沒有人留下來閒話家常，大夥兒沉著一張臉各自回房。我明白他們都在心中祈求，這場暴風雪可以早日停止。

當我上樓回到房內鎖上門時，腦中突然閃過情報部的話，他不是說，旅館內還有好幾個人會死嗎？究竟下一個死的是誰？

7

第三天早晨，權藤死了。他死在步出旅館稍微往前走幾步路的雪地上。

他倒地的位置正好是埋葬田村幹夫屍體的雪堆旁邊。田村聰江因「不敢相信丈夫死了」於是一大早再度到埋葬他的地方想要確認，竟然就發現權藤倒臥在地。再一次身為第一個目擊者，儘管這次她並未放聲尖叫，可是她的臉色異常慘白，等到坐在大廳的我趕到她身邊時，她才像嘔吐似地說出：「大事不好了。」時間正好是早上八點。

我並不感到驚訝，但還是佯裝成驚慌失措的樣子，然後將其他三人從房內叫了出來。

跟田村幹夫不同的是，權藤以明顯他殺的姿勢倒臥，他的背上插著一把菜刀，臉朝下，臉頰平貼在雪地上。

我下意識地搜尋著四周。既然權藤死了，表示有同事負責此事，而且他應該也會前來確認他的死亡。我原先以為同事就躲在附近，卻遍尋不著，恐怕他已經離開了。

我們圍住已經斷氣的權藤，俯看著他。

田村聰江似乎過於震驚，只見她用雙手緊緊抱住自己的身體，蹲在地上。「為什麼會發生這種事？」儘管她喃喃自語的音量極度微弱，但仍隱約可聞。

失去父親的英一卻意外顯得相當冷靜，他看似悔恨地緊抿著嘴唇，僅有一次將眼鏡拿下擦拭滴落的淚水。之後他抱著自己鬆垮的肚子，一副陷入沉思的樣子。

真由子則始終不發一語，她垂眉看似悲傷，表情卻像頓失生氣一般，只見她的右手始終放在自己的小腹上，反覆不斷深呼吸。

娃娃臉廚師則一臉的驚慌失措，讓人一看就知道。「這是怎麼回事？怎麼回事？」他嘴裡不停叨念著，然後彷彿在畫小圓圈似地在同個地方來回踱步。「所以我才說不想來嘛！」看樣子他似乎後悔當初接受這份工作。

「權藤先生。」此時突然聽見有人開口，我豎起耳朵，分明有人帶著嘆息聲叫喚著死者的名字。我感到有些納悶。那很明顯的是個男人的聲音，再者，聲音就來自我的左手邊，可是那裡只站著一個人，英一。換句話說，剛剛發出那句呼喊的，除了他之外沒有別人。可是，身為兒子的英一，竟然稱呼父親為「權藤先生」，總覺得哪裡不對勁。到底是我耳背聽錯，還是英一和權藤之間的關係不同於一般的父子？

「我們進去吧！」在田村聰江有氣無力的建議之下，眾人三三兩兩地走回旅館。娃娃臉廚師和英一並肩走在我前方，他們的對話清晰可聞，於是我豎起耳朵仔細聆聽。

「事情怎麼會變成這樣？」娃娃臉廚師怯生生地問，而我聽到英一的回答是：「誰知道啊！八成是那女的幹的。」

大夥陸陸續續通過櫃檯前面，就在此時，娃娃臉廚師大聲叫喊：「你們看！」他正站在那台文字處理機前，聲音顫抖地叫著：「快看這個！」

我跟英一立即湊上前去，只見畫面上出現了一行新的文字，「第二個死於利刃」。

我差點「哦」的一聲輕呼出來。

大夥兒雖然還是面對面坐在沙發上，不過跟昨天不同的是，我們並沒有進行狀況確認以及討論今後的處理方針，大家只是沉默地坐著。面對這種近乎不自然的局面，卻沒有任何人想開口打破沉默。

昨天跟今天有幾點相異之處。

首先，死者增加了，尤其那名死者又是擔任釐清狀況的角色，權藤。這點讓其他房客宛如失去信賴的支柱一般。再者，從權藤屍體的狀況看來，很明顯地是他殺，這點也令人不得不意識到凶手的存在。最後，還有文字處理機畫面上追加的那行頗令人不快的文字，任誰都會驚恐萬分而選擇沉默以對。

過了一會兒，娃娃臉廚師終於開口問英一：「權藤先生是……何時……離開房間的呢？」

「我沒注意，應該是在我睡覺的時候吧。不知他什麼時候不見的。」

「真的嗎？」娃娃臉廚師再次確認時，英一強忍心頭陡然升起的怒氣，「你是什麼意思？」

「同在一間房裡，竟然沒注意？」

「你是在懷疑我？我有什麼理由非殺他不可啊！這點你應該很清楚才對！倒是那個女的嫌疑最大吧？」英一指著真由子。

只見真由子身體震了一下，雙眼直瞪著英一，完全不發一語。她的嘴唇整個刷白。

「等等！大家冷靜點！」我說。沒有任何目的，也不是必須安撫他們。

「你幹嘛！你果然是袒護那個女的！」英一又對我放了一記冷箭。

「沒那回事，只是事到如今再互相指責也無濟於事啊。倒不如好好來思考田村先生和權藤先生死亡的原因……」

這下子可好，好像只有我一個是偵訊者，而他們則是始終保持緘默的嫌疑犯。沒辦法了，我只好開始點名盤問。「英一先生，權藤先生大概幾點鐘還待在房裡，這部分你完全沒個底嗎？」

被我這麼一問，他邊轉動著脖子上鬆弛的贅肉，邊不情願地開口說：「我昨天很睏，所以頭一碰到枕頭就立刻睡著了。不過在我快睡著的時候，他好像跟我說過話，當時我恰巧瞄了一下時鐘，半夜十二點。」

如果我昨晚也用門眼偷窺就好了，我心底其實有點後悔。不然我一定可以掌握住權藤昨晚究竟是和誰一同下樓，只可惜昨天夜裡我並沒有繼續站在門前觀察。

因為我找到一台收音機。

昨夜當我回到自己房內，眺望著窗外的雪景時，赫然發現窗戶旁有一台小型收音機。

當我知道這回出任務的所在地，是在信州深山裡遺世孤立的旅館時，心想這附近絕對不可能有CD唱片行，內心相當失望。所以當我發現那台收音機的時候，心裡不禁歡呼叫好，迫不及待地打開了電源。最初雖然雜訊不斷，但我還是費了半天勁調整著天線，並且將收音機放到窗戶邊，之後雖然聲音極度微弱，但終於可以聽到音樂了。

從收音機裡流洩而出的是爵士樂，中音薩克斯風的音色緩緩迴盪在空氣中。我就這麼把收音機緊靠在耳邊，度過了一個分外美妙的夜晚。至於誰在深夜的旅館中來回走動之類的雜事，我根本無暇注意。

「這種事果然還是做不得啊！」田村聰江哇的一聲哭了出來。她的手放在臉頰上，死命地擦拭淚水，彷彿訴說著從眼睛裡流出來的不是淚水，而是希望。

「『這種事』指的是什麼事？」我提出反問，但她沒有任何回應。我不認為由於中獎而跟丈夫兩人一塊兒出遊，值得她這般懊悔不已。

另一方面，英一始終惡狠狠地瞪著真由子，彷彿他打定了主意要用自己灼熱的視線穿透低頭不語的她。

這下子肯定沒完沒了，我吐了口氣。

「大家早！」就在這時，突然背後的大廳傳來一聲宏亮清脆的招呼。

我、英一以為發生了什麼事，立即站起身來，娃娃臉廚師跟田村聰江則是慢慢地伸直了背。

真由子卻猛地站了起來，方才臉上黯淡無光的模樣，此時彷如有人朝她臉打了燈似地完全消失無蹤。「秋田先生！」她邊大聲喊叫，邊衝到他的身邊。

我們緊跟在後。「是她男朋友來了嗎？」娃娃臉廚師在我旁邊問道，「或許吧。」回答的是站在我們後面的英一，只見他嘖嘖咂嘴。娃娃臉廚師望向英一，彼此交換了一個不滿的眼神。

站在旅館入口處的是一名體格健壯的男子，他肩上背著登山背包，正輕輕拂去落在身上的雪。黝黑的肌膚配上白皙的牙齒，顯得格外醒目，整體而言，渾身散發出二十來歲運動選手的風采。真由子見到他似乎相當開心，緊緊地抱著他。

「不好意思我來晚了。」他解釋道。「這場雪實在下得太大，前兩天根本無法上山，今天早上暴風雪雖然稍微減弱，但交通仍未恢復，因此我只好徒步上山。」

真不愧是運動選手，果然身強體壯！真由子即使在啜泣之際還是緊貼著他的身體，彷彿想把所有不安與恐懼一股腦兒地傾倒在他身上。

「初次見面，大家好！」當男子發覺我們站在他們身後不遠處，立即向眾人打了聲招呼。

英一走向前去，「嗯」的一聲生硬地對他點了個頭，然後晃著啤酒肚對他說：「這裡現在可是出了大事！」

我站在一旁直盯著這個初來乍到的男子，他偏過頭與我四目相接，並且親切地對我挑了挑眉毛。原來如此！

他，也是我同事。

8

「嗨！」同事跟我開始交談，是在當晚用過晚餐之後。

真由子似乎因為他的到來顯得安心不少，一上床便立刻進入夢鄉，其他的房客也紛紛返回自己的房間。

雖然田村聰江曾提議「為了安全起見，大家同睡一間比較好？」但並未獲得其他人的附議。目前眾人皆把他人視為凶手，因此關在自己房內似乎是一致的默契。

熄燈後黑漆漆的休息室裡，我和同事並肩站著。

「你來的時候雪好像快停了。」我站在休息室的窗戶前，掀開窗簾望著外邊。

中午之前儘管天氣一度看似好轉，但是午後卻再度吹起暴風雪。粗大的雪片不斷從天而降，風雪再次轉強，逐漸覆蓋整棟旅館。想來這個壞消息加重了所有房客的疲憊，因此從下午起直到晚餐過後，幾乎無人開口交談。

「聽說你每次出任務，天氣都很差。」他說。「這件事在調查部裡還挺出名的。」

「是啊。」

「聽說你從未見過晴天，真的假的？」

我聳聳肩，回答他：「大概是吧。」這絕非謊言，只要我一現身，不知怎麼搞的，天空永遠都是烏雲密佈，當然我也無心確認到底烏雲另一端的景致為何。然而，縱使我嘴上老掛著對這件事沒興趣，心裡總覺得有些缺憾。「但這並不會影響到我的工作。」

「這倒是。」

「不過碰到這種大風雪倒是第一次，依我往常的經驗，最多不過是下下雨罷了。」

我縱情欣賞著窗外的白雪，即便在黑夜的布幕之下，它依然執拗地持續飄落著。無論是白是黑，全世界的風景應該只由單一顏色構成才對。我總覺得人類世界裡的顏色太多了。「你的調查對象是那個叫真由子的女人嗎？」

「嗯，從上星期就開始調查了，明天將是執行日。」他摸摸自己的鼻頭。所謂的執行日，簡單地說就是調查對象的死期，換句話說，他這次現身暴風雪中的旅館，只是為了確認真由子的死亡狀況而已。

「調查結果是『認可』吧？」

「那還用說！你的調查對象呢？」

「田村聰江。就是他們裡頭的一名中年女性。」

「反正結果也是『認可』吧？」他燦爛的笑容比普通人類看起來更健康。

「大概吧！」我回答到一半，心思一轉，連忙否定：「不，我還沒下決定。」

「就算你這麼說，反正最後也是『認可』吧？」

「或許吧，不過目前我打算再多調查一下。」

「剛才我也聽真由子說了，聽說這棟建築物內發生了大事。」他像是剛剛想起。

「到底發生什麼事了？」

「你有興趣知道啊？」我一直認為所有同事對人類的死亡根本毫不在意，因此他的反應著實讓我大感意外。至少本人我就沒啥興趣。

「老實說，那個叫真由子的女人對一種叫推理小說的東西超入迷的。」

「推理小說？」這個字眼我連想也沒想過，害我一度懷疑自己耳背聽錯了，不過仔細回想起來，真由子確實說過這檔事。

「為了拉近彼此的關係，我也讀了一下這類的小說。」

「結果你們倆的關係有因此而更加親密了嗎？」我附和他的話。

「嗯，」他挑挑眉，「有啊。」

調查部裡的調查員各有個性。舉例來說，有像我這種對調查對象漠不關心的，當然也有不少認為「反正他們死到臨頭，因此應該在他們臨死之前給予幸福的感受」。因此有許多同事便以戀愛的模式與調查對象展開接觸，或者盡量滿足對象在物質方面的慾望。我想他八成在這幾天扮演著速食戀人的角色吧。

「在我讀過的小說中，有好幾個故事的發展情節就像你們現在這種情況哩。」

「像我們這種情況？」

「大雪紛飛的日子裡發生殺人事件，故事裡的主角接連被殺害……」

「嗯，的確跟目前的狀況類似。」我點頭附和。「可是，發生在這家旅館內的連續死亡案件，只不過是正巧碰上調查結果均為『認可』的案例罷了，沒啥不可思議的。」

「如果真由子也死了，那死亡人數就有三個……」他拉了拉下巴。「差不多該回房間去了。」他開始朝樓梯口走去，我則跟在他後面。

「說起來，」當他踏上第一級台階時，他開口說話了。「那個女人真的蠻過分的。」

「你所說的那女人，指的是真由子？」

「沒錯！乍看之下似乎是個弱女子，但可別小看她喔，像這次，她原本計畫跟別的男人一塊兒到此度假，然而劇情急轉直下，變成了我陪她來。可是我們倆才剛認識沒多久哩！」

「要當她的男朋友還真容易呢！」

「她就是那種專門玩弄男人的典型。」他伸出食指。「你知道結婚騙子嗎？」

「我聽過那種人，不過沒調查過。」

「她就類似那種人啦！虛情假意地欺騙男人說想和他們結婚，一旦等到對方的錢一到手，她就馬上逃得夭夭。不過，與其說逃之夭夭，還不如說不知不覺便消失得無影無蹤。聽說那些被騙婚的人當中，有不少因而債台高築，從此淪落到債務地獄；另外還有為數頗多的人過於迷戀她，因無法接受她突然消失無蹤的事實，結果精神崩潰呢！」

「你對內情挺清楚的嘛！」

「全是我主動問情報部的。」說完後，他挑動著粗眉。「你不自己開口，那些傢伙根本不會主動告知。」

「沒錯！」對於此事我萬分贊同。

「情報部那些傢伙的冷漠以及目中無人的態度，你不覺得跟人類很像嗎？」

「你又說對了！」這句話真是深得我心。於是我下定決心，對他說：「事實上，第一個田村幹夫的死因仍然不明……，他的確是中毒致死，不過犯人究竟是誰呢？」

我話聲才落，他便接口說：「啊，你說那件事啊，剛才我也問過真由子了。我覺得可以這樣推測哩……」於是他開始說出自己的臆測。

聽完他的長篇推理，我忍不住「嗯嗯」點頭認同。他的推理的確合情合理，不過同時，我卻也感到有些失望。

9

一天又過去了。深夜兩點左右，我的同事來到我房裡。「啊！音樂！」他瞧見我貼在耳朵上聽的收音機，羨慕不已地指著它。「是在這裡找到的嗎？」

「有事嗎？」我對突然出現的他問道，趁機不動聲色地藏好收音機。

「沒事，只是回去前想過來打聲招呼罷了。」

「真由子死了嗎？」他點點頭。「怎麼死的？」我提出進一步的提問後，他便簡單地說了一下關於真由子死時的狀況，以及誰是殺害她的凶手後就自行離開了。

等到清晨降臨，我便發現了她的屍體。因為真由子的房門大開，我走進一瞧，只見她滿身鮮血地橫躺在床上，也看到了那把刺進她腹部的菜刀。接下來，我開始假裝滿是驚訝與害怕的模樣奔走於各個房間。「真由子她……」我的聲音聽起來充滿慌張、不安，很快吵醒了娃娃臉廚師與田村聰江，跟著英一也醒了。

他們三人滿臉驚訝地呆站在真由子的門前。儘管我早已從同事的口中得知誰是殺害她的凶手，但我不想馬上揭露謎底。

等大家都冷靜下來後，我首先下樓去。「我想我們得好好討論一下，究竟發生了什麼事？」語畢，我帶著他們三人往休息室走去。

「啊！那個男人到哪兒去了？」半途，田村聰江驚覺事有蹊蹺，急切地環顧四周。「那個叫秋田的男人不見了！」

「沒錯！」娃娃臉廚師跟著點頭附和。

原先我打算告訴他們：「他已經先走了。」不過當我轉頭瞥見窗外，我猶豫了。外頭依然吹著強烈的暴風雪，萬一他們持續追問「在這樣的暴風雪下他是怎麼回去、又要回去哪裡？」我肯定會大傷腦筋。因此我決定佯裝毫不知情，「他大概是到哪裡閒晃去了吧？」

走著走著，我突然想起另一件事。「對了，」我走向櫃檯。我想先確認那台文字處理機的狀況。文字處理機的螢幕畫面依舊打開著，我走近一瞧，該說是意料中的事吧，果然又增加了一行新的文字。

『第三人也死於利刃之下』

原來這也是犯人耍的把戲啊！

「那麼……」

等到眾人坐上沙發後，我輕快地站起身，一一檢視著他們三人。大概是疲勞加上困惑，三人全都低著頭，看起來有氣無力的樣子。

坦白說，我大可不必這麼拚命想要還原真相，反正誰被殺或凶手是誰都跟我無關，況且敝人也沒興趣知道這其中恩怨。至於田村聰江的調查結果，只要我呈上「認可」的報告，即使我當下拍拍屁股走人，也不會被誰苛責。

不過，我心裡有股按捺不住的衝動，無論如何想就現有的線索，好好釐清發生在這棟旅館內事件的全貌。我想我內心裡這股衝動的根由，恐怕是因為被情報部那傢伙奚落「反正你們這些人也無法掌握到事件的全貌」而心有不甘吧！本人就讓你瞧瞧，將事件的來龍去脈全部還原！雖然熱情並不屬於我個性中的一環，不過該爭口氣時還是得爭。

「這次事件是你們三人的傑作吧！」我單刀直入地點出重點。

「咦!?」這三人嚇得同時抬起頭來。娃娃臉廚師嘴巴不停張合著；田村聰江頻頻眨眼；英一的身體則微微顫抖著。

我首先強調：「這是我個人的推論。」事實上多半是本人的臆測，雖然我曾向情報部詢問幾件相關的資訊，但是單憑這些資訊就能架構出整個案件全貌的人可是在下我。

田村聰江不知道在喃喃自語些什麼，我想她大概也沒有發言的勇氣吧。我繼續說：「你們在此地集合的目的就是為了殺真由子，對吧？」

10

看他們沒有人想開口說話，我只好繼續說下去。

「我還記得第一天大家在自我介紹時，真由子曾說她最近經常抽中旅行獎項。我推測那應該是你們假藉旅行社的名義，想約她出來的把戲吧？這回好不容易打動她，也得以實行這項殺人計畫。」

大廳裡一片沉寂，只聽見窗外呼嘯而過的風聲。窗戶受到強風撞擊，連窗框也不安穩地晃動著。

稍後，田村聰江說：「英一先生在旅行社上班。」她的語氣鏗鏘有力，臉上也顯露出有所覺悟的表情。她看了看坐在身邊的英一，此舉等於認同我的推測是正確的，而英一彷彿失去抗辯或生氣的力氣，只能低頭沉默地看著地面。

「這一切的原因，」我緊盯著田村聰江，「全都與田村夫人你的獨子和也有關吧。」今早我與情報部取得聯絡後，很多事都輕易地得到了解答，想來，只要主動開口，無論什麼資訊都能簡單到手呢。

言歸正傳，根據得到的情報顯示，田村和也正是真由子騙婚手法下的眾多受害者之一。

田村聰江似乎因為聽見我提起她兒子的名字，迅即抬起頭緊張地倒吸了一口氣。不知是悲傷或氣憤使然，她的眼睛閃著一股奇怪的光芒。我瞭解直到今日她還是深深地憎恨著真由子。

「和也是被那個女人騙了……」她的聲音顫抖著。遭受真由子玩弄感情的和也，最後才察覺只有自己一廂情願想結婚，為此他的自尊大受打擊，終致精神崩潰，喝下來路不明的毒藥自殺身亡。故事大致如此。

「各位全都是和也的朋友吧？」

全部房客都與死去的和也有關係，唯獨權藤是長期追查真由子騙婚一案的刑警。或許是自身的正義感太強，也可能是某種精神偏差，他特別關心那些以金錢援助真由子的受害者，只可惜他鍥而不捨追查的結果，卻依舊無法將真由子定罪。

娃娃臉廚師則是田村聰江的胞弟，也就是和也的舅舅；英一則是和也的摯友。

我本身對這種所謂親友之間的牽絆毫無理解能力。反正，是舅舅也好，是摯友也罷，這群人的關係說穿了就只是建築在為了一個自殺者而決定施加報復的基礎上，抑或是他們本身就對於真由子這種女人有情感上無法原諒之處？

「所以權藤先生跟英一先生並非親生父子囉？」雖然這事我已事先和情報部確認過，我還是盯著英一再次確認。結果，他那已失去活力的臉顯得更加無力，苦笑說：

「一個大男人單獨旅行總會啟人疑竇嘛！」

「你們的目的，」我再一次強調，「就是為了幫和也報仇。」

今早，同事臨別之際聽完我這番推測後，愉快地說，「聽你這麼一提，我猛然想起還真有情節類似的推理小說耶，其實所有的嫌疑犯全都是凶手。」

「只是，」我停頓了一下，故意裝出同情的語氣：「那個殺人計畫卻被破壞了，對吧？」

「嗯。」英一無力地點頭。「就是說啊！首先是田村先生之死實在太離奇了，他毫無預警地死去根本就打亂了我們事前所有的計畫。究竟那個毒藥是怎麼來的？」

「那個……」田村聽江此時頭垂得更低，「是我先生帶來的。」

「幹嘛要帶那個啊？」英一提高了音量問道，八成那個毒藥並不是原本計畫要用的道具吧。「我們夫妻倆……」田村聽江此刻似乎心意已決，抬起頭來，淚水在她的眼眶裡打轉，在室內的燈光照射下閃耀著光芒。「早就料到會有今天這樣的局面，但總覺得讓大家跟著我們淌這混水，實在很過意不去。」

「咦？」娃娃臉廚師露出驚訝的表情。

「很感激人家看在和也的份上幫了我們這麼多，但是要玷汙雙手的事還是由我們兩個老的來做就夠了。所以我跟我先生商量後，決定自己來下手。」

這絕對是謊言，我嘆了氣。並非是田村夫婦不想替別人添麻煩，而是他們想親自幫兒子報仇罷了。他們想利用兒子仰藥自殺時所使用的毒藥來達到報復的目的。他們的原定計畫是：趁大夥未起事前，先行將真由子殺害。

只可惜，事與願違。

「可是，為什麼死的卻是我丈夫？這點到現在我還是想不通。」田村聽江哇的一聲抱頭痛哭。

我想也是，真的很抱歉。她當然不可能知道田村幹夫的死因。

「到底是誰下的毒手？」娃娃臉廚師心中那股按捺不住的感情似乎整個爆發出來

了，他發出高亢的聲音，連口水都飛濺到地板上。「田村先生、權藤先生還有真由子，已經死了三個人了！到底誰是殺他們的凶手？我並沒有殺人，到底是你們誰下的手？」

聽完他這番話，英一把臉別了過去，田村聰江則是肩膀顫抖，繼續哭個不停。這樣下去也不是辦法，「凶手，」我說，「共有三人，其實三個被害人是分別被三個不同的凶手殺死的。」

11

「啊！」這個答案太出人意料，使得娃娃臉廚師不禁瞪大眼睛看著我，就連英一與田村聰江也疑惑地瞪大雙眼。

「首先，關於權藤的死。」我伸出食指。原本我還擔心有人會挑毛病，問「為什麼不先說田村幹夫的死」，這解釋起來，還真得費一番工夫呢！幸好沒有人打斷我的敘述。「我想在權藤先生的推論中，殺害田村先生的凶手是真由子，我猜得沒錯吧？」我望著英一，「因此他立刻在當晚把真由子叫到外頭打算殺了她。對吧？」

「大概吧。」英一表情苦悶地輕聲回答。「我想應該是吧。」

娃娃臉廚師此時也輕輕搖了搖頭。「田村大哥意外身亡後，我們都覺得相當困惑，於是就提出重新檢視這項計畫的必要性，可是權藤先生怎麼也坐不住……」

「那個人大概對這種事有點病態的憎恨吧。」英一摸著眼鏡開口說道。「他對那女人的恨意非常極端，也許是因為他的正義感太強所致吧。田村先生死後，他就不時叨唸著，一定是那女的幹的！然後當晚不知從何時就不見他的蹤影了，我想他應該暗中把那女人約出來了吧。」

「可是，權藤先生也發生了意外，雖然我不清楚當時詳細的狀況，最後的結果就是真由子反客為主刺死了他。」我試著在腦中描繪出當時的景象，權藤和真由子就這麼站在雪地上對峙，原本手裡握著菜刀攻擊真由子的權藤，不知怎麼搞的，竟然失足跌倒或滑坐在雪地上，菜刀便應聲掉落在地，更糟糕的是權藤竟然背對著真由子，於是真由子撿起了地上的菜刀。

「到底發生什麼事，我真的想不通。」娃娃臉廚師無奈地搖搖頭。「我不但弄不懂田村大哥為何會中毒？權藤先生又是如何被那女人殺死？更別提還有那台文字處理機。」

「那個，」英一無力地出聲。「那個沒啥大不了的。」

「你知道真相？」娃娃臉廚師驚呼道。

「那是田村先生死亡的當天早上，權藤先生自行輸入的啦，就是那行『第一個人死於中毒』。」

「目的呢？」

「好像是為了測試那女人的反應。依他的推斷，如果那女人真的下毒，當她看到文字處理機上的這句話，心裡應該多少有些動搖才是。」

「或許他想讓真由子感到害怕吧。」我隨口說出閃過心頭的想法。

「可是權藤先生死後不是又出現了新的句子嗎？」娃娃臉廚師問道。

「那句話八成是真由子輸入的，」我解釋道。「反將了權藤先生一軍的真由子大概是想趁機把這件事賴到第一個凶手頭上吧，這麼做的話會令人產生聯想，認為兩者之間其實是連續的殺人事件。」

「照你這麼說，最初下毒殺害田村先生的，不是那女人嗎!?」英一此刻才提高音量。

「我想應該不是她。」有關那件事背後的真相實在很難對他們交代，所以當我否定他的話之後，立刻指著英一說：「刺死真由子的人，是你吧？」

英一肩膀無力地垂下。我原先以為他會惱羞成怒，或者一改先前的態度極力否認這項指控，然而完全出乎我意料之外，他竟然非常乾脆地認了罪：「沒錯。」

這時我又想起同事秋田今晨走進我房裡，告訴我的那些話。他說：「真由子被刺死在她的房裡。就是那個叫英一的男人衝進來，對她猛刺的。」

英一看來既不想多做否認，更無使壞的意圖。他那肥胖臃腫的身軀，此刻看上去有點消瘦。好累啊！他在口中唸唸有辭。「好不容易設想好的計畫，全都泡湯了。但再這樣下去，搞不好只有那女人會逃過一劫。我不管，我絕不容許這種事發生！所以我決定直接動手。」說完，他趁勢調整了眼鏡。「如果當初別考慮那麼多，直接下手把她殺掉就好了，就算是只為了和也也好……」

「你們當初的計畫是什麼？」我試問道。「你們本來也打算殺了那個叫秋田的男人嗎？」就算當真如此，要殺我同事是不可能的。

「我們只想殺那個女人而已，至於如何執行的順序也事先跟權藤先生商量過，原本的計畫是到達此地的隔天，會安排一趟到附近山裡遊覽，只要大家一起結伴同遊，相信那女人也不會有所警覺。我們打算趁她男朋友不注意之際，偷偷將她推下山崖，接下來只要所有房客口徑一致，證明那只是一樁單純的意外事故。這麼一來，根本不會發生任何枝節，只可惜……」英一臉色一沉。「原定計畫全被打亂了。」

「是因為我這個外來客嗎？」

「不是，是這場暴風雪。不過我一開始確實對你有所懷疑。」英一對我投以銳利的眼光。

對於突如其來出現的我，想必造成他們極大的困擾吧？明明要進行殺人計畫，卻出現這個礙眼的傢伙，當然想把他趕走。只可惜礙於這場暴風雪終究無法得逞。

「我當初總覺得你和那女人早已察覺我們的計畫，正在暗地裡安排什麼不軌勾當，正巧當時田村先生中毒身亡，我還在想肯定是你搞的鬼。」

「那件事跟我無關。」坦白說，對於田村之死，我確實難辭其咎，不過我和真由子並非同夥一事卻是千真萬確。

「我們真的做錯了！」田村聰江此時放聲嚎啕大哭。她滿臉拭不盡的淚水，嘴角也流出口涎。「為了兒子的死，我竟然想用這種手段報復，所以才會遭此報應，不僅禍及丈夫，還殃及權藤先生。」

「不管怎樣，我還是無法原諒那個女人。」英一的聲音迫力十足，彷彿是遇刺身故、眼下仍躺在旅館外頭的權藤附身似地那般鏗鏘有力。我聽得出來他話裡極想表達出他是認真的。「當我要動手殺那女人時，她嘴裡還亂扯一些有的沒的的藉口，說什麼她無心殺權藤先生啦，那只是正當防衛之類狗屁不通的話，甚至還喋喋不休地唸了一大堆刑法的正當防衛、防衛過當的條文。她根本是個賤貨！待我問起她與和也的事，她竟敢公然扯謊說不認識他！然後又絮絮叨叨地唸起關於詐欺罪的條文。真是差勁，那女的太差勁了！她壓根兒不懂反省二字怎麼寫。不僅如此，她還裝模作樣，故意裝出一副纖細柔弱、柳腰款擺的媚態。她就是這樣勾引男人的。」

「所以，你殺了她。然後，依樣畫葫蘆地在文字處理機上輸入那行字？」

「我想如果讓別人認為這些事都是出自同一個凶手所為就肯定萬無一失。」

「同一個凶手？」

「田村先生中毒身亡時，你不是說『當時沒有其他人下過樓梯』嗎？那就表示我們全體都不可能是殺害田村先生的凶手。因此，我當時的想法就是，只要讓大家認為最初那個殺害田村先生的凶手，接著又連續殺了他們兩人，如此，我自然就會被摒除在嫌疑犯名單之外。」

基本上，對於他的長篇大論，我完全不明白他究竟想要表達什麼，不過，我要的也不是什麼詳細的說明。大致來說，人類的說明根本不值得參考。

「千葉，你……」娃娃臉廚師緊張地看著我，「你打算怎麼處理這件事？你要去報警嗎？」

「當然要報警。」開口說話的是田村聰江。「既然我們做了錯事，當然要去警局自首才對。」

英一的雙手緊緊握拳，然後深深地吸了一口氣，再緩緩地吐出來。他似乎也意識到自己犯下的罪行，聲音顯得十分沉重：「沒錯。」

「也對。」娃娃臉廚師雙肩無力地垂下。「等暴風雪過去，我們就去自首吧！」

「不會。」我簡短地回答。

三人驚訝地望著我。

「不會，我沒什麼特別打算。」我坦承以對。「我無心報警，該怎麼說呢……，反正隨你們高興怎麼做都成，我會忘掉這件事。」

這算哪門子的交易？還是這人打算長期恐嚇威脅？三人的警戒心陡然升高，猛盯著我瞧，看他們流露出的神情，我暗忖，不管我如何費盡唇舌解釋，他們還是會選擇自首吧。

不過，本人絕不會洩漏他們的秘密。我既不在意他們，也不覺得有洩漏的必要。雖說真由子的確死於他們之手，但是就算他們不出手，那女人照樣會死。而且以我的立場來看，目前尚活在人世的三人，早晚死期還是會來臨，根本沒有多大的差別。人類總是對自己的死亡三緘其口，不想多做討論。

「看樣子雪快停了。」我指著窗戶，對著尚處於混亂當中，目瞪口呆無法動彈的三人這麼說著。

透過窗簾間縫向外一瞧，只見外頭依舊是滿天雪花紛飛，但慶幸的是，似乎已大幅減弱。「等我離開後，這一切就任由各位處置了。你們打算自首也好，若不想自首，把此地所發生的一切罪行全推給那個叫秋田的男子也行，就是那個真由子的男朋友。反正只要你們對外口徑一致，應該行得通。」

語畢，我轉身離開休息室。我打算離開此地後，再利用剩餘的一點時間，到別處跟田村聽江見個面。只不過調查報告的結果八成還是「認可」，或許她沒有該死的理由，但是也沒有非得將死期延後不可的特別原因。

「可是，田村大哥為什麼會死？」我聽見背後娃娃臉廚師的疑問。田村聽江聽到後又開始落淚，英一則維持著一貫的沉默。

我耳際充塞他的話語，一邊用那三人聽不到的輕聲回答，田村幹夫的死都是我的錯。

12

根據我同事的推理，再加上我個人想法彙整出的結果，該事件的真相大致如下。

第一天晚上，田村在晚餐的菜餚裡下毒。他自行請命擔任端盤子的工作，他的盤算是，只要趁機將毒藥加進真由子的餐盤當中，便可輕輕鬆鬆讓真由子毒發身亡。

我推測他的毒藥應該是下在那道香草烤雞裡，由於他準備的毒藥具有強烈的刺鼻味，因此才加在香味較重的菜餚中。

只可惜，直到晚餐結束之後，真由子還是沒死，不但沒有昏倒，連半點痛苦的表情也沒有。他的視線幾乎不敢片刻遺漏地緊盯著她，這結果當然令他驚訝不已。明明下了毒，她竟然沒死？他必定感到十分納悶。

真由子沒死的理由非常簡單。因為實際上吃下那盤香草烤雞的人正是本人。她表示不敢吃香草烤雞，所以讓給我吃，而我在不引人注意的情況下替她解決了那道菜。我在想或許當初田村幹夫擔心如果緊盯著真由子，可能會引起她的疑慮，因此並未全程注意真由子的吃飯情形。

不消說，我當然不會中毒身亡。

田村幹夫的腦袋裡究竟想些什麼，當然我們只能在事後推敲。不過他大概開始懷疑起毒藥的效果，換句話說，或許他在想：「這真的是毒藥嗎？」

然後，接下來他做了什麼事呢？他竟然親身試起毒來了。

隔天清晨醒來，他隨即走到一樓廚房，把毒藥和著殘存的紅酒一起喝下，之後便死了。當然會死，因為那是毒藥！

因此田村幹夫會死，追根究底確實是我的錯。不過，話說回來，他的調查報告結果是「認可」，就算我不插手，他肯定也會死於其他因素。

打開旅館大門，我走向屋外。強烈的北風已消逝無蹤，只留下一片寂靜。天空依舊堆滿厚重的烏雲，不過降雪已減弱不少。眼前這片無垠的雪景，彷彿就像潔白無瑕的床單，地面上還有多處如陶罐般隆起的雪堆。或許是被風吹落的吧，雪片從白樺樹枝上零零落落地飄散下來，就像沙漏優雅地記錄著時間，最後融於地面。我就這麼靜靜地眺望著這片雪景中宛如喃喃細語的自然之音與動靜。「真是美極了！」我忍不住讚嘆。雖然這次沒享受到什麼音樂，但得以拜見這場美景，或許也是另一種幸福。

07

戀愛與死神

Love with Death

1

第八天我看著荻原流著血平安無事地死去。

平安無事地死去，這種說法或許有點怪，但對我們而言確實是如此。

我走在公寓大樓的四樓，穿過走廊，往位於西側的房間走去。在左手邊整齊排列著每家公寓的大門，如果面向右邊望過去，則會看到另一棟更老舊的建築物。我漠然地想著，荻原應該總是站在那頭，痴痴地望著住在這棟大樓的古川朝美吧！

我在門牌四一二號的屋前停下腳步。這間屋子不同於其他之處，在於大門上塗了一層淺藍色油漆，那是荻原兩天前剛塗上去的。

「只要重新油漆，就看不出原來底下是啥玩意了。」他冷靜地說。即使手和臉沾到了，他依舊小心翼翼地握著刷子刷油漆。此時，這間屋子的房客古川朝美嘴裡雖然擔心地問：「管理員不會生氣嗎？」，其實私底下心裡還是感到一絲甜蜜吧。「沒問題啦！只要塗得好看點，說不定管理員反而覺得開心呢！」荻原開朗地微笑。「對吧，千葉先生？」他轉頭徵詢我的意見。

「我哪知道，我又不是管理員。」

「我當然知道你不是管理員呀！千葉先生，你還真是怪人一個。」荻原露齒而笑。

我想當時的他，萬萬沒想到這道由他親手油漆的門後，也就是古川朝美的房間，是他命喪黃泉之地。

我轉了一下門把，發現門沒上鎖，於是我拉開大門，走進屋內。

玄關上有隻運動男鞋橫倒在地上，原本鞋櫃上擺放的花瓶也打翻了，瓶裡的水正不斷沿著鞋櫃滴落，在地面形成一個小水窪。那水滴落的方式，就像屋外滴答滴答下著的雨。

我脫掉鞋子，踏上屋裡的走廊，我看了看時間。方才，我一直流連在鬧區裡的CD唱片行，專心試聽著音樂，以致害我來遲了。我思忖著，荻原應該死了吧？但到底死因為何呢？

當我一走進客廳，立刻發現荻原側身躺在地上，他正用手壓住自己的腹部，腰間插著一把菜刀。

我馬上走向前，蹲下來檢視他的狀況。木造拼裝地板上，淌著一大灘由萩原身上流出的血，他的拳頭異常腫大，可以想見方才與某人互毆的慘烈狀況。

「千葉先生……」荻原還一息尚存。光頭的荻原，蒼白的嘴唇劇烈地顫抖著，臉上依舊戴著那副完全不搭調的眼鏡。

決定他死活的當事人，就是咱們死神，說得更明白點，在他死亡申請書批上「認可」的正是本人。不過基本上我還是得問一下：「究竟是誰對你下這種毒手？」

「一個素未謀面的男人。」荻原聲音沙啞。「大概就是朝美小姐所說的傢伙吧。他剛剛才跑掉，如果不趕快追……」他似乎失血過多，正和暈眩奮戰，只見他痛苦地咬緊牙根。「萬一她回來就危險了。」

「沒問題的。」

「可是，為什麼……」荻原突然脫口而出。聽到這話，我原以為接下來他要說：「為什麼我非死不可？」人類在臨終之際總是會有類似的感嘆。不過，出乎我意料之外，荻原痛苦地呻吟，說：「為什麼……那個男人找得到這棟公寓呢？」

我猜錯了！確實，那名威脅朝美的男子好像只知道她的電話號碼，不過我想應該也有不少利用電話號碼就能找出正確地址的方法。「現在先別管那些事吧。」

荻原一面按住腹部的傷口，一面不停眨著眼，他發出虛弱的聲音：「不過，這真是……」當他看見自己眼前一大片鮮血，呼吸顯得有些紊亂了。「太好了……」

我聽他說著這話，不禁對於荻原身上散發出的那種清爽感到不可思議。於是直到昨天以來，七天調查的點點滴滴再度浮現腦海。

2

第一天，我看見荻原的目光正追逐古川朝美的身影。

那天是星期三。當我走出四〇二號房，隨即看見荻原站在前方走道上。當時時間剛過上午九點，根據我得到的情報，他應該正準備到公寓前面的公車站牌，搭乘往地鐵車站方向的公車，約離此地四站左右的精品店上班。

我從暗袋內掏出照片，迅速確認了一下。光頭、厚重眼鏡、瘦長體型。沒錯，正是他。

此時正值晚夏、初秋氣息濃郁的十月下旬。明明沒有颱風接近，天空卻佈滿厚重雲層，呈現一片暮氣沉沉的灰。天空正飄著雨，只要稍加注意，還能觀察到雨水一滴滴斜飄落地的景象。

這回我是剛搬到這棟公寓大樓的年輕人，年方二十五。聽說，比荻原年長兩歲。

我倚著牆蹲下假裝綁鞋帶，趁機觀察站在前方的荻原，他依舊佇立在原地，雙眼直盯著對面的那棟建築物。我挺起腰桿順勢望過去，對面是一棟看似以茶色磚塊所砌成的四樓建築，外觀比我們這棟更富流行感。不久，對面四樓最西側的門裡走出一名身材嬌小的女性，她背對著我們，我想應該在鎖門吧，隨後她立刻轉身小跑步奔向左邊。

幾乎就在同時，在我眼前的荻原也跑了起來。我一邊試圖保持適當距離，一邊緊跟在他身後。荻原完全沒看眼前是否有電梯上來，反而快步奔向緊急逃生梯，於是我也跟著他跑下右旋的逃生梯。

當我跑下一樓時，荻原剛好停在面前，我差點撞上他。荻原似乎被我嚇了一跳，他一面後退，一面生硬地對我打聲招呼：「早！」

「啊，不好意思！」我趁回禮之際，順勢往旁邊退了一步。接著，向他自我介紹，「我昨天剛搬進來……」雖然這舉動顯得有些突兀，倒不至於不自然。何況這種事一旦錯失時機，之後再見就尷尬了。我報上姓名：「我叫千葉，」他也隨即回禮報上名字：「我叫荻原。」

「你剛搬進四〇二號房嗎？我怎麼一點兒也沒注意到？」我面對著荻原仔細觀察，他本人還挺高的。然而那副厚重的眼鏡宛如混濁的湖面，讓人無法完全看透鏡片下的那對眼睛，而且很難稱得上時髦，嚴格說來，眼鏡和本人著實不搭。

「雖說是搬家，我根本沒帶任何行李來。」回答完後，我問：「你知道公車站怎麼走嗎？」

「咦？嗯……」荻原的視線又飄往別處去，我發現他一直注意大樓前的人行道，當他察覺我正注視著他時，趕忙說道：「啊！我現在正要去那裡，可以順道帶你去！」說完後便邁開腳步向前走去。

他走出大樓撐起雨傘，我也跟著走出去。此時身旁正巧走過一名身材嬌小的女子，就是剛才從對面公寓出來的那名女子。萩原應該是故意在此等候女子經過吧，否則我實在想不出還有其他的解釋。

公車站牌有個候車亭，我們收起傘，並肩站著等待公車到來。

「妳早！」荻原出聲招呼。我一瞧，原來方才那名女子正好站在我們前面。只見她緩緩轉過頭來，發出一聲生硬的，不知是「啊」或是「嗯」的聲音後，才回答：「早」——聽來像是禮貌性的回應。

「原本想說天氣涼快多了，哪知現在又下起雨來，真令人心情鬱悶呢！」

「是啊。」她的回答聲中透著戒心，儘管目前我無法判斷他們兩人交往的程度，不過看樣子應該彼此還不太熟吧。

有輛宅配貨車駛過前面的車道，車道上的積水啪啦啪啦地濺起，也打斷了荻原跟那名女子的交談。

荻原不動聲色地轉過身，然後想起我還站在他後面，「原來四〇二號房已經沒人住了啊。」他開始與我攀談了起來。「之前住在那裡的是個悠哉悠哉、待人和氣的老伯，還經常跟我打招呼呢，不過最近就這麼不見蹤影了。」

「我也聽人提起過。其實我是偶然之下才被分配到那間屋子，所以並不太清楚前任房客的事。」儘管我嘴上這麼回答，不過我對四〇二號房的那個「悠哉悠哉、待人和氣的老伯」的事倒是記得很清楚。他應該是仰藥自殺的。死的時候，他仍然保持著從餐桌旁椅子上滾下來的姿勢，手倒勾似地彎曲著，嘴角還殘留著吐出的穢物。死亡時間不明，不過他應該沒死多久。目前屍體尚未被發現。我決定將那個房間當作暫時的居所。

我們死神跟自殺、病死毫無關聯，這點其實是世人對我們的誤解。舉例來說：「無意間被車子輾過」、「被突如其來的瘋子刺殺」、甚至「火山爆發造成房屋崩塌」等等事故造成的死亡，的確出自於我們死神之手，不過，除此之外的死亡事件則一概與我們無關。

所以因疾病惡化，或因自身犯罪所招致的極刑，還有沉淪於債務地獄而痛苦自殺等等，都與「死神」無關。人類經常使用「被病魔纏身」之類的修辭法，而這總是令我們產生「別拿那些事和我們相提並論」的憤慨。

公車準時到站。那輛車身貼滿行動電話廣告五顏六色的公車到站的同時，發出一聲像吐出鼻息的聲響，隨後車門緩緩開啟。

或許是現在並非通勤的尖鋒時間，車內一片空蕩。剛才那名身材嬌小的女子選了車子中間部份的椅子坐了下來，荻原也跟著坐定在她後面的雙人座，我也故作自然地坐到荻原旁邊的位子上。

「荻原，你待會兒要去工作嗎？」我毫不猶豫地決定直呼他的姓。有些人會因此更快與對方熟稔。

「嗯……」他點點頭。「我在精品店上班。」

「精品店是什麼？」

「就是賣衣服的店啊。」

「原來如此！又學到一件新鮮事。」這是我的肺腑之言，可是荻原一聽，睜圓雙眼：「你還蠻怪的，千葉先生。」。我無法理解我怪在哪裡，罷了。於是我提議說：「那我下次去買件衣服好了！」我認為這不失為一個拉近距離的好方法。

「嗯，可是……」荻原立刻說：「我們只賣女性服飾。」

「那這樣的話，我就替我女朋友看看吧。」情急之下我憑空捏造出一個女友。

「千葉先生有女朋友嗎？」荻原一臉羨慕地說。原本的輕聲低語，突然間像掀起波濤般巨響：「真羨慕啊！」

公車到站了，那是地下鐵車站的前一站，博物館前站。

「荻原，你沒有女朋友嗎？」雖然本人沒興趣知道，還是得裝出相當感興趣的樣子。

「是啊。」如此答道的他，目光始終緊追著那名剛下公車的女子背影。

3

第二天，我從荻原那邊聽到有關他和古川朝美邂逅的經過。

隔天一早，我依循同樣的路線走向公車站。時間剛過九點，我決定先行出門，早一步到公車站等待，誰知荻原遲遲沒露面，害我心裡七上八下的。

第一天除了在公車站見面之外，我和荻原並沒有其他的接觸。其實我有好一陣子沒到人類街上出任務了，是以心情上有點亢奮難抑。直到入夜之際我還在ＣＤ唱片行裡，等到我回到公寓時，荻原也早已躲在他屋裡。

沒辦法，我只好整夜站在走道上眺望風景。當我留意到外送披薩的車子一到，對面公寓竟然有人到大門口拿披薩，真的有餓到這種地步嗎？一時之間我不知該做何感想。

「啊，千葉先生，公車還沒走嗎？」一面收傘，一面走過來的他一副好像心事重重，一臉鬱鬱寡歡的神情。雖然他戴著那副厚重的眼鏡，讓人無法掌握他臉上細微的表情，不過，我老是感受到他身上那股失望。

公車到了之後，我們選了與昨天同樣的位子坐了下來。此時，我才留意到先前那名住在對面大樓的女子並未出現。

「你身體不舒服嗎？」我問坐在右手邊的荻原。

「啊？」荻原嚇了一跳，看著我說：「我沒事。」

「感覺心不在焉，看起來有點憂鬱。」

「沒那回事啦。」他眉宇低垂。

我問道：「可以問一個無禮的問題嗎？」

「無禮的問題？」

「我這個人心裡想什麼就說什麼。因為我們不知道人生何時結束，因此如果有機會交談，無論是無禮的，或是其他的想法，都應該好好說清楚。你也這麼覺得吧？」前些日子我遇過一個很會說理的人，我模仿他說了這番話，然後又說：「人生苦短啊！」就拿你的例子來說吧，你只剩下七天好活啊，我心裡不由得這麼想。

我從旁偷偷觀察著荻原的表情，雖然他臉上流露出困惑的神情，但仍硬著頭皮說：

「我當然知道啊！確實，人生苦短。」

我私下在心底回應他，但比你想像中還短。

「那你想問什麼？」

「你一大早如此意志消沉是為了……」

「啊？」

「是因為昨天在路上巧遇，今天卻沒露臉的女子嗎？」我單刀直入地問他。「就是坐在那個位子上，身材嬌小的女子嘛。」

「為……」他可能沒預料到我會這麼問，臉上的表情彷彿被球正面痛擊，連鼻子也被打凹了似的，一臉驚慌。「你為什麼這麼問？」

「昨天你好像一直在留意她，一直看著她，對吧？」

「啊——」荻原發出一個尾音長長的低喃。那是人類在整理思緒時，經常會發出的聲音，宛如風穿過空洞時的聲響。

「你出門時，也在等著她吧？」

「啊——」他臉紅了。他看著自己的鞋尖，「千葉先生，你感覺很敏銳耶！」他宛如羞於自己的失態而低著頭。

我目不轉睛地瞧著他，心想，到目前為止，我也遇過幾個像他這種狀態的年輕人。幾乎每個都是心煩意亂，一顆心同時被興奮與失望所牽引，連自己也無法釐清自己究竟是忘情地沉醉其中，或是墜入五里霧中。這種症狀無法斷定是病，還是某種症候群，總之，一旦發作起來，就會陷入相當棘手的狀態。「這就叫那個……」我在記憶庫裡翻箱倒櫃地遍尋一番，試著找出一個用詞，「單戀吧？」

荻原一瞬間似乎相當驚訝，不過隨即雙唇顫動地笑了起來。「千葉先生，你談論這種事的表情還真是認真呢。」

「這是很丟臉的話嗎？」

「一般良善的成年人沒幾分膽量還真說不出口呢！」

「那如果是卑劣的成人就可以輕鬆做到囉？」

「不對，也不能這麼說啦。」荻原說到這裡又笑了起來。「可是……」他又接著說。「可是，就是因為人生苦短，我覺得有個值得單戀的人也還不錯呢。」

「你還真的來了！」

當天下午三點，我出現在荻原工作的店裡。他們的店位在貼有巨幅廣告的圓柱形大樓的三樓，就在電扶梯上去後右側的盡頭。寫在牆壁上的店名，是由五個大小寫字母組成的，店內鋪著黑白地磚，整體的設計讓人有種無機質的冰冷感。

「我工作剛好有個空檔，」我神色自若地撒謊。直到剛才為止，我只不過待在CD唱片行裡試聽音樂罷了。對我而言，我的工作就是從現在開始和荻原交談。「其實我是想來聽聽，關於今天早上我們的話題，你有沒有後續的想法……」

「我們談了什麼話題？」荻原不像在裝傻。

「就是關於單戀啊。」

結果荻原當場面紅耳赤，他皺起眉頭，拉下嘴角。「那個啊，不對，那個話題已經談過了呀！今天早上就已經談完了。」他忙揮著手說道。大概是我太多心了，我覺得他的沮喪感似乎比早上見面時更重，該不會因為他現在正在工作的關係吧？不過，我有種感覺他好像哪裡跟早上不同。「啊，你沒戴眼鏡！」我指著他的臉說。

荻原驚慌失措之餘，急忙用手掌遮住自己的眼睛。「因為工作必須摘掉眼鏡。」

「必須？」

「因為只要他戴著那副難看的眼鏡，來客數就會銳減嘛！」這時旁邊有個聲音插進來。我回頭一看，白色櫃檯裡頭站著一名高䠷的女性，她那長長的睫毛相當惹人注目。

「你是荻原的朋友？」她斜著頭看我——那扭轉脖子的動作感覺不出頸骨有任何移動。

「他是跟我住在同一棟公寓裡的千葉先生。千葉先生，這是我們店長。」

「千葉先生，你不覺得荻原的眼鏡真的很難看嗎？」這位店長徵詢我的意見。「真的太暴殄天物了，其實他摘掉眼鏡時簡直是帥斃了！更何況那副眼鏡根本就沒度數。」她來到荻原的面前，伸出手指反覆畫圈。

「我說了，外表沒什麼了不起！」荻原萬分不快地加以反駁。那種不快並非源於謙虛或害羞，而是伴隨著些許惱怒的意味。更甚者，他的話裡所流露出的那種自我厭惡，甚且還夾雜著類似當無法擁有某項東西的人被侮辱「你就是得不到！」時的那股憤怒。他如此激烈的反應我也大感意外。我重新檢視面前這個沒戴眼鏡的荻原，眉毛濃密，顯得幹練、有力，再配上大而深邃的雙眸，光眼睛部份就足以令人對他完全改觀，此時的他渾身上下散發著一股銳利的氣息。

「在這家店工作真辛苦。」荻原露出困擾至極的表情，可是那位店長她似乎完全不在意。

「荻原可是我們店裡的人氣王喔，萬一他辭職不幹，我可就慘囉！」

「那就讓我戴眼鏡嘛！」

「可是那樣就毫無意義啦！」

看樣子這樣的爭論已經不下上百次，我能感受到荻原的態度裡有著徒勞無功的疲憊感。

「喂，我剛聽到你們說單戀，是誰呀？」店長的眼睛裡閃爍著充滿興趣的光芒。

「沒什麼啦！」荻原明白地表示要結束這段話題，他斷然拒絕談論下去。

哪知道店長轉而靠向我這邊，用熱切的語氣問道：「喂，千葉先生，『單戀』是說誰啊？」她毫不放棄，再次追問。

「對了，我中午沒休息，現在要補休。」荻原突然舉起手，大聲宣布。「反正現在下雨，也沒客人嘛。」

「你在說什麼，打算開溜啊？」店長說完這句話後，又叨唸了一番：「八成你上次說要去醫院做檢查什麼的，之後匆匆告假不來上班，也全是藉口吧？」

「千葉先生，我們走吧！」荻原將手搭在我的背上，催促著我朝店門口走去，這可是我的大好機會！此時，正巧有兩個皮膚黝黑的女人走進店裡，就在她們隨意瞄了一眼擦身而過的荻原時，突然整個眼睛亮了起來。那種眼神彷彿就像在隨意遊賞的原野上，突然發現奇花似的。如此看來，荻原的外表確實魅力十足……吧。

「那名女子姓古川，全名叫古川朝美。」當我們在同一棟大樓的頂樓餐廳點好咖啡後，荻原這麼告訴我。但我的意識卻幾乎被店內播放的大提琴樂曲佔據了。

「啊，你是說剛才香水噴得很濃的那位店長的名字嗎？」我一回應，「才不是呢！」

荻原隨即否定。「完全不是。我不是說她，嗯……我是指一起搭公車的……」

「……單戀的對象。」我啜了一口咖啡。

「拜託你別這麼說啦！」荻原發出沉痛的呻吟。不知何時，他的鼻樑上又掛上那副眼鏡。

「人類創造的事物中，最棒的是音樂，最醜陋的是塞車。與那些相較之下，單戀也沒什麼大不了的，對吧？」

荻原有點困惑不解。「千葉先生你真奇怪。」然後，他突然吐出一口氣，說：「聽你這麼一提，我剛好也想起另一句類似的話。」

「喔？」

「『人類創造的事物中，最差勁的是戰爭和非折扣品。』」他微笑說。

「那是誰說的？」

「古川朝美。」荻原回答。我不知道他是故意還是怎麼地，稍後才又接上「小姐」。

接下來，他原原本本地告訴了我關於他跟古川朝美如何邂逅的過程，儘管此時我根本沒興趣知道，況且我比較想把注意力放在大提琴的演奏上，不過我還是耐著性子傾聽。勉強自己做不喜歡的事，這就是工作。

「她在我們店裡大拍賣的時候來過一次，不過那是去年冬天的事。」

「大拍賣是指把東西賣得比平常更便宜的活動。」這點小事我還知道。

「換句話說，」荻原瞬間顯得有些退卻，「沒錯，就是大特賣。那時我們店裡人山人海擠死了，雖說早上十點才開始營業，不過有人從拍賣前一天晚上就開始排隊了。」

「人類總是愛擠來擠去的。」

「嗯，你說的沒錯。」荻原愉快地附和著我。「第一天的特賣會，店裡頭也是擠得水洩不通，因此我一開始並沒有留意到有個女子站在鏡子前專心地在試外套。她很害羞，動作僵硬，看起來畏畏縮縮的。」

「那個人就是古川朝美嗎？」

「她單獨一個人來，而且猶豫著該買哪件。只是，客人一個接一個進來，我根本無法招待她。當時，我心裡還在想，她最後會買？還是空手而回？大約經過一個小時，我突然想起她，轉頭一看，她竟然還在那裡。」荻原把手移到唇邊。

「她一直站在鏡子前面？」

「應該是，雖然中途有一度她不知逛到哪裡去了，不過後來又逛回我們店裡了。我想她大概是對那件外套愛不釋手吧，於是我上前招呼她。」

「你想叫她乾脆一點趕快買下來嗎？」

「怎麼可能？」荻原噗哧地笑了出來。「我是對她說：這件外套很適合妳啦。」

此刻他的腦海中大概浮現當時的情景吧，瞬間他露出神遊的表情。反正人生也沒什麼好急的，我就慢慢等他開口，當然也享受一下大提琴的旋律。

「但她還是猶豫了半天。」荻原搔了搔太陽穴，「她似乎鮮少機會購買高級名牌服裝，她對我說：『我現在正努力做出決斷，所以麻煩你遠遠看著就好』，因此我一面處理其他事，有空便抬頭看看她。當時，我覺得她好棒啊。」

「什麼很棒？」

「或許她的外表樸素，不過卻沒有陰沉的感覺。不陰沉，不自戀的樣子看起來真棒！」

「這就是你陷入單戀的開端嗎？」連我都知道，人類彼此愛戀或單戀的開端，大多源自於一些微不足道的小事，因此我隨便猜都猜得到。

儘管荻原一臉難為情、「一副拜託，饒了我吧」的表情，但他終究坦承：「現在回想起來應該是如此。」

「結果古川朝美買了衣服？」

「沒有。」

「她放棄了？」

「不是，她本來下定決心要買，而且一臉認真地走到收銀機前準備結帳，可是後來她低頭仔細一看，那件是非折扣品。」
「非折扣品？這個詞你剛才說過吧。」
「沒錯，就是非特賣品，意思就是沒有打折。」
「這是詐欺吧？」
「別亂說啦！因為那是新貨，所以沒辦法降價出售。可是，往往像這樣的新品都比較好看。」荻原笑了。「所以她就說了：『喜歡的衣服都是非折扣品。』」
「她最後還是沒買？」
「是呀，因為價格實在太貴了，我還記得她當時的表情有點落寞。那是一定的嘛，畢竟她為它足足煩惱了一個多小時啊。但我認為那是我個人的疏忽，所以我向她致歉。就在這時候，她說出了那句話。『我從以前就一直這麼覺得，人類所創造的事物中，最差勁的就是戰爭和非折扣品』。」
「什麼跟什麼啊？」
「很好笑對吧！不過她的語氣很正經，因此我也不由得很認真地聽。」
「簡言之，古川朝美沒買那件外套，對吧？」
「嗯。」荻原點點頭，喝了口咖啡。「不過幾天後她又再度上門了。」
「不是說沒特價嗎？」

「是我對她撒了個小謊。」

「撒謊？」我的腦海中浮出問號；要怎麼撒謊才能讓她買下外套？不過，我還沒問出口，他就先急著辯解：「以前我看過一部電影。」

「電影？」

「裡頭有這麼一句台詞是這麼說的：『錯誤和謊言並無太大差異。如果說好五點來結果沒來，那不是謊言而是圈套，而微妙的謊言其實近似於錯誤。』」

「那是什麼意思？」

「所以，我對她說的與其說是謊言，或許說是錯誤還比較來得貼切呢。」

我真的不懂他究竟想表達什麼，於是我聳聳肩，而幾乎就在同時，荻原看了看咖啡廳裡的時鐘，說：「我得回店裡去了。」

結果這下子輪到我急了，「等一下！」我連忙叫住他。「最後我想再問你幾個問題。」

「好呀。」

「首先……對了，你怎麼看待死亡？」

荻原似乎對我的問題感到意外，而沒有任何反應。其實我自己也認為這個問題太過唐突。

「你曾想像過萬一自己某天死掉之類的事嗎？」我原本以為他會嫌惡地對我吐口水，說，別突然說這種不吉利的話啦！令人意外的是他竟露出玄妙的表情對我說：「人類對於有一天會死的這件事通常毫無自覺吧。」

「沒錯。」

「死亡很可怕，但人生卻苦短啊，這也是我最近才領悟的道理。」

「這是很棒的領悟！」我絕非有心嘲弄，而是真心讚嘆。

「所以，」當他說完這個字後，他吞了吞口水。「所以，這或許是我想更親近她的緣故吧。」

「為了更親近她，你就搬到她對面的公寓去嗎？」

「怎麼可能？」荻原好像只有這點不想遭人誤解，他以驚人的音量反駁我。「不是啦，那只是因緣際會。有次湊巧看見她從對面公寓裡走出來，一開始我還想好像在哪裡見過她。」

「我一直想問你，何謂戀愛？」我決定提出這個極富衝擊性的問題。「我怎麼也搞不懂。」

荻原正好彎腰準備站起來，他維持著那個姿勢，垮著臉說：你問了一個很好笑的問題耶。「千葉先生不是也有女朋友嗎？」

「荻原你是怎麼想的？到底什麼是戀愛？」

「如果搞得懂就不會這麼棘手囉。」他這麼回答。「不過，比方說，」他繼續往下說。「如果與對方想著同樣的事，或不約而同說出相同的話，應該感覺很幸福吧！」

「同樣的事？」那是什麼意思？

「譬如說，吃了同樣的食物產生相同的感想，或者一起去看兩人喜歡的電影，甚至為了同一件事而感到不愉快之類的，這些全是單純的幸福。」

「這樣子很幸福嗎？」

「概略地說，這些也都屬於戀愛的範疇吧。我是這麼想的啦。」荻原笑了笑。

「我呀，只要一想到能跟她住在同一個小鎮就覺得好開心，我還在想彼此的價值觀搞不好很相近呢。」

「可是，」我腦中浮出幾個目前為止遇見的人類，「戀愛不順遂是常理吧？」

「嗯，也不見得都……」荻原有意反駁，不過中途卻突然噤口不語。看來他好像也想起自己目前的情況，於是改口說：「大致上也可以這麼說。」

「你看吧！」

「不過，即使過程不順，我還是認為談個戀愛比較有趣。」

「是嗎？」

「就像千葉先生方才說的，人生苦短，與其空走一遭，還不如留下些什麼。我記得有句話是這麼說的，就算不是最棒，起碼不會最糟。」

「你是說退而求其次嗎？」我還挺喜歡這句話的。

荻原笑著說：「意思好像有點不同。」

我站起身來，像是用手指追逐什麼似地指著店裡的天花板，正確地說，是店裡流洩的樂聲。「這首曲子叫什麼？」

「巴哈的……」想不到他竟然知道，「大提琴無伴奏組曲吧。」

「是大巴哈啊。」我情不自禁地脫口而出。我不知道為何有許多音樂家都叫巴哈，其中最有名的被稱作大巴哈。我很喜歡這個名稱。「這首曲子很動聽。」

「我個人也挺喜歡的。」荻原抓起桌上的帳單說這次他買單。說完，他說道：「這首樂曲，優雅中帶點傷感，使人分不清究竟是輕拂而至的微風，還是狂嘯大作的暴風。」

他的形容深得我心，令人佩服。

店員熟稔地與站在收銀機前買單的荻原聊天，看樣子似乎是認識的人。我大老遠就聽見那名身材高眺、眼睛大大的女子好像在對他抱怨：「荻原先生，你為什麼老是戴著那副醜斃了的眼鏡？這樣看起來很遜耶！」

4

第三天，我得知荻原遭古川朝美誤解的事。

隔天一早我依舊如法炮製，抓準時機假裝與荻原在公寓大樓一樓偶遇。儘管依然下著雨，不過幸好只是綿綿細雨，天空就像是灰色瀝青打濕變成藍色一般。就在我們一起走向公車站的途中，荻原的表情一直相當開朗，我想應該是他大老遠看到古川朝美就站在站牌那頭的緣故吧。「今天古川朝美也在耶！」當我這麼一提，身旁的荻原便害羞地低頭看地上。

「早。」我們一走進公車亭，荻原隨即道早安。對象當然是站在前面，已收好傘的古川朝美。他接著問：「昨天妳休假嗎？還是另外有事？」

古川朝美瞧了我們一眼。

「因為每次都會在這裡遇見妳，我還在納悶昨天妳怎麼沒來。」

「呃……」古川朝美的口氣有點顫抖。

「咦？」公車亭內沒有其他人在場。

「嗯……請你別再這麼做了。」古川朝美的視線雖然望著他處，可是這句話確實出自她口中。

「做什麼？」

「請你別再打電話騷擾好嗎？」這番話似乎是她用盡所有勇氣，轉化成堅定無比的決心後才敢開口的。儘管天氣和煦，她的身體卻微微地顫抖。

剛好這時公車進站了，車門開啟時的速度似乎比平日更加流暢，古川朝美飛也似地跳上車。

「啊？」被拋下的荻原一臉悵然若失，動也不動地佇立在原地。

「你不上車嗎？」我在他耳邊低聲地說。他猛地驚跳起來，彷彿有人從頭澆了他一盆冷水似地，他的驚嚇，並非源自於死神在他耳際低語。他驀地回過神來，立刻跟著衝進車內。

坐在公車正中間位子上的古川朝美，似乎不想再跟荻原打照面，眼睛直盯著車窗外。相較於她的態度，荻原的臉色卻是蒼白異常，血色盡失，只是落寞地呆坐在後方座位上，連我都懷疑他是否快死了。

荻原沒開口說半句話，依舊是那副精神萎靡、生氣全無的模樣，壓根兒就把我這個坐在他身旁的人給忘了。我心想，這下糟了！原先預計可以多跟他聊一下，這下子恐怕要讓他開口講話都得費一番工夫了。

不久，車子抵達博物館前站。這時，古川朝美站起身來走到車門準備下車。幾乎就在她下車的同時，我站起來，大聲對他說：「喂，走了！」

幹嘛?滿臉困惑、瞪大雙眼的荻原在我半強迫下站了起來。「當然是去追她呀！想知道她發怒的理由，就只能問她本人。快點，趁現在！」於是我們倆趁車門尚未完全關閉前連忙下車。

想當然耳，古川朝美表現出相當疑惑的樣子。片刻後，她的臉上不僅帶著不快和高度警戒心，還有再明顯不過的厭惡表情。她手裡撐著傘，回頭看著從後面匆忙追趕上來的我們。「有……什麼事嗎？」她的嘴角還微微顫抖著。

這是我初次站在正面仔細打量古川朝美這個人。她短髮圓臉，細細的眉毛襯著白皙的肌膚，鼻樑小巧挺立，嘴角有顆痣。

「是這樣的，我們是想來解開誤會的。」本來這些話應該由荻原親自出馬，可惜他根本還沒做好心理準備，眼前的他彷彿連呼吸都快停止了。沒辦法，只好由我代他出面。「無論如何他……」我指了指荻原。

「嗯，我得趕去上班了。」

「真的很抱歉。」荻原拼了老命地大喊。「我先前還沒有跟妳介紹我自己。嗯，我就住在妳對面那棟大樓裡，名叫荻原，今年二十三歲，在服裝店工作。因為總會在候車亭與妳相遇，雖然沒經過妳的同意，我很自然地把妳當作朋友了。」說到後半段時，他的聲音變得又低沉又沙啞，但因為無論如何都希望對方能聽他把話說完，只見他急切地問道：「請問……我做了什麼不該做的事嗎？」

「啊，不是，嗯……」古川朝美看來心意似乎有所動搖，想必是受到荻原的那番話影響，只見她低頭說：「我叫古川，今年二十一歲。」自我介紹完後，她補充說道她在附近的電影代理公司工作。

「請問為什麼我向妳打招呼，妳會那麼生氣呢？」

她聽了荻原的問話後，即刻看了看錶，可以感受到她正處於極其煩亂的狀態，她快速說道：「對不起，最近遇到很多事。」她的視線也給人游移不定的感覺。「我可能有點被害妄想吧。剛才我根本就認定了荻原先生就是那個打電話來的人。」

「電話？」

「我最近常接到令人討厭的騷擾電話。真的很抱歉！」她再度低頭致歉。道完歉後，她看著手錶，對似乎想要多加瞭解內情的荻原說：「我非走不可了。」

這句話聽起來不像謊話，也不像是她想藉故脫身的推託之辭。荻原也感覺到了，於是他戰戰兢兢地問：「那麼……明天星期六……如果方便的話，可以跟妳見個面聊一下嗎？」

「可是……」當她聽見荻原的邀約後，臉上瞬間閃過一絲不安。「我跟別人有約了。」

「那你和別人見面前，就算幾分鐘也行，我想了解一下事情的始末。」

「為什麼我非得要告訴你？」

說真格的，她沒有必要向荻原報告這件事情的原委，連我都覺得他的要求於理不合。誰知他竟然反駁說：「剛才那件事讓我蒙上不白之冤，所以至少妳得讓我明白我是為什麼被誤會嘛！」接著他又說：「如果你覺得我很可疑，不想單獨跟我見面，也可以帶朋友過來。」他甚至指著我，說：「更何況到時他也會一起出席。」事先沒有先打一聲招呼，也沒找我商量過，竟然就這麼唐突地指名要我一起列席。不過，反正我也求之不得。

5

第四天，我和荻原連袂前往和古川朝美約定的地點。

「千葉先生，百忙之中還陪我一起來，真不好意思！難得的假日卻被我強迫來這裡。」當我們在約定的咖啡館裡坐定後，身旁的荻原對我致歉。這家店的外頭設有座位，也就是人家說的那種戶外咖啡館之類的，只可惜今日天公不作美，戶外的座位並不開放。

「我無所謂。」我面無表情地回答。「倒是荻原你自己，向店裡請假沒問題嗎？」

他笑著說：「我已經拜託店長幫我代班了。當然代價就是被她唸得滿頭包，不過隨她去啦！」儘管語氣聽來十分沉著，不過我隱約感覺到今天他還是有點坐立難安。沒多久，古川朝美出現了。

「只有我一個人來。」她低著頭，坐在我們對面的位子上。古川朝美身穿近似柿子色的淺咖啡色外套，看上去要比在候車亭裡遇到時更加削瘦。她笑了笑說：「因為我沒什麼朋友。」聽起來既不像是自暴自棄，更沒有半點自怨自艾，反而給人一種神清氣爽的感覺。

我看到身旁的荻原緊抿著嘴，嚥下原本想說的話。依我的想像，他剛才也許一時衝動想問：「那妳有男朋友嗎？」不過，經過冷靜思考後，他明白還是別問比較好。

當我們點了三杯咖啡歐蕾之後，古川朝美娓娓道出那件事的經過。「大約一個月前，有個叫芳神的建設公司打電話給我。」她以手指在已被水杯邊緣的水氣弄濕的桌上，寫下「芳神」兩個漢字。荻原看了看，搖搖頭：「我沒聽過這家公司。」

「打電話的那個人態度很差，連自己的名字也沒說，劈頭便問：『妳丈夫在家嗎？』於是我回答：『我一個人住』。」

「妳這麼回答就糟了。」我不加思索就從旁插話。

「咦？」他們兩人同時轉頭看我。

「其實我以前聽說過關於這種惡質推銷的事。」正確來說，是我本身曾經任職於那種惡質推銷的公司。為了進行調查工作，在刻意的安排下，我在那裡和調查對象一起工作了七天。「那些傢伙會千方百計從對方身上套出多一點情報，最好是其他多餘的事千萬別多說。」

「果然是那種公司啊，幸好我沒告訴對方姓名之類的個人資料。可是那個年輕男子的說話方式挺討人厭的。」

「討人厭？」

「我跟他說我對公寓沒興趣，沒想到他的口氣竟然變得好像在跟個笨蛋說話一樣，輕聲細語地對我說：『妳知道如果一直租房子，下場會如何嗎？』我回他說：『沒必要跟我推銷。』他竟然極力否認說：『這不是推銷』。」

「明明就是推銷嘛！」荻原聽得十分認真，彷彿是他正在跟那通電話奮戰。「可是，他究竟是怎麼查到古川小姐的電話號碼呢？」

「我也想知道，所以我便問他。他說：『我就是縣市區碼不變，後面再慢慢增加數字一個個去試。』他甚至還說：『今天第一〇九七號就剛好打到妳家。』」

「這麼說來，他應該不知道古川小姐的地址跟姓名才對。」荻原提高音量。

「話是沒錯。」她嘴上這麼答著，不過聲音裡卻透露著不安。「當時確實是不知道。」

「當時？」荻原很在意這句話，我也挺在意的。

「那個人根本不打算讓我掛電話。我說：『我現在很忙。』他就立刻回我一句：『那妳什麼時候方便？』」

「當妳回答：『永遠都沒空』，他是不是還反過來指責妳：『那妳剛才說很忙都是騙我的囉？』」我話才剛說完，她立刻吃驚地問：「你怎麼知道？」

很簡單，因為我在那裡工作時，他們就是這麼教的。「呃，那也是我聽人說的。在那種地方工作有所謂的教戰手冊，當對方拒絕時，該怎樣應對等都寫在裡面。讓對方產生罪惡感也是他們的手段之一。」

「沒錯，我深有同感。」

我一面聽著她的敘述，一面回想，曾經有個調查對象也遭受過電話騷擾。她擔任客訴處理的工作，卻受不了老指名自己接聽的投訴對象，當然最後那名投訴客是另有所圖。不過這次的電話騷擾，除了惡質推銷之外，我實在想不出還有其他的解釋。

「通常遇到這種情形，是不是應該立刻掛上電話？」荻原問我。

「是啊。」我根據自己的經驗回答。「只是，如果馬上掛電話，他會立刻重撥。然後，只要你一接起電話，他便開始嚇唬妳說：『要是妳這次敢掛電話，我就直接衝去找你！』」

「這分明是恐嚇嘛！」荻原不滿地嘟起嘴來。

「他們才不管是不是恐嚇呢！雖然法律上明文規定，一旦被拒絕，就不得再打電話，也就是禁止二次推銷。」為什麼我還得教人類關於他們法律上的事啊？「雖然法律如此規定，可是他們根本沒放在眼裡，因為他們的態度就是，就算違法你又能奈我何！因此，最好的方法就是暫時把電話線拔掉。」

古川朝美此時深深地嘆了一口氣，看得出來她相當懊悔。「結果我並沒有掛電話。」

「妳跟他聊了很久？」

對於我的問題，她點頭，「嗯。」

「就我所知，」我開始說明，不過正確說法應該是，就我所做的。「公司方面握有名單，他們叫推銷員依照名單從頭到尾打一遍，如果有人接起電話，他們會將對方的性別、年齡、姓名以及家人成員記錄下來。」

「我所提供的都是些假資料。」

「此外，他們也會記下通話的時間，也就是說，到電話掛上為止總共花了多少時間。」

「是這樣的嗎？」荻原的表情清楚地顯示這種事他還是第一次聽到。

「沒錯，因為通話時間長的人將被列入二次推銷的對象名單內。」

「用時間決定？」

「比起馬上掛上電話的人，通話時間長的對象比較抓得到說服對方的蛛絲馬跡。就算只是隨意打屁，或者針鋒相對，總之通話時間長的對象比較有可能改變態度。」

「然後，」古川朝美低著頭。

此時咖啡歐蕾正好送來，我們靜靜等著服務生將飲品放在桌上。

喝了一口咖啡歐蕾後，荻原再問道：「然後，他們還又繼續打來嗎？」

「嗯。」古川朝美長長地吐了口氣。「四天前，同一個人用同樣的語氣又說了同樣的話。」

「所以妳又聽他說了一遍？」

「很糟糕嗎？」

「非常不妙。」我回答她。「如果始終態度堅定地拒絕，或許還能就此打住，不過確實是很棘手。」實際上，當我在那裡工作時，曾經有個男人被騷擾了無數次之後，竟然在某次的電話裡不小心洩漏出自己的地址。結果公司便派了好幾個人到他的住所，強行逼他簽下契約。「只要見到了面就形同取得契約。」這就是他們的想法。

「古川小姐，妳當時說了不該說的話嗎？」荻原的聲音裡滿是擔心。

「沒有，我終究還是沒提到我的姓名和住址。只不過說著說著……」此時，或許是恐懼猛地襲上心頭，只見她說到一半忽然噤口不語。然後，她眨了眨眼試圖讓心情平靜下來。

「說著說著？」

「他的話鋒突然一轉，說：『妳的聲音聽起來真可愛耶！改天找個機會見個面吧？』」

「開始改變作戰策略了吧。」荻原皺起眉頭望著我。

「那個人就忽然完全變了個樣，又說：『反正契約這檔事無關緊要啦。』之類的話，讓我覺得怪恐怖的，當我想要強行掛上電話時，他竟然說：『我很快就會知道妳家地址囉。』」

「可是，他不是只知道對方的電話號碼嗎？」

「我當時也是這麼反駁他的，沒想到他竟然笑著說：『山人自有妙計。』那種笑聲讓人覺得有點恐怖。我便問他，我聽人家說過利用網路連線輸入電話號碼就可以查到地址，是這樣嗎？結果他說：『還有比這更簡單、不用花半毛錢的方法。』」

「這不太合理吧？」荻原的眉頭已經皺得不能再皺了。

「或許他只是在恐嚇妳罷了。」

「我也是這麼想。從區域號碼或許能看出住在哪一區，但若還想知道更進一步的資料恐怕有所困難，因此我也沒把他的話放在心上。誰知道就在三天前的晚上，我一回到家，就看見留言機裡有留言」，此時，古川朝美的臉頰顫抖著。「留言者就是那個男人，他說：『我已經知道妳住在哪裡了』。他所描述的公寓外觀，竟然完全符合我住的地方。當時我真的嚇呆了，連覺也不敢睡。」

「所以妳昨天才一整天都沒去上班？」我搶先幫她接話。

「嗯。」她瑟縮地縮著肩膀的模樣，活像個殘兵敗將。「是的！」

「那……昨天早上我跟妳打招呼，害妳負氣而走，就是因為妳懷疑我就是那個男人，是嗎？」

「真的很抱歉。」古川朝美把肩膀縮得更小。「只要心裡有所懷疑，無論看誰都覺得對方神色有異。荻原先生每次都跟我打招呼，人又住在我家附近，再加上你很清楚我家公寓的外觀。綜合以上種種因素，我真的以為就是你搞的鬼。」

「這也不能怪妳啦。」荻原這麼說，倒不是故意為了在她面前表現出恢宏的氣度。「與其毫無戒心，總是小心一點好。」

「其實仔細一聽，荻原先生的聲音根本和那個人完全不同。」古川朝美並非在辯解什麼，只是話出口後，她又覺得有點害羞地笑了。

「能解開誤會真是太好了！」荻原安心地拍拍胸膛，隨即又補充一句：「可是妳也不能太快相信我們，像妳這麼容易相信別人會很危險喔！」

「啊，」古川朝美笑著說：「說的也是。」

接下來，看得出來他們倆彷彿從繁文縟節的典禮上脫身似地，盡情地聊了起來。雖然還有些許緊張橫亙在兩人之間，不過原先的緊繃感已經緩和許多。

剛開始兩人只是聊著一些無關緊要的話題，像是每天搭乘的公車，有的司機開車太魯莽，有的卻又過於謹慎，然後還談到彼此公寓的優缺點，根本沒給當夾心餅乾的我任何插嘴的餘地，我只有靜靜地聽他們說話的份。想當然，我最專注的還是聆聽著店內流洩而出的爵士鋼琴聲。

「荻原先生，我以前是不是曾在別處遇見過你？」等他們的談話告一段落，彼此的緊張情緒更加放鬆之後，古川朝美問道。

荻原神色自若地回答說：「沒有啊。」他問：「妳是指候車亭以外的地方嗎？」

「嗯，就是在其他地方。」

「我印象中好像沒有。」聽到荻原這麼回答，我突然想起來了，他們不是在服裝店的特賣會上見過嗎？相反地，荻原卻似乎有心改變話題，他指著腕上的手錶，問道：「古川小姐，妳時間不要緊嗎？今天不是跟別人有約？」我知道他故意岔開這個話題不提服裝店的事，但卻不明白箇中理由。

「啊。」古川朝美顯得有些尷尬，不僅右臉肌肉有些微微抽動，眼神也魂不守舍地游移不定。「那個……是我說謊。」

「說謊？」

「其實星期六、日我都很閒。真對不起，我昨天故意說謊騙你們。」我已記不得這是她第幾次致歉，我反而擔心，她前額的瀏海會不會就這麼垂到咖啡歐蕾裡？

「不。」荻原輕快地說，「那不算說謊啦。」

「咦？」

「我以前看過一部電影，裡頭有句台詞是這麼說的。」

我心中暗忖，他接下來想說的話，該不會跟前天的相同吧。此時，有種被看穿幻術橋段時的羞愧感迎面襲來。

「它說：『錯誤和謊言並無太大差異。』」荻原停頓了一下，等到要繼續往下說時，古川朝美卻搶先說了。

「『微妙的謊言其實近似於錯誤』對吧！」

「啊！」瞬間，荻原大吃一驚，他屏住呼吸，好不容易他總算擠出：「古川小姐也……」這幾個字。

「嗯，我蠻喜歡那部電影的。」她也拚命點頭。

接下來，兩人就像事先約好似地，異口同聲地說出片名，然後又為了彼此的默契而感動，同時笑了起來。我靜靜地旁觀這一幕情景。「如果與對方想著同樣的事，或不約而同說出相同的話，應該感覺很幸福吧！」腦中突然閃過這句荻原曾說過的話。

6

第五天，我終於知道荻原堅持戴眼鏡的原因了。

我再次造訪前天與荻原一起去過的餐廳，大概是星期日的關係，店裡洋溢著一片熱鬧的氣氛。我選了個窗邊視野佳的位置坐下來喝咖啡。

「啊，千葉先生，你怎麼也在這裡？」

荻原從前方走來，我嚇了一跳。我下意識地看了看手錶，傍晚五點。

「剛才想要休息一下，於是就來了。」荻原的聲音洋溢著興奮。他還是老樣子，鼻樑上依舊掛著那副眼鏡。他與戴著假睫毛的店長一起走進店裡。「唉呀，這不是之前的那位先生嗎？」她對我點頭招呼。

荻原說，既然都來了，我們可以一起坐嗎？他看我既不點頭應允，也沒加以拒絕，於是便逕自挑了我對面的座位坐了下來。不過，那個店長似乎想坐到別處，因此一臉不情願的表情，但最終還是坐到荻原旁邊。

「今天你怎麼會來這裡啊？啊，我想到了，千葉先生還沒幫女朋友挑衣服呢！」荻原滔滔不絕地說著。

「是啊，不過我今天來只是為了聽這個。」我用手指了指上面。跟上次來的時候一樣，店裡仍舊播放著大巴哈的大提琴組曲。

「是不是發生什麼好事？」店長大大地眨了幾次眼睛，湊上前來靠近我的臉。

「什麼好事？」

「因為荻原今天的心情好得不得了，還不時哼著歌呢！」

「是喔。」我點頭道。

「一定有什麼好事情發生吧？」

「哪有什麼啦！」荻原一副不勝其擾的表情，極力地否定，然後把視線轉向我，以不容妥協的方式說：「對吧？」

「是嗎？難道真的沒發生什麼好事？」

我想起昨天。我們在咖啡店跟古川朝美見面，商量有關惡質推銷的騷擾電話之外，還談了一些雜事。這些究竟算不算是所謂的好事？不過，荻原開朗無比的表情肯定就是因為那樣吧。

「別再問了啦，對了，妳拿到票了嗎？」荻原問店長。

「我說你呀，拜託別人的時候，聲音不是該裝得性感一點嗎？」

「什麼樣子才叫性感？」

「起碼也要拿掉那副醜斃了的眼鏡嘛！」店長伸出兩隻手指，做出要戳破荻原鏡片的動作。

「不要啦！」

「那就不給你票。」

「所以妳拿到票了囉？」荻原一整個開心的語氣。

「什麼票？」我並無意知道，不過還是問了。

「是劇團表演的票。」荻原回答。聽說是頗受歡迎劇團的公演，一票難求。

「妳八成也是努力排隊才弄到票的吧？」

「排隊呀？」店長笑了。「是啊，老實說原本應該要排隊才能買到，不過我跟那個劇團有內線關係。」

「所以妳買到囉？太感謝了。」荻原意氣風發地說。然後，他取出錢包，「兩張票對吧？多少錢？」

「我才不要白白把票給你咧！」店長摸摸鼻子，帶著挑釁的、甚至可說是幼稚的眼神瞅著荻原。

「我就說要付錢啦！」

「才不是錢的問題。要我賣票給你可以，不過相對地，你得說出打算和誰一起去？」

「不要！」荻原立刻拒絕。

「幹嘛搞神秘呀。」店長怒上心頭：「要不然你告訴我為什麼不肯拿下眼鏡。」

我一直看著他們兩人就這麼你來我往地鬥嘴，心想，反正我只要可以聽大提琴，就已心滿意足。沒想到，這時店長卻突然把我拖下水，「千葉先生也想知道為什麼，對吧？」我一陣慌亂，連忙「嗯」了一聲。「你看，我說的沒錯吧！」

究竟是他感受到店長打死不退的堅定心意，還是他原本就不打算隱瞞，片刻之後，荻原低聲說道：「因為我很厭惡……」

「厭惡什麼？」

「我先前也說過，就是以貌取人這件事。」

「那個呀，你不是只針對那些深知自己長得好看的人而已嗎？」

「與其說深知，不如說是我自身的經驗。」荻原口齒不清地企圖模糊帶過。然後，他再次強調：「反正我就是非常厭惡。二十三歲那年，我第一次發現，原來交往過的女生全都只是看上我的外表而已。」

「那有什麼不好？」

「那表示她們喜歡的並不是我的內涵呀！」

「外表也是本質的一環吧！」店長冷冷地反駁。「那只是你個人的任性，也可以說你還沒認同你自己。話說回來，你就只為了這種小事開始戴起眼鏡？你想醜化自己的外表？」

荻原低垂著頭表示贊同。「總之我想從這副外表改變起。」

「你打算以這副尊容找女朋友？」

「嗯。」

聽完這段話，我心想著，原來如此，我終於理解他為何不把在這家精品店任職一事向古川朝美坦白，原來他不想讓她知道沒戴眼鏡的自己。

「可是，」店長似乎不知該做何反應，只有悵悵然地嘆氣。接著她從夾克口袋裡拿出一個小信封，裡面八成裝著票吧。「可是，長得好看也只有眼前這段短短的幾年而已，我覺得倒不如趁現在把它當作武器運用，不然，等你年紀大了，就算不戴眼鏡也會變醜的。」

當時我不加思索就直接冒出這句話：「不對，可沒人保證他會活那麼久。」

荻原驚訝地瞪大眼睛直盯著我瞧，他的樣子既不像怒氣沖沖，也不覺得這句話風趣幽默，就只是單純帶著不可思議的眼神瞪著我，數秒之後，他才幽幽地說：「你說的沒錯。」

7

第六天，我望著荻原正在重新油漆大門。

星期一早晨，當我走出四〇二號房的同時，荻原也正好現身。他一鎖好門，隨即一如往常地望向古川朝美的公寓，我也順勢看了一眼，怎麼還是下雨啊？真煩人。

「啊。」此時荻原突然大叫一聲。到底發生什麼事？我急忙跑到他身邊。

「千葉先生。」荻原注意到我跑過來，但他的視線還是一直盯著前方，他伸出食指指著前方：「你看那扇門！」

我再度朝著對面公寓望去，看到古川朝美的房間，然後我也注意到了。「那些是字吧？」我喃喃自語。

荻原大聲呻吟道：「門上好像寫著什麼對吧？」

古川朝美的門上被人用大紅色任意塗鴉，看上去好像是用了較粗的筆胡亂寫了些亂七八糟、難以辨識的字。

「太過分了！」荻原憤恨不平地說道。「我去探探狀況。」說完，立刻跑向緊急逃生梯。

我也趕忙追上去。荻原或許看不清楚那些塗鴉的內容，不過憑我銳利的眼力可是看得一清二楚。那門上橫寫著：「我找到　古川小姐的家　還會再來　敬請期待」。右上角還有幾個類似幾何學符號的髒污文字。

荻原飛也似地跑下樓，轉眼間已經衝到一樓。在這段奔跑的過程中，他還是不忘保護眼鏡，只見他有好幾次一邊扶著眼鏡，即使如此，他完全沒有停頓，等雙腳一落地，即刻朝著古川朝美的公寓飛奔而去。當他到達她公寓樓下大門時，碰巧電梯下來，他連跑帶跳地衝了進去，匆匆地按下四樓的按鍵。他似乎相當焦慮，接連按了好幾次按鍵。趁著電梯上升之際，他彎著腰，手扶在膝蓋上大口喘著氣。「千葉先生，」他一面痛苦地吸氣，一面看著我，感嘆地說：「你一點也不累耶！」「是嗎？」為了不讓他起疑，我假裝做了三次深呼吸。

等電梯到達四樓時，我們看見古川朝美兩眼發直地呆立在自己的玄關前。她的臉色一片刷白，嘴唇正不停顫抖著。「這個，」她驚恐地望著自己玄關的大門。

荻原站在大門前面，望著那些塗鴉，半晌之後，他破口大罵：「搞什麼啊！」

「果然……」古川朝美抬頭看著荻原，「他們果然還是找到我家了。」

我問她：「妳是什麼時候發現的？」她答道：「我是剛才發現的，昨晚我回到家時還沒有看到這些。」

原來是半夜三更偷偷畫的。

「他們到底想怎樣？」荻原又氣惱又不安，不停地在通道上踱步。

「對不起。」古川朝美滿懷愧疚地盯著手指甲。我無法理解她此時道歉的理由，不過我想也不是什麼實質的理由吧。

「報警吧。」荻原建議道。「至少任意塗鴉是犯法的行為。」

警員做了一些例行性工作。看得出來他們確實對古川朝美的際遇深表同情，不過等他們大致上確認過整件事，卻二話不說立刻否決掉我們提出的要求，「我們絕對會加強這附近的夜間巡邏，不過很抱歉，由於警力不足，無法連大樓內部也巡邏。」。接著，他們只留下「如果發現可疑之處，請儘速與我們聯絡」這句話後便馬上收隊。縱使古川朝美對他們說明了先前那些惡質推銷的騷擾電話，不過苦於無法證明他們確實涉入這件塗鴉案，員警也只能望空興嘆，「那些社會敗類的藏身之處可是難找得很呢！」

正當員警正在現場勘查時，附近鄰居也紛紛趕來湊熱鬧，有些人驚叫：「我的天啊！」，有些人則戰戰兢兢地說：「真恐怖耶！」另外，甚至還聽到有人提出建議：「得加裝監視器才行。」，也有人開始說：「我好像聽到奇怪的聲音。」一時之間，現場一片沸沸揚揚，只聽見各種臆測和想法霎時傾巢而出。可是，經過短短一小時後，所有人卻都不見蹤影了。縱然明知這種事會帶來不安和恐懼，不過就是無法找到具體的對策。人類似乎總是這樣。

只剩下我們三個還在玄關門口。這時已接近正午時分，而古川朝美和荻原好像分別與公司取得聯絡，請好假了。

「不好意思，連累你們得一直陪我。」事態雖無明顯進展，不過古川朝美的心情似乎已經冷靜下來，臉色也逐漸恢復正常。

「啊，我沒什麼關係啦。」

「該怎麼辦才好？」古川朝美發出走投無路般的絕望聲。

令人窒息般的沉默瀰漫現場，不知道過了多久，荻原首先打破了沉默。「好！」他的語調相當高昂，像是為了激勵自己似地，接著輕輕地拍了拍手說：「我們來粉刷大門吧！」

「咦！」

「就這麼放著不管，越看越氣，我們讓這些塗鴉消失吧！千葉先生，你意下如何？」我心想：你還問我意下如何，我看你專門替我找麻煩。無奈之下只得回說：「你說的沒錯。」反正我也沒什麼值得反對的理由。

用油漆二度粉刷過門後，我們在古川朝美的房裡吃著披薩，那是跟外送披薩店訂購的。我從未訂購過外送的東西，是以自願請命：「可不可以讓我打電話？」當我問清楚外送訂購的程序之後，荻原心有所感地說：「千葉先生果然怪怪的。」不過他還是不忘鼓勵我，去訂去訂吧！於是我訂了一個上面鋪滿許多好料的大披薩。

流淌下來的起司看起來有點噁心，可是我還是用力吞了下去。反正進食對我們這班既無味覺、亦不知飢餓為何物的死神而言，只是個機械式的動作罷了，但是我還是盡力配合演出，用不帶任何情感的語氣說：「真好吃。」

在我們用餐時，沒有人提及門上的塗鴉，或是打騷擾電話的那個惡劣男子，只是默默地咬著披薩。當古川朝美開口聊起她們公司內部，以及父親前陣子剛過世的事情時，荻原只是靜靜地專注傾聽。

「對了。」等我們吃完披薩，將盤子收拾完畢之後，古川朝美打開一個小皮包，從裡頭取出長條狀的紙片放在桌上。然後把它推向——不是我——而是荻原的面前。「這個，我朋友多買了，所以送給我。」

我越過荻原探出頭去望了一眼。「啊！」我們同時驚訝地叫了出來，當下荻原不敢正視我的眼睛，片刻後他說：「我很想去看這個表演耶！」

「真……真的嗎？」古川朝美的興奮之情溢於言表。

「喂！」我忍不住想糾正荻原。想當然耳，他也看到那張票就跟店長昨天替他買的票一模一樣嘛！「荻原，你不是也買了票了嗎？」

「啊！」荻原的神情彷彿看到犯了錯的部下，又像意外遇見突襲的伏兵，只聽到他嘆了口氣，發出困擾的感嘆：「你還是把那件事說出來了。」

「咦？」不明就裡的古川朝美輪流望著我和荻原。

「沒什麼。」荻原說。他想找個藉口，嘴巴卻無論怎麼動也說不出話來。稍後，他終於放棄掙扎，從口袋裡拿出一個信封。「老實說……」他打開信封，從裡頭取出兩張票，排列在桌上。「我昨天也買了票。」

「哎呀——」古川朝美話聲的語尾拖得比平日更長。「這樣啊。」

「我是想如果能和古川小姐……」荻原小聲地說「一起去看表演的話……」

「咦!?」

「原來你們倆想的是同一件事啊。」我說這句話，並非蓄意，但荻原臉上立刻綻放出光彩，「好像是哩！」礙於他臉上眼鏡的緣故，我無法確切掌握到他整個表情，不過他的眼睛由於笑得太開心而瞇成一條線，而古川朝美的臉上也帶著類似的神情，笑著說：「是呀。」看到他們兩人都能買到票，心想，這票真如他們所說這麼難到手嗎？我反而比較在意這件事。

8

第七天，我向上面報告關於荻原的調查結果。

接到上級的聯絡，是在星期二的下午七點左右。當時我正好走出屋外，仰頭眺望漆黑的天空，雨勢雖然稍減，卻仍持續下著。

我下意識地望向對面公寓，剛好看見古川朝美的身影，當時她正穿過四樓的走道，朝自己的屋裡走去，而荻原則緊跟在後。從遠方一看就知道他們兩人刻意放輕腳步走路。想必他們是工作結束後，一起相約回家的吧。毫無疑問地，這兩人之間的感情親密度正急遽上升中。原來如此，這就是戀愛進展順利時的模樣啊！

此時我的電話響起。是工作中使用的電話。當我接起電話的同時，對方立刻問道：

「如何？」

「調查結束了。」我回答。「結果是認可。」

「嗯，我想也是。」對方如此回道。

「這個結果可是經過我一番詳細調查才得到的。」

「你們每個人都這麼說。」

9

然後今天是第八天，此時此刻我正蹲在地上，身旁則躺著被菜刀刺中的荻原，他的氣息正逐漸轉弱中，從他斷斷續續的言詞中，我慢慢推敲出整件事的始末。

今天是荻原店裡公休的日子。當他無意間走出屋外，正好目擊有名男子企圖侵入古川朝美的屋子，那男子如入無人之境般地撬開了門鎖。因此，荻原趕忙跑了過去，屋內的男子正拿著一把菜刀，他上前與那名男子發生纏鬥，最後男子刺殺了荻原後迅速逃逸。似乎就是這麼一回事。

「我們扭打成一團，那傢伙應該也受了傷，如果不趕快抓到他……」荻原對我這麼說。雖然我回答他：「沒關係。」，不過他似乎放心不下。事實上就在我回來公寓的途中，我看見員警正在追捕一名男子，他橫倒在柏油路上，手腕被牢牢地抓住。那個男的應該就是攻擊荻原的兇手，他身上沾滿荻原的鮮血，我猜想警察就是因此察覺情況有異吧。最後雖然大鬧了一場，還是被逮捕了。

當我將這個消息轉述給荻原聽時，他的表情轉為安心。接著，「好不容易才正要開始啊……」雖然他已經氣若游絲了，還是勉強擠出一個小小的微笑。

「什麼正要開始？」

「戀愛。」

「我很抱歉。」我坦白說。

他似乎對我的話充耳不聞，只見他繼續說：「不過，真的太好了……」

「太好了？」

「如果沒有這段戀情，我想我也撐不了這麼久。」他的話裡隱含著自嘲的意味。

「為什麼？」

「癌。」荻原努力拉回飄緲的意識冷冷地說。

「槍？」是手槍嗎？

「醫生說我最多再活一年，不過現在卻提早了。」

「這究竟是怎麼回事？」

「不過，與其死於癌症之手，我……倒寧願像這樣，為了愛人而犧牲……」儘管說話的當時，他已上氣不接下氣，卻仍然繼續說：「如果終究難逃一死的話……」

「人總有一天都會面臨死亡。」

「雖然我不想死，可是……如果終究都得死的話……」他的瞳孔已然放大而失焦。

「雖然不是最好的，卻也不會是最差的。」

我站直身子低頭看著荻原。原來他已經遭受癌症病魔纏身，此時我的腦海中突然浮現「二度粉刷」這個字眼，在他尚未被癌症折磨致死之前，我等死神又擅自將別的死因「粉刷」在他身上了。人類的病死或自殺與我們無關，因此「二度粉刷」這種事是有可能發生的。

不知不覺中，荻原的身體已經停止一切運作。

我再度環視屋內後，正打算離去。當我的視線停留在垃圾袋裡的披薩盒子時，突然靈光乍現。我猛然想起前天晚上打電話訂購披薩一事，當時，電話那頭的店員先問我：「請問您的電話號碼是？」，等我告訴他號碼之後，他接著立刻說：「您是古川朝美小姐吧？」然後再複誦一次地址，我想他只是唸出電腦上登錄的資料吧。莫非那名男子所說，「利用電話號碼就能查到住址的方法」指的就是這個？我反覆推敲著這個想法的可能性，如果先用區碼鎖定某地區後，再打電話到附近的披薩店詢問，查出古川朝美資料的可能性就相當高。

「你覺得我這個想法如何？」我問荻原。只可惜他沒有任何回應。

10

確認荻原已死的工作結束後，我的任務也完成了。我想該是告別時候了。此時，卻碰巧遇見剛從公車亭走路回家的古川朝美，我走過她身邊，順便打聲招呼。她當時一手撐著傘，懷裡抱著一個購物袋。

「晚安。」從她的微笑看得出來，她整個人正散發著幸福的光采。

「那些……是晚餐的材料啊？」我指著她手上的袋子。「是呀。」她的臉漸漸泛起紅暈。「待會兒荻原先生要到我家來。」

「這樣啊。」說完後，我原本打算就此離去，不過我尚有一事懸在心上，於是開口問她。「妳知道搭地鐵在第四站下車後，有家精品店嗎？」我說出荻原工作的那家店名。

「知道啊。」她點點頭，然後拉起身上那件外套的領口，「這件就是在那家店買的。」

「大拍賣時買的？」

「定價很貴，但因為降價……」

「這件就是……」我邊回想荻原教我的那個字，「非折扣品吧？」

你怎麼知道？古川朝美雖然有點驚訝，不過她接著告訴我：「你還真清楚呢！一開始確實是沒有打折。」

「一開始？」

「他們特賣會的第一天我曾去看過，這件的確是非折扣品，不過他們店員對我說：『也許最後一天會降價唷！』因此我便等到那天再去，果然就看到它降價出售，我真的很幸運！」

「妳還真是個幸運兒呢！」我不帶絲毫感情地這麼對她說，心裡一面想像當時的情況。也許是荻原替她代墊了這件衣服的部分金額。然後，等看到她最後一天到訪，便把已經降價的標價別在這件衣服上。是不是這樣呢？這就是他所說的「謊言」的真實全貌嗎？「原來如此。」我低語著。「近似於錯誤。」

「怎麼了？」

「沒什麼。對了，妳還記得那名店員的長相嗎？」

「不記得了。」她非常乾脆地搖頭。「我不太善長記別人的長相。」

「是嗎？」這次我真的打算離去之際，我突然注意到她手提包上的耳機，不禁脫口而出：「音樂！裡面是什麼曲子？」

「啊，你是說這個嗎？是巴哈的，」她說。「無伴奏大提琴組曲，我很喜歡那首組曲最開頭的部分喔。」

真巧，我心裡想著。「荻原也是這麼說哩。」

「真的嗎？」她似乎很開心。「既優雅又略帶哀傷，有種不可思議的感受。」

「使人分不清究竟是輕拂而至的微風，或是狂嘯大作的暴風？」

「沒錯！」

「荻原當時也是這麼說的。」

「真的嗎？」她當場高興地就像快要飛上天一般。然後又說：「對我來說，如果跟對方想著同樣的事，或不約而同說出相同的話，那是無比的幸福！」

「啊，荻原也曾這麼說！」

她滿面笑容，興奮難耐地說，那我得走了。臨走前，她最後轉頭問我：「千葉先生，你今天見過荻原先生了嗎？」

「還沒。」我如此回答。

而，這也許並非是個錯誤，而是謊言吧。我是這麼覺得。

07

旅途中的死神

Death on Road

1

在起伏平緩的國道六號上，正逐漸出現大排長龍的車陣。國道雙向皆是單線道，因此只要一輛卡車，便足以令交通出現回堵的情況。位在前方的廂型車，不時踩、放著煞車，致使我從剛才便不停重複換檔的動作，但最後車子還是完全停止了。雨水沿著擋風玻璃垂直流下，構成各種圖案。現在時刻，傍晚六點，放眼望去卻已是一片昏暗。

「喂！你是怎麼回事呀？幹嘛一臉毫不在乎的樣子。」坐在副駕駛座上的年輕人說道。他的頭一直靠在左側車窗上，我還以為他正在睡覺呢！他那頭黑髮長度只到耳上，微微往上吊的眼睛看來與爬蟲類有點神似。

「醒啦？」

昨天剛在東京鬧區殺人的森岡，彷彿看見鬼魅似地瞅著我。「我說我殺了人耶，你不相信是吧？你剛才也聽到收音機裡的廣播吧。」

數小時前，正當我們穿越水戶地區時，恰巧聽見收音機的整點新聞提要。森岡依舊面無表情，只是用半是得意、半是苦澀的口吻指著收音機對我說：「你聽，他們說的人就是我。」新聞當中指出昨晚涉谷地區有兩個年輕人打架滋事，其中一人拿刀刺殺對方。身中要害的年輕人雖然送醫急救，卻因大量出血而傷重不治。持刀殺人者目前正在逃亡中。他還說：「我就是那個刺傷對方的年輕人。」新聞還播出他的全名，森岡耕介。

「你，不怕我是吧？」

「我怕呀。」我撒謊。坦白說，我比較害怕收音機裡播放的音樂被森岡的超大音量蓋住而聽不見。

「從我跳上你的車到現在，你就一直那副德行。」

「為什麼你會挑上這輛車？」

「純粹巧合啦。當時你正好停下來等紅燈，而且車門看來又好像沒鎖。還有……」

「還有？」

「我有一次曾經在電影上看過這種車，所以很想坐一次。」說到這裡，森岡害羞地將目光移向他處。

「臨死之前？」我以死神的身分問道。

他彷彿受到嚴重的衝擊，但他還是「嗯」的一聲點頭。「沒錯，至少臨死前想坐一次看看。」

難怪這次上面會特地安排這部米色的小車。先前接獲情報部指示：「沿著國道往前開，就會遇到這次的調查對象森岡耕介。」

於是我遵從指示開上國道，果真森岡自動送上門來。時間是在今天上午十點左右，當我停在與國道十六號相交的十字路口等候綠燈時，森岡突然衝進車內，手上拿著沾血的刀子，炫耀似地說：「老實點，不然我宰了你。向北走！」

「向北走？」

「六號、四號、二八二號。」森岡相當亢奮，只聽見他聲音高亢，活像機關槍似地連續報出幾條國道號碼。「給我一直向前開！或許你原本想去別的地方，不過怪只能怪你自己運氣背碰上我，你就死了這條心吧！」

我倒是挺想反駁他：若論運氣背，我想是被死神挑上的你比較背吧？

2

車子總算開始往前推進。不知是雨天，還是入夜之故，只見整個路面陷入一片漆黑。當我用力踩下油門，輪胎即刻滑過一處積水，而玻璃窗上的雨刷，像是魔術師在來賓面前瞬間轉換戲法般，左右迅速掃動。

「你叫啥名字？」森岡彎曲膝蓋，接著把腳抬放在置物櫃上。

「千葉。」我報上自己的名號。

「幾歲？」

「三十歲。」這回我是名三十歲的上班族，穿著深藍色西裝，中等體格，任職於一般的公司行號。

「是喔。」森岡瞥了我一眼。「比我大十歲。那我問你……」

「什麼事？」

「這十年中有沒有發生什麼有意義的事？」

聽不懂他的意思，我皺起了眉頭。

「如果我再活十年，就會變成你這個歲數對吧？那到底有沒有什麼好康的事呢？」

「沒什麼特別的。」連我都可以輕易預見人類在短短十年間哪會有什麼特別的際遇。「大概就是身上的贅肉多了點吧。」

「我想也是。」

森岡好像吃了定心丸似的，「那就沒什麼不同嘛！」

「沒什麼不同？」

「即使我的人生到此結束。」

「結束？」難不成他已經預見自己的死期？頓時我感到有點驚訝。

「如果我被警方逮捕，不就死定了？意思就是本章到此結束。不過呀，就算多活十年，人生到頭終究還是沒啥意義吧？」

「人類活著的大半時間，稱不上人生，充其量只是時間的流轉罷了。」

「你在說什麼啊？」

「這是以前我工作時遇見的某個男人說的。」他是生於二千多年前的思想家。

「真有趣！」森岡首度露出笑容。「說得一點也沒錯！」他不斷地點頭稱許。

「說得真是對極了。連那個被我做掉的傢伙，也沒好好地認真過日子，所以他的也不叫人生，根本只是浪費時間罷了。」

「為什麼你要殺他？」前面那輛廂型車未如預期地左轉，我趕緊踩下煞車，霎時縮短了兩車的間距。車行至此，放眼望去左右兩邊盡是水田阡陌。

此時，森岡不再看我，反而望著另一邊車窗。「不知道。」

「你們老是弄不清自己究竟在做什麼。」

「『你們』是指誰啊？現在的年輕人嗎？少在那裡妄下斷語！」

「錯了，我指的是你們這些人類。」

森岡嘆了口氣。他是否心裡有點後悔竟然挑上一個怪傢伙的車？

「你在街頭和人家打架嗎？」我說出心中的臆測。

「都是因為刺傷我老媽的緣故啦！」

「對方刺傷了你媽？」那森岡的動機是為了報復吧。

「不是！是我刺傷了我老媽。」

「我不懂。」

「我已經一年多沒回家了，結果剛走進家門，就看到我老媽在打電話。於是我一氣之下，就拿刀刺傷她了。」

「等一下！你刺傷的是個年輕人吧？」我指了指收音機。剛才新聞報導的應該是鬧街的殺人事件。

「那是刺傷我老媽之後的事。」與其說森岡替我解惑說明，倒不如說他是為了幫自己整理思緒。「刺傷我老媽後，我嚇得奪門而出。等我回過神來，才發現人已經走在涉谷的街上了。當時，那傢伙就在旁邊笑得跟白痴一樣，讓我很不爽，於是我就出手揍了他一頓。」

「心裡覺得不爽就順便揍他一頓，然後反正已經揍了，就再順便拿刀子刺他？」

「那時候我剛刺傷我老媽，所以連我自己也搞不清楚究竟為何要揍他。到底是興奮感的驅使，還是心底的惶恐不安作祟，總之當時就是有股怒氣直衝心頭，等我察覺時，已下手刺了那個傢伙。」

「就為了這種理由被殺，只能怪那傢伙自己運氣太背，遭到池魚之殃。」我嘴上雖然這麼說，不過如果追根究底探討的話，那名年輕人最終死亡的原因，恐怕還是出自我們死神之手。在人間發生的一切意外或案件，都與我們死神脫不了干係。

我想肯定是我們某個同事調查完那名年輕人，然後向上級呈報「認可」的結果使然。

「可是話說回來，我下手終結的並非那傢伙的人生，只是不再讓他浪費時間罷了，所以也沒什麼大不了的！」

「你還真懂得見風轉舵！」聽我這麼說，他即刻陷入沉默。「那你媽還好吧？」

「少囉唆！」

「你真的只是為了你媽打電話這等小事就刺傷她嗎？因為你討厭電話？」

「都怪那通電話的內容太過分了！」這時，森岡的臉上有如被冰凍結般倏地失去血色，我甚至彷彿聽到類似急速冷凍時「咻」的聲音。車流速度逐漸加快，遠方出現了「宮城縣」的標誌牌。

3

就算逃亡中的殺人犯，還是得裹腹不可。儘管森岡嘴上嚷著，我們可沒時間停下來休息！但隨後他還是編了個藉口，說：「空著肚子也不是辦法。」

一進入宮城縣內，我們隨即找了一家位在昏暗國道旁的拉麵店。櫃檯處有個白髮蒼蒼的老闆，店內除了我們，並無其他客人。

我和森岡並肩坐在櫃檯，吃著剛端上桌的拉麵。片刻間，除了吃麵的聲音外，我們沒有任何交談。我沒有任何味覺，只是機械式地將眼前食物塞進嘴巴，森岡則抬起頭，大聲喊著：「大叔，你這麵真好吃！真好吃！」

老闆持續低著頭，回應說：「是嗎？那就別吃剩囉！」

「這麼好吃的麵怎麼可能吃剩嘛！」

我不禁打量著他的側面。我不是覺得佩服，或太過震驚而啞口無言，我只是覺得心中有種說不上來的異樣感。過去我所見過的人類，一旦犯了罪，絕大多數就好像背負著千斤重擔似地痛苦不堪。他們不是坐立難安、六神無主，不然就是變得比平常更加凶狠。簡單地說，就是無法以平常心泰然處之。

然而坐在我身旁的森岡，某種程度上來說，顯得自然從容多了。在四處遭到通緝之際，雖然有時也會出現神經質的一面，但此時此刻，他在拉麵店裡卻能如此輕鬆自然地與老闆聊著天。

我暗忖，大概是沒啥罪惡感之故吧。恐怕他尚未真正意識或感覺到自己已經殺了人，也就是說，他還未體認到目前狀況的嚴重性。說好聽點，可以說他是天真無邪、豁達開朗，說難聽一點，他愚蠢至極。「實在是想像力不足。」

森岡停止咀嚼，嘴裡塞滿麵條，鼓起腮幫子瞪著我。「幹嘛？」

我無視於他的質問，立刻轉移視線。突然，我發現有台電視機斜放在櫃檯上頭的廚櫃旁邊。電視上正播放著新聞。我瞄了一眼時鐘，晚上七點。

電視上正在報導有關森岡所犯下的罪行。對此，我絲毫不感到意外，可是森岡的臉色卻倏地發青，差點從椅子上跌下來，就連原本握住的湯匙也撒手掉進碗內。說起那個老闆，他似乎沒注意到眼前這一切，只是專心地在水龍頭下洗著鍋子。我的目光則緊盯著那宛如瀑布的自來水。

電視上的主播此時正大聲唸出那名傷重不治年輕人的名字，銀幕上同時出現他的大頭照，染著一頭紅髮，配上醒目的圓鼻和長下巴。甚至還現場連線轉播涉谷鬧區的犯罪現場——就在一處小小十字路口旁。

「目前疑犯森岡逃逸中。」主播接著報導：「根據了解，就在犯下這起案件的數小時前，嫌犯森岡的母親滋子也在自家遭人刺傷。」

我飛快地瞧了瞧森岡的側面。

報導一唸完，電視台像是等待許久一般，迫不及待地在銀幕上秀出森岡的大頭照。照片裡的森岡身穿制服，一眼就看出是昔日的照片，因為與現在坐在我身旁的森岡相比，照片中的他臉上有明顯稚氣未脫的痕跡。

森岡本人對於照片被登出一事感到無比驚慌，突然他全身晃動了一下，趕緊偷偷瞄了老闆一眼，隨即刻意把臉背向他，結果卻反而把麵湯弄灑了。

「別緊張！」我把音量降到只有他能聽見的程度。

「自然一點就不會被識破，那張照片不太像你本人。」我不動聲色地說。

森岡用力吞了口水。動作雖然稍嫌不自然，不過他總算繼續吃起拉麵，而看樣子老闆也沒察覺有異。

等我們打算買單離去時，森岡帶著驚慌不安的神情直接走出店外。我心裡早料到這頓餐得由我付錢，我低頭準備拿出兩人的麵錢。

老闆卻在此時出聲叫住森岡。「等一下！」

森岡停下腳步，但卻沒有馬上回頭。我則是興致盎然地看著老闆和森岡，等著看有什麼好戲。

森岡緩緩地轉過頭來，臉上肌肉不爭氣地微微顫抖著。「幹嘛？」

「麵真的好吃嗎？」

森岡一時間反應不過來，但他立刻回過神，一臉放鬆的表情回答老闆：「真的很好吃。」

「那記得下次再來吃喔！」老闆身上的那件白色衣服，沾染上各種顏色和焦黃的污點，那些髒污在在證明了那段他所走過的歲月，而他伸出的手指，也宛如樹枝般微微顫動著。

「我們接下來要去十和田湖，所以不會再來了。」大概是因為安心，森岡說話的語氣又回到先前的粗魯無禮。這是我第一次聽到要去的目的地。

「回程時再繞過來吃不就得了？」這老闆倒挺難纏的。「反正你說好吃只是嘴巴說說的客套話罷了。」

這句話不僅是針對拉麵的味道，或者是為了與客人閒聊而說的，聽得出那也是老闆對自己生活的感嘆。

4

國道六號的最終路段通過阿武隈川，穿越陸橋後，前方就是國道四號。

我依照森岡的指示，綠燈亮了以後直接右轉開上國道四號。「你不開車嗎？」當收音機裡突然沒了音樂，只剩下人類信口胡謅的節目時，我這麼問他。

「我沒駕照。」

「沒想過搭火車去嗎？」

「你可能不知道去十和田湖，特別是奧入瀨這個景點，開車比較方便。」

「奧入瀨？我要去那裡嗎？」

「你很吵耶！」

「我很吵嗎？那你覺得怎樣才不吵？」我可不打算轉低車上音響的音量，不過如果是說話音量，要多低都不成問題。

「叫你少囉唆啦！」

「不走高速公路嗎？」我把方才一直盤據在心裡的疑問說了出來。如果確定要往北走，應該有付費的高速公路才對。雖然我從未走過，但如果他堅持要走，應該還是到得了。

「高速公路啊。」森岡搔搔鼻頭，然後再用同一根手指挖耳朵。

國道四號是雙線道，因此車輛往來速度相當順暢，和先前的道路相比，國道四號兩側霓虹燈裝飾的豪華招牌不僅繁多，而且感覺熱鬧無比。再往前駛去，便看見一塊標示牌上寫著：進入仙台市區。

「也是可以啦！」森岡此時欲言又止。縱然他內心掙扎著不想對人示弱，但同時他卻又希望有人能聽出自己內心的脆弱心聲。「即使大家都說最近犯罪逮捕率很低，可是電視那樣大辣辣地播放我的照片，如此窮追不捨，我想我被逮捕也是早晚的事吧。」

「因為你是殺人犯囉！」

「話是沒錯啦。」森岡似乎覺得我觸他霉頭而嘟起嘴巴。「所以我才想趕緊把要事辦一辦，然後到警察局去自首啊。」

「你有要事？」

「可是，」森岡眼中浮現一抹黯淡。「我又想盡量拖延時間，總之，我現在的心情非常矛盾複雜啦！」

簡單歸納一下，也就是說，連森岡本人都無法理解目前自己希望怎麼做。因此，他想盡量爭取時間，好理出頭緒，特意避開高速公路。

「老實說，這趟是我最後的旅行，大概我自己也想痛快地大玩一場吧。就是這樣！」

「你不反省嗎？」我問道。「你不僅刺傷你媽，還殺死別人，卻完全不反省，這樣好嗎？」

「你這樣問我，我也不知道該怎麼回答。」森岡彷彿被難題難倒了，五官整個糾結在一起。

「可是，我真的沒什麼罪惡感耶！就拿我刺殺的傢伙來說吧，就算他死了，會造成誰的困擾嗎？」

「是不會造成我的困擾啦。」我明白地承認，接著我還補充一句：「就算你死了，也不會造成我的困擾。」

不知是出於困惑還是恐懼，森岡此時突然從口袋裡掏出刀子，靠近我的腹部。那把刀刃上還殘留著血跡。「你少得寸進尺了！你到底瞭不瞭解自己現在的狀況啊？」

「所以我才想好好釐清一下目前的狀況。我現在載你前往北方，而這輛車是你臨死前無論如何都想試搭的車款。你說要到十和田湖一個叫奧入瀨的地方辦事情。此外，你想順便好好享受一下這趟旅程。這就是目前的狀況。」

「你在幹嘛呀！」

「話說回來，」我突然很想知道，「所謂的旅行，是指什麼樣的行動呢？」我經常耳聞這檔事，也能掌握大致上的情況，不過卻從未聽人類親自對我解釋它的定義。

森岡剎時陷入一片沉默，一臉反應不過來的樣子。不過他馬上丟出一句：「我哪知道啊？呃，不就是遠距離移動後，在某地住宿之類的嘛。」他解釋道。「還有觀光之類的，也稱得上旅行吧。喂！我幹嘛非得說明這種事啊！你是白痴呀？」

「原來如此。」我又上了一課。點頭致禮後，「那我們找家旅館過夜吧！」

晚上八點，仙台車站前熱鬧非凡。兩旁林立著百貨公司和辦公大樓，往右邊看去，可見新幹線行駛而過。大樓屋頂的霓虹燈招牌閃爍不停，車道來來往往的大燈和煞車燈光線相互交錯，而車前這片被雨水打濕的擋風玻璃，則讓五光十色的燈光看起來更加明亮耀眼。燈號由綠轉紅，我停下車子。十字路口的斑馬線上行人來往不停穿梭，五顏六色的雨傘也隨之不停地移動。

「告訴你一件不得了的事。」森岡指著十字路口說。

「嗯，說說看是什麼不得了的大事。」

「你看，這裡雖然有這麼多人，但這些人當中卻沒有半個殺過人，這不是很不得了嗎？」他這番話彷彿將自身的絕望與孤獨坦承不諱地全盤托出。

「那我告訴你一件更不得了的事」我說。

「你很煩咧！」

「這裡有這麼多人，但可能沒有半個在煩惱人類的事。」

「你是白痴嗎！大家的煩惱可多著呢！」

「你們只是心煩自己的事罷了，從來不曾為人類的大事煩惱。」我記得這應該是以前某思想家常掛在嘴邊的台詞。哼！森岡把頭轉到旁邊。

「要睡哪裡？如果要住商務旅館這裡好像有幾家。」我本身並不需要睡眠，因此要我通宵開車，一路直奔北方也不成問題。只是考慮到森岡的疲憊，我想最好是休息一下，因為再也沒有比應付疲憊不堪的人類還要累的事了。

「我不要住旅館。」

「電視播放的那張照片根本不像你本人，只要你態度自然，我想應該不會被識破。」

「不是因為那個啦。」我感覺森岡的臉色好像發白。「旅館裡頭不是有床嗎？」

「你討厭床？那睡車上嗎？」

「車子也不行。」

「你臉色發青喔。」

「好啦好啦，知道啦！」森岡活像羊癲瘋發作。稍後，他似乎下定決心要豁出一切，「你隨便找家旅館好了啦！真是囉嗦死了。」

5

穿過上頭是鐵路的函洞後，車子便開出了東口，緩緩轉過一個彎後，我們開上了大馬路，往前疾駛了一會兒。眼前有一家商務旅館。

森岡八成怕我逃走，於是訂了雙人房。在櫃檯辦理住宿登記的是一名約莫四、五十歲的男子，站姿英挺，大概是退伍軍人吧。他看了看我和森岡，「你們……是同性戀嗎？」

森岡倏地臉色大變，鼻子以上緊繃，而臉頰以下則不停地抽搐著。就在同一時間，他的手開始移動，接著伸進口袋。我連忙用左手抓住他的手腕。因為我知道他想拿出刀子。

森岡翻了翻白眼，跟著膝蓋一軟，全身軟趴趴地倒了下去。我趕緊用肩膀支撐住他。只怪我一時大意，沒戴手套就唐突地觸摸他。萬一被我同事發現可就麻煩了！我反射性地偷偷觀察一下周遭的環境。雖然為時已晚，不過我還是從上衣的暗袋裡掏出黑皮手套戴上。

「他怎麼了？」這名四、五十歲左右的旅館人員將房間鑰匙遞給我。「那個年輕的睡著了？」

「他太累了，而且你剛才的發言害他大受打擊。」

「我剛才說了什麼？」

「你說我們是同性戀。」

「拜託，誰都聽得出來那是玩笑話！再說就算真的是同性戀，只要行得正坐得穩又有何關係呢？不過，你們倆真的是那個嗎？」

「這小子是新新人類。」我瞄了一眼懷中抱著的森岡之後，回答說：「我可不是。」

森岡躺在床上因惡夢纏身而痛苦地低吟著，他面向窗邊蜷曲著身子，不停磨牙說著夢話。我低頭看了森岡好一下子，心裡盤算著，只要凌晨十二點一過，我就要外出。難得到人類世界一遊，不去聽點音樂豈不是白來了。

我留下森岡一個人出門了。不過該不該帶鑰匙呢？傷腦筋。還是從窗戶悄悄爬出去算了。我走過床邊打開了窗戶。

正當我努力將身子擠過窗戶時，聽到了森岡的叫聲。「深津先生。」

「我叫千葉。」打算糾正他時，才發覺那只是夢囈。「深津先生，救我！」說完，身子宛如幼兒在保護自己般蜷縮成一團。

6

我步出了旅館。天氣依舊惡劣，惟見雨勢大幅減弱，我決定不打傘直接走路過去。路上零零落落孤獨站立的路燈，彷彿在指引著我走過昏暗狹窄的小路。

與那名青年的邂逅，就發生在我走了一小段路以後。

最初只是源自於被某種聲音吸引的好奇心，右手邊停車場裡傳來類似小動物持續威嚇對手時發出的一種嘶嘶聲。

就在停車場最深處，有一名青年正面向著牆壁，他激烈地搖晃手腕，彎身向下，左右移動著身體，莫非在大半夜跳舞？

等我一回神，我已踏進鋪著砂石的停車場，而且正逐漸靠近那個年輕人。我被某種像是長長嘆了一口氣般的嘶嘶聲吸引住了。他手上似乎搖晃著一瓶噴漆罐，卡啦卡啦的聲響就是罐內金屬圓珠滾動的聲音。原來疑似呼吸聲的真面目就是噴漆的聲音。

當青年注意到我時，似乎有些驚訝。

「我只是看看而已。」說完，我問他，「你在這裡幹嘛？」

青年身材瘦削，外表散發著一股優雅的氣質，他的眼神銳利，臉蛋小巧，應該歸類在人類五官端正的那一型。

「那是什麼？畫嗎？」我指著牆壁。綠色顏料畫出不可思議的花紋，既像字又似畫。他好像用了數種綠色顏料畫出那些充滿流線的文字，然後再以紅色顏料描繪字邊。

「GOD。」青年靜靜地開口。「用英文寫的。」

仔細端詳綠色字體部分，確實並列著三個英文字母。「是你的嗎？」

「神嗎？」

「牆壁啦。」

「啊，不是。這不是我的牆壁。」

「為何想寫GOD？」我想像著，如果跟他說，死神也是神，然後再謙虛地表示，自己也忝列其中一員，不曉得他會有什麼反應？

「這附近有CD唱片行嗎？」我問他，只見他聳聳肩。「這裡幾乎沒有二十四小時營業的店。不過應該有錄影帶店。」

「我想再問一個問題。」

「什麼事？」手持噴漆罐、站姿優雅的青年並不會讓人有壓迫感，反而散發出一股從容不迫的氛圍。那種冷靜沉著的感覺，彷彿即使我坦承「我是死神」，他也依然保持著一派從容的態度回答我說：「我早就猜到了。」

「人類為何要殺人？」

霎時他瞪大雙眼，不發一語。當場唯一的聲音只有佇立在停車場旁的路燈，正發出通電時振動的聲音，並且一明一滅地閃著。他微微一笑，「為何要問我這種問題？」

「因為你湊巧在此，換成別人，我一樣也會問他。這次正巧我心裡有此疑問，因此想問問站在面前的你。」

青年好一陣子緊抿著雙唇，或許心裡正盤算著該不該理會眼前這個人。片刻之後，他說：「怨恨、憤怒、算計，殺人者的理由不外乎是這些吧。」

「算計？」

「如果沒有那傢伙，我的人生該有多輕鬆等等的算計。簡單來說，就是算計所有金錢與精神方面的得失。」

「而人類經常算計錯誤。」

「沒錯！」青年露齒一笑。

「老實告訴你，我目前正和一名殺人通緝犯結伴旅行。」我試探性地說。

「真的假的？」

「我沒騙你。那傢伙昨天殺人了，目前正在逃亡中。不過，基本上他卻像個沒事人一樣，為什麼？」

「你問我，我怎麼知道？」青年伸出拿著噴漆罐右手食指搔著太陽穴，然後望著右側牆壁上寫著「ＧＯＤ」的塗鴉彷彿在對我說，問祂吧！

接下來的時間我和他天南地北無所不聊，尤其是談到人類有多愚昧的話題時，氣氛更是熱絡到極點，無論是奇妙蚊子的故事，或是哲學家的名言等等，總之話題彷彿永遠聊不完。此時，突然聽到背後傳來靴子踩在砂石地上的聲響。

「喂！」森岡跑上前來，吵吵鬧鬧地大叫：「你搞什麼啊！你可別想給我逃！咦，這是什麼玩意兒啊？辣到我眼睛了啦，痛死我了！都是噴漆的臭味！」他站到我身旁，一面揉著眼睛，一面瞧著牆上的塗鴉。

「畫辣到你的眼睛？」我聽不懂這是什麼話。

「啊，那傢伙，」雖然有點遲鈍，不過他還是注意到那名青年。「那傢伙是誰啊？」說著，他的手馬上又伸到後面口袋，看樣子他是想拿刀子出來。怎麼又是老套！

「你已經沒有刀子了，我把它丟了。」話才剛說完，森岡太陽穴四周立刻暴起青筋。

「他就是你方才說的那個若無其事的殺人犯？」青年毫不隱瞞地、輕描淡寫地問著我。

「你，難不成已經洩漏了我的身分!?這傢伙到底是誰？」森岡邁開大步，走到青年的面前。此時，森岡的大腦迴路彷彿經過切換似的，眼露凶光，嘴角不停抽搐，就和當時在旅館櫃檯的表情一模一樣。他眨眼的次數變少，瞳孔上也看似覆蓋著一層薄膜，眼睛顯得懾懾發亮。原來當時他刺傷母親和殺死鬧區少年時就是這副表情呀！

青年似乎也察覺到他的變化，連忙微微舉起手，「喂喂，你不可能真的是殺人犯吧？」

「嗯……」森岡原本細小如剃刀傷口的雙眸這下瞇得更小了，「廢話，當然是騙你的！哪有誰殺了人還會在這種地方四處遊蕩的!?」雖然還看得出他尚無法完全冷靜自處，不過緊張情緒倒是舒緩不少。「我想也是。」青年緩緩地說。

森岡看看牆壁，再瞧瞧青年手上的噴漆罐。「你在塗鴉是吧？搞什麼嘛，你自己不也在幹壞事？我們算同類嘛！」

殺人犯與塗鴉者原來關係如此相近？我無從判斷。

「你到底在這裡做什麼？幹嘛不趕快逃走？」

「我可以逃走嗎？」

「當然不行！」

青年望著我與森岡的互動，說：「我開車載你們到車站對面吧？」當我回答：「那真是感激不盡！」後，森岡卻挑起眉毛——這個動作使他看起來更像蜥蜴——生氣地大聲咆哮：「別鬧了！給我乖乖待在旅館裡！」

走到停車場附近的一輛車子旁，青年打開行李箱將行李塞進去。「這是你的車嗎？」我問，他馬上笑著回答：「不是，我的四輪傳動車比這輛更棒呢！」

「什麼嘛，你這是偷來的？」森岡開心地笑著，他的表情彷彿想向世人宣告這名青年快變成他的同類了。

此時，青年突然驚呼一聲：「啊！警察！」順著他的視線望去，的確有道紅色燈光在車道上移動著，連我都明白那是警車，即使沒有警笛聲，但很明顯地警車正朝著我們這方向開來。

「慘了！」森岡急得有如熱鍋上的螞蟻，不僅嘴上嘖嘖作響，還不停地左右張望。

「不要輕舉妄動比較好。」不過他根本充耳未聞青年的勸告，他已經完全陷入一片混亂。接下來他靈機一動，飛快跳進打開的行李箱中。那是出自他的本能反應與判斷，而青年也相當配合地關上行李箱，像是有人指示他這麼做似地。

我和他就站在原地，仔細觀察警車的動向，誰知最後那輛警車只是轉個彎，最後消失在黑夜中。

「他真的是個殺人犯嗎？」青年並沒有立刻打開行李箱，只是眼睛望著行李箱問我。

「沒錯！還一副若無其事的樣子，對吧？」

「但真是如此，難道他不怕我們去向警察告發他嗎？」

「他是個單純的傢伙，思慮也不縝密，只要怒氣攻心，就衝動胡亂砍人，而且沒什麼罪惡感。一見警察拔腿就跑，看到行李箱開著就鑽，根本完全沒有考慮到後果。人類是否全和這傢伙一樣呢？」我對此感到疑惑。「殺人犯都是毫無悔意的人嗎？」

「這個嘛……」青年仔細思量。「可是，我覺得要是他們真有悔意，當初就不會下手殺人了。」這番話中也蘊含著自己堅定的決心。

有一小段時間，我們保持著沉默，似乎彼此都在等對方發言。「接下來怎麼辦？」

我聽到他的詢問，當下還以為只是風呼嘯而過的響音。

「這傢伙要去十和田湖，好像有個叫奧入瀨的地方。」

「奧入瀨溪流。」他的稍微表情放鬆了。

「你知道那地方？」

「那是條源於十和田湖的溪流，沿岸風光可美的呢！雖然我只去過一次，但實在令人難忘。無論是十和田湖或是奧入瀨，都是令人心安的地方。」

「心安？」

「我經常在想，其實人之所以異於動物，在於人類會嚐到痛苦裡一種名叫幻滅的滋味。」

「幻滅？」

「比方說，長久以來信任的人，竟然是個膽小鬼；或是崇拜的英雄，實際上只是隨波逐流的狡猾男子；或者自己的信任的同伴竟然是敵人等等，這些情況都令人類產生幻滅，而且痛苦難當。如果是動物，絕對不會有這種感受吧？」

「這個跟湖又有何關聯？」

「那寬廣寂靜的湖水，以及風光明媚的奧入瀨溪流絕對不會背叛我，所以也不會感到幻滅。只要一想到此，就會覺得心安。」

「雖然我不是很懂。但你想說的是，這傢伙也是基於這點想去那裡？因為想要心安？」我敲敲行李箱。

「誰知道？有可能是為了其他理由。」他挑高一邊眉毛。「或許他有特別的理由。如果無法得償所願，他可能死也無法瞑目，或許他內心真有什麼隱衷。」

「死也無法瞑目。」以身為死神的立場看來，只要肉體死亡就算死了，哪有什麼瞑不瞑目？他的說法著實可笑。

「我也有必須完成的事。」

我不能一直待在這裡與這名青年閒話家常。「可以幫我打開行李箱嗎？」我拜託他。

哎呀，完全忘了這回事！他邊笑著說邊打開行李箱。我原本已有心理準備，森岡會突然從裡頭蹦出來，嘴裡不斷埋怨，到底要把我關在裡面多久啊？結果大出我意料之外，只見他身體不停發抖，瀕臨昏厥邊緣，眼皮也不停跳動。此刻在我們眼前的是一個飽受驚嚇的孩童。他的嘴唇半閉，牙齒因無法抑制發抖而相互碰撞發出聲響，嘴裡還在喃喃自語，我附耳一聽。「深津先生！深津先生！」他叫著。「救我！」

7

「你醒啦？」當森岡醒來時已是早上八點。他拉開厚重的窗簾瞧了外頭一眼，天空依然密佈著厚重的烏雲，他露出了厭煩的表情。「今天又在下雨。」

「你睡得挺沉的嘛。」想起昨天晚上，最後我把森岡從行李箱中拉出來，背著他走回旅館，然後再把他安置在床上。不過在這段期間，他完全沒醒來過。「你昨晚昏倒在車子的行李箱裡。」

森岡邊把襯衫塞進牛仔褲，他像是做了後悔事般嘴裡又唸了一次「行李箱」。同時間，他的臉色發白，不過他為了不讓我發覺，立刻轉移話題，「弄好趕快出發吧！好事不宜遲！」

「你打算做的是好事嗎？」

「你到底是何方神聖？」森岡突然問我。此刻他把手指貼在副駕駛座的車窗上，追著沿著窗戶流下的雨滴。

我駕駛的車子正奔馳在國道四號上，目前已穿過仙台市，朝著宮城縣北部城鎮疾駛而去。道路兩旁水田漠漠，還有一些老舊民家零星散佈其中。整條路上幾乎沒有其他車，因此一路上行車速度暢快無比。

「你為什麼不逃走？」

「我可以逃嗎？」

「不行！可是，你真的不怕？還有，你不用工作嗎？」

像這樣與你同行正是我的工作，我心裡如此回答著。

接下來的時間就在彼此無言的時光中度過。反正現在收音機正播放著搖滾樂團的演奏，不會感到無聊。正統的演奏配上令人想像歌手有雙慧黠眼神的歌聲，著實加深了這首樂曲的深度。像這種音樂也不錯嘛！正當我陶醉其中，車子已通過宮城縣，眼前出現一塊寫著「一關市」的標誌牌，接著又是同樣的景緻輪流出現，廣告招牌、超市、田園風光。

車子再往前走了一段路後，我瞄到駕駛座前的儀表板，顯示油量的指針已經降到最底限了。「這個沒了，車子還能跑嗎？」

「你是白……」森岡急得嘴唇發抖「白痴啊，趕快看哪裡可以加油啦！」

「你是說那個？」

開不到五分鐘，路旁有家加油站，於是我們將車子駛進加油站。其實我對加油的順序毫無頭緒，我打開窗戶，聽從加油站員工的指示行事，所幸也沒遇上什麼麻煩。在加油的過程當中，森岡竟然開門下車，我也趕忙下車跟在他後面。

「一直窩在車子裡，害我腰快痛死了。」他將手放在腰上，邊轉動身體，我也有樣學樣，原來他只是想舒展筋骨罷了。

我們附近也停著幾輛車子，與我們的車子相比，那些車顯得相當巨大。正確來說，是我們的車子太小了。這一幕不禁讓我聯想到遭受巨大野獸圍攻的小狗。付完油錢，我們再度上路，等開過第二個紅綠燈時，我決定試著問他：「你曾經有捲入什麼案件嗎？」

當時眼睛緊閉著的森岡——正如我所料——根本沒睡著。他睜開右眼，瞧了我一眼，然後撐起身子，說：「案件？我昨天不是說過了嗎？我刺傷了我老媽和那個紅髮混混啊。」

「我問的不是這個。」

我憶起昨晚那名塗鴉青年所說的話。當他低頭望著縮在行李箱，身體抖動有如落葉般的森岡時，低聲問道：「他是不是有過什麼恐懼的過往？」當時月亮突然硬掰開雨雲，露出溫柔的臉龐，好讓月光射進行李箱，活像是黑夜也急欲告訴我們：「沒錯，答對了！」青年繼續說：「他的童年可能有什麼恐怖回憶與行李箱有關，或類似意外什麼的，所以才會嚇成那副德行。」

當森岡聽完有關他在行李箱裡那種驚恐萬分的模樣，以及在旅館的床鋪上作惡夢痛苦呻吟的事以後，歪著嘴說：「少囉唆！反正跟你無關。」

說真格的，他的回答跟我真的無關，所以之後我完全沉浸在收音機的音樂世界裡，當時播放的吉他聲，聽起來就像砂子相互摩擦的聲音。

片刻後，「念在你那麼想知道的份上，我就大發慈悲告訴你啦！」森岡語調含糊不清。

可是我沒那麼想知道耶，我差點脫口說出。

「這件事我從來沒向任何人提起。」森岡的口氣雖然與先前一樣，不過聽得出來他的話裡此時隱藏著極大的決心。「我呀，曾經被綁架過。」

「綁架？」

「那時我剛滿五歲，有天我下了幼稚園校車，獨自走在回家的路上，當時我發現有輛行駛緩慢的車子跟在我的身邊，誰知它的車門突然打開，然後就把我強行拖進車子裡了。我們家呀，以前可是有錢人呢！」

「現在不是嗎？」

「有錢的是我父親，當時他是公司的重要幹部，等我父親過世以後，什麼都沒了，貧窮反而讓我們變成別人恥笑的對象。」

「那……為什麼？」

「因為我被抓進行李箱裡面。」森岡揉著眼睛，然後像用力喘氣似地連連作了幾回深呼吸。

「行李箱？」

「是啊，我就這樣被拖進行李箱關了一整天。一個小孩子在毫無心理準備的狀態下，突然被關進伸手不見五指、空間又狹窄的行李箱裡，你能體會當時他的內心有多忐忑不安嗎？我還以為這輩子再也出不去了，全身不停地發抖。那時我還直認為這是對我的懲罰。」

「懲罰？」

「所以我一個勁兒地拚命說：對不起、對不起！你聽了是不是很想哭？這真的是件令人掉眼淚的往事。明明沒做錯任何事，還得遭遇這樣殘酷的事。可憐的小孩什麼都不知道，只是一味地道歉，帶著擦不乾的淚水和失禁的大小便。」森岡忍受著當時的恐懼、惡臭、害怕以及屈辱回憶，臉上浮現痛苦不堪的神情。那是目前為止從未出現過的表情。

或許是心理作用吧，我似乎看到他的肌膚又回復到幼年時期的柔嫩細緻。

「然後呢？」

「那些犯人後來把我關在一棟古老建築的房間裡。」

「犯人不只一個？」

森岡心中感到無比痛苦。「犯人有四個，一個渾身發臭的傢伙、一個呼吸急促的傢伙、還有……」言及於此，森岡似乎刻意地頓了一下，「還有一個腳受傷的傢伙。」

「那棟建築物在哪？」

「天知道！我哪可能記得嘛。不過我想大概在海邊吧？因為當時我有聽到海浪聲。啊，難怪！」

「難怪什麼？」

「我超討厭海浪聲的，每次聽到就想吐。別人都說那是種能療癒心靈的樂音，可是我只要聽到海浪聲，體內就會升起一股無名火，這果然也是那件事的後遺症。因為會讓我想起當時的海浪聲，情緒會變得十分惡劣。」

「現在有印象了嗎？」

「那間房子還挺寬敞的，就是破舊了點，而且地上還鋪著紅色地毯。那些人先把全身糞便的我揍了一頓，然後再把我拖到浴室清洗，連衣服也沒脫耶！接著我被丟進一個房間，他們從外頭把門反鎖。」

「不能打破窗戶逃走嗎？」

「我當時只是個小孩哩！」森岡的臉上閃過又怒又悲的複雜表情。「更何況當時還有一個傢伙在房裡監視我。」

「監視？」

「一個拄著拐杖的老頭。他負責待在房間裡監視我，然後犯人和我家人聯絡要求贖金。反正拜當年那件事所賜，我今天才會如此討厭行李箱和床啦！因為遭到綁架期間，我一直被迫躺在床上。」森岡焦躁不安地將頭髮抓得亂七八糟。

「現在只要看到這些東西就會勾起我悲慘的回憶。」

「然後呢，後來怎麼了？」

「你還挺冷靜的嘛。」

「是嗎？」

「我已經整整十五年沒對任何人提起這段陳年往事了耶，沒想到我下了這麼大的決心告訴你，你的反應未免太冷淡了吧。」

「不好意思，不管我聽到什麼，都不會覺得驚訝。」

喔，森岡帶著有點害怕的眼神看著我，「如果我說我打算再去殺一個人，你也不會感到驚訝？」

「實在很抱歉，讓您失望……」我坦白說。「我一點兒也不驚訝。」

8

當我們停下來等綠燈時，隨即注意到前方有遊覽車擋住了去路，看樣子是從支線道上來的，而且馬上就要左轉，所以方向燈閃爍不停。

「這一帶是觀光勝地嗎？」

「只有中尊寺吧？」森岡一副興趣缺缺的樣子。

「寺廟嗎？要不要順道繞去參拜一下？」我這麼一說，森岡立刻怒氣大發，「你在幹嘛！你是在耍我嗎？我早說過我們沒那種閒功夫！」

「是嗎？」

「啊，不過我們去吃前澤牛吧，前澤牛！」

「牛？」我瞄了一眼車內時鐘，已經過了上午十一點。走到半路車道陡然縮減，路上開始出現擁擠的車潮，速度也因此被拖慢了下來。「我們還有閒功夫吃飯嗎？」

「你很煩人咧！」森岡感覺不快地撇撇嘴，不過他還是立刻指著左手邊的招牌，「那邊要右轉。你看，不是有餐廳嗎？走吧！」

「你有錢嗎？」儘管他有或沒有對我都無所謂，不過還是想先確認一下。

孰料森岡卻像遭受侮辱般，怒上心頭，卻還是強忍住。大概是為了討我歡心，或者只是逞強吧，只見他紅著臉，「這一趟可是我最後的旅行耶！你就不能請我吃一頓嗎？」

「人生最後的牛排嗎？」我發出只有自己聽得見的低語聲。森岡將在數日後死亡，因為我會呈上「認可」。

這家以牛肉為主的餐廳是仿造牛的外型裝潢而成的，不知道是因為時下的流行趨勢，或僅僅只是老闆個人的品味低俗。總之寬敞的店內一片人聲鼎沸，高朋滿座的盛況。

森岡似乎不想引起旁人的注意，因而故意挑了最裡面的座位。他打開菜單，看過一遍後，抬頭看我說：「這也太貴了吧。」接著又點點頭，「算了，來都來了。」他對迎面走來的服務生示意要點餐。不過當服務生問及：「牛排要幾分熟？」時，他的表情有點不太自然，回答：「一般就好。」

我只點了一杯咖啡，結果卻換來服務生嫌惡的表情，而森岡也露出驚訝之情。

「你不吃牛排嗎？」

「反正我也嚐不出味道。」

「就算是如此，你也可以隨便吃點別的吧？」

「我無所謂。」我決定只點這樣就好。不過等我問即將離去的服務生：「你不問我咖啡要幾分熟嗎？」，輪到店員滿臉驚訝地瞪大眼睛望著我，而換森岡的臉上露出嫌惡的表情。「你到底在搞什麼啊！」

在等待料理端上桌前，雖然就這麼無言相對也無妨，但還是覺得這樣有點怠慢，於是我再度聊起那件過往的綁架事件。「你小時候的那起綁架案，後來有引起軒然大波嗎？」

「你很囉唆耶！」森岡厭煩地把頭轉向一旁。不過，沉默了一會兒，他的右手還是伸進運動上衣的內側口袋，不發一語地掏出一張紙。那是一張摺疊完整、曬得焦黃的舊報紙。

我把那張紙慢慢移動到手邊，盡量小心不弄破紙張，慢慢地打開它。

此時，服務生將盤子上滋滋作響的肉塊端來，放在森岡前面，接著說了一些制式的叮嚀話語後便迅速離去。森岡拿起刀叉默默地吃了起來，他把沾了醬汁的肉塊送進嘴裡細細咀嚼，然後再緩緩地吞嚥入喉，最後忍不住呼了一聲：「太好吃了！」

「死掉的牛好吃嗎？」這句話並無特別意義，卻還是惹得森岡不開心，「你少給我用那種口氣說話！」

我方才已經讀過那篇舊新聞。那是距今十五年前的事故報導，內容是有關深夜縣道上的宅配貨車與自用轎車的衝撞意外，據說轎車上的三名乘客全數死亡。我原本以為這肯定是與綁架案相關的報導，結果卻大失所望。「這是？」

「那是我童年時代最寶貝的報導唷！我昨天出門時還特地帶在身邊。」

「為何如此寶貝它呢？」

「發生意外的就是那些綁架我的犯人，因此只要看到它，我就能確信犯人已經死了，也就能安下心來。」森岡說。「那些傢伙真是白痴，竟然在綁架我的期間發生意外死亡。」

「犯人？死掉的那三個？」

「他們大概是出去吃飯吧。不然就是去綁架別人，總之，他們在三更半夜開快車發生這場交通事故。」

「那報導上怎麼沒寫他們是綁架犯？」

「沒人通知警察啊，我想除了我父母之外，再也沒有其他人知道那些傢伙就是綁架我的犯人。」

「那你又是如何從房裡逃出來的？」

「是犯人放我走的。」一瞬間，森岡的臉部肌肉微微抽動。

「犯人？不是全死了嗎？」

「沒有啦。報導裡寫著三個人對吧？其實還有一名負責監視我的傢伙。」

「就是你剛才所說那個拄著拐杖的人？」

「只有那傢伙逃過一劫。」

「到底怎麼回事？」

「我哪知！我只記得那傢伙拄著拐杖走進屋內，神色十分慌張。當時他身上不僅多處流血，甚至可能還有骨折呢。總之他說：『其他傢伙全死了，你也可以回家了。』然後就放我走了。」

「這是怎麼回事？」真是難以理解。「這犯人還真是親切！」還是該說他的售後服務做得好？

「那傢伙就是這樣。」

「就是這樣，是哪樣？」

森岡似乎難以回答這個難題，在一陣吞吞吐吐後，還以為他聲音變小甚至說不出話來了，哪知他又冒出一句：「就是很溫柔。」

「其他傢伙不是蒙著面，就是戴口罩，感覺實在很恐怖。但只有他毫不掩飾，在房裡……」他仔細挑選著詞彙。「監視我。」

「也就是說那男人救了你。」

「你胡說什麼！」森岡停下叉子。

「那個男人把你從房裡放出來對吧？那就表示他救了你。」我繼續說，然後觀察森岡的反應，又再補敘：「好，就算你不這麼認為，但你還是被那個犯人所救啊。」

森岡似乎還想提出抗辯，只見他的嘴不停動著，不過可能是心裡有所覺悟，或是打算放棄，最後他深深地點了點頭，簡短地回答：「也許吧。當時如果沒有他……我真是怕死了，而且可能也會被修理地更慘吧。那個男人雖然監視著我，但也會安慰我，『乖一點就沒事了。』、『你一定能平安回家的。』要是沒有他，我可能老早就因為過度不安和恐懼而神經錯亂了吧。不過，再怎麼說也無濟於事，反正我早已經沒救了。」森岡自嘲道，「但是，救了我現在反而變得更糟了……。沒錯，那個監視我的犯人確實救了我。」

聽他敘述的語氣，我想，森岡在講述這段過去之外，其實也隱含著對那個犯人的感謝之意吧。我眼前浮現五歲時慘遭囚禁的森岡，與他唯一信賴的犯人相處的情景。「難不成那個腳不方便的犯人就叫深津？」

「你怎麼知道？」森岡猛然站起身來，手裡緊抓著桌上的刀子對著我。服務生紛紛回頭望著我們，臉上全帶著後悔的表情，心裡在想，怎麼這麼倒楣！遇到這種麻煩的場面。

「是你自己說的。你作惡夢的時候，一直嘴裡喃喃唸著：『深津先生，快來救我。』的夢話。」

森岡重新坐了回去。他時站時坐，偶爾發抖，偶爾憤怒，真是情緒起伏不定的年輕人。

「沒錯。」森岡突然改變態度坦白承認。「那傢伙的名字就叫深津。不過……」

「嗯？」

「我接下來就是要去殺他。」說完，他像是為了確定自己的心意，張大嘴巴，努力把肉塞進嘴裡。

9

離開餐廳的我們依舊沿著國道四號朝北方前進。此時雨勢轉劇，我呆呆地望著天空，心裡閃過一個念頭，雨雲肯定是追著我跑吧？

「喂！你到底是誰？」副駕駛座那邊傳來不知是第幾次的問話。

我瞧了瞧左邊，回答：「什麼？」

「我說你到底懂不懂我說的話？」

「什麼？」

「就是我要去殺人的事啊。」

「啊，那個呀。」

「啊，那個啊。」森岡感到一陣天旋地轉，黑眼珠急促地動個不停，「那是什麼反應呀？你不吃驚嗎？」

「你希望我吃驚嗎？」

「我不是那個意思。」

「肉好吃嗎？」

「啊啊。」森岡馬上被我轉移了注意力，臉上僵硬的表情也跟著鬆懈下來。「讓你破費真不好意思，可是好吃極了。」

趁著森岡依然沉浸在牛排的鮮美滋味當中，我趁機提起深津的事。「那個叫深津的男子，後來呢？」

「後來？」

「那時候幫助你逃走以後，你就再也沒有和他見過面嗎？」

「當然。」森岡聲音粗暴，不過腦海裡似乎突然閃過埋藏已久的記憶，他立即改口說：「不對，有一次。」

「一次？見面嗎？」

「就在我剛上小學的時候，有一次我不知為了何事溜出學校。我從小就很衝動，大概是腦筋不好吧。總之，我無緣無故偷跑回家，結果卻在我家附近的小巷子裡看見我老媽和那個男人正在說話。」

「是深津嗎？」

「我當時以為是。但事後問我老媽，她非常堅決地認為我看錯了。不過當時我也覺得老媽不可能認識深津，再說她那麼鄭重地否認這件事，於是我也相信了。但是啊，那個人肯定就是深津沒錯。」

「綁架你的犯人為何會登門造訪？」

「對呀？這點我也百思不得其解。除非他們是同謀，這是我唯一想得到的解釋。」同謀？我正想問他關於這個字的意思時，眼前的車道突然變寬了，而就在同一時間，有輛車子突然插進我們車道的前方，那輛就是方才緊跟在我們後頭的紅色轎車，此刻它超到我們的前方。

森岡發出近似悲鳴的聲音，身體向後仰。「這個人開車真危險！開什麼玩笑！你趕快超車！」

「超過它要幹嘛？」

「我不知道啦！總之不超車心裡就不爽。」

但由於我的心早已被收音機裡播放的英文歌曲佔據，因而錯失了超車的時機。繼續往前開了約四十分鐘左右，眼前出現一個綠色的交通標誌，我問森岡：「往哪邊走？」

「往右、往右！」森岡的手指著右邊。「走外環道避開市區，離盛岡也比較近。」

「盛岡的發音跟你的名字一樣哩。」我注意到盛岡與森岡（註）的發音。「這就是你去那裡的原因嗎？」

「那個盛岡跟我名字的漢字不一樣，真無聊，別說冷笑話！」

「你想去的十和田湖是在那個地方嗎？」

「還要更往北一點，十和田湖是在青森，咦！還是在秋田？哎唷，你連地理都不懂喔？」

「真景仰你這麼博學多聞！」我轉動方向盤，將車子往右邊開去。此時車身畫出一個和緩的弧度後，再度直線前進。往前開了一會兒後，先前那輛紅色轎車再度映入眼簾。剛才這麼趕忙地超越我們，但以現在的速度看來，我不知到底它剛才在趕什麼。我注意到那輛車有時會左搖右晃地蛇行亂竄。幸好目前路上的車子不多，不至於發生什麼問題，但是森岡一看到那種開法，立刻大罵：「搞什麼呀，很危險耶！」

雨水沿著車窗流下，幾乎無法清楚辨識前方的景物。雖然山巒分佈遼闊，但層層烏黑像暮靄般籠罩山林，只見遠方的景物隱藏在一片黯淡之中。

「你不問我理由嗎？」車子過橋後，森岡有一搭沒一搭地說。

「還需要問什麼理由，這不是捷徑嗎？」

註：森岡與盛岡的發音皆是MORIOKA。

「我不是指這個啦。真搞不懂你到底是聰明，還是白痴耶！我是說我要去殺深津的理由啦！我剛剛不是說了嗎？我要去殺了那傢伙。通常這時候一般人都會拚命追問理由吧？」

「我沒啥興趣。」我坦承以告。可是我轉念一想，這樣話題就無法繼續下去了。於是我開口問道：「那個叫深津的男人現在在十和田湖嗎？還是在那個叫奧入瀨的地方？」

「嗯。」森岡目光筆直地盯住前方。「好像是。」

「好像是？」

「聽說深津在奧入瀨附近的一家商店工作。」森岡緊咬嘴唇說道。

「你怎麼知道？」

「我啊，一直忘了這件事。每次只要我一想起那樁綁架案，腦袋就會變得怪怪的，所以我老把它給忘了，就連我在老媽面前從未提過這件事，因為根本沒必要記得那種全身沾滿糞便的回憶是吧！」

「你那始終坐立難安的個性，也是源自於童年時期那個事件的後遺症吧？」

「別妄下斷語啦！」

「你剛才說，被關進行李箱時，你還以為是遭受到懲罰；遭到那種不合理的恐怖待遇，你認為全是自己的錯。所以我想，目前的你，或許某種程度上仍然在自責。」

「自責？」

「或者你心裡老覺得別人討厭自己。」

「少亂推測啦！只因為過去不愉快的回憶，而使自己的個性產生扭曲的情節只有電影裡才會出現吧。別把我和那種人混為一談。」

那輛紅色轎車蛇行的行徑，之後更是愈演愈烈。最初它和我們同在左車道，而且大約在我們前方二十公尺處行駛著，不過稍後它卻大幅度地偏向右車道。原先以為它打算變換車道，孰料竟然又轉回左車道，並且在我們的前方不停地左右移動。

「喂！喂！喂！它在搞什麼啊？」森岡不安地嘀咕著。

此時耳際傳來一陣急促的喇叭聲。一輛從我們後方右車道跟上的四輪傳動車，一邊小心地閃避紅色轎車，一面超車駛離。另外陸陸續續還有幾輛車子按起喇叭，然後快速超車遠去。

「八成是酒駕吧？如果在這種地方發生交通意外那可就糗大了，我們也趕緊超車吧。」森岡的手指壓住方向盤，示意我向右轉。

看來紅色轎車目前暫時還是保持直線前進，於是我將車子開到超車車道。接著我用力踩下油門，轉眼間已跟紅色轎車並駕齊驅。

我再次用力踩下右腳油門，就在此時，我左手邊的森岡卻發出了一個呻吟聲，甚至可說是驚喘聲。

正當我想開口詢問時，我也發現了。當我的視線轉到左邊時，看到了紅色轎車內的景象，雖然大雨持續下著，再加上我們坐在高速行駛的車內，但我還是能看得一清二楚。

駕駛者是個光頭、瓜子臉型的男人，後座還有另一個娃娃臉、蓄著瀏海的男子。在他身旁有個女子正扭動著身軀，只見她的雙手正在空中用力揮舞著，而那個男人則用身體壓制住她。那名穿著學生服的女子將手伸到駕駛座椅背，而為了避開她的手，光頭駕駛只得把頭歪向一邊，同時，車子也出線闖進旁邊的車道。

「你看見了嗎？」當我們一超越紅色轎車，森岡馬上開口問道。他貼著車窗緊盯著外頭的狀況。

「他們在車上打打鬧鬧，所以才會把車開成那樣吧？」

「才不是！那應該是綁架！綁架！」森岡此時早已忘了自己的身分。「喂！你去擋一下。」

「擋什麼？」

「擋車子呀！你折回左車道，然後緊急剎車，把那輛車擋下來。」

我沒有反對的理由，於是便依照森岡的建議行動。我將方向盤切向左邊，開到紅色轎車的前方，接下來稍微放慢速度，再用力踩下煞車。輪胎發出刺耳的聲音，地面上的積水全都飛濺到空中，我的上半身向前飛出，結果造成安全帶被用力拉扯。但由向前力道過強，致使我的額頭還是撞上了方向盤，而副駕駛座上的森岡也幾乎受到與我同樣的衝擊。車子雖然及時停住了，但我們一時間意識呆滯，無法及時回復。

跟在我們後面的轎車，似乎為了躲避我們而想轉進右車道。雖然他們已經將方向盤打到底，可惜輪胎打滑，造成車子不停地在原地打轉，最後車子終於在我們斜後方之處停了下來。而轎車衝擊飛濺而起的水花，也噴到了我們的車體。

森岡解開安全帶，立刻打開車門跳出來，我也緊跟在後。森岡筆直地走近停止不動的轎車，他身體向前微傾，像踩在雨水上邁開大步走著。

光頭男從駕駛座走了出來，然後對著森岡大聲叫囂。那只是一種避免戰鬥的無意義的威嚇罷了。總之，他就是漲紅著臉，一面拂去身上的雨滴，一面迎面走過來。這時右車道兩輛車子呼嘯而過，他們或許對我們任意停車的行徑感到訝異，卻還是頭也不回地飛馳而去。

「搞什麼！緊急煞車很危險咧！」光頭男像是要把雨滴彈開般地大肆咆哮。我看見他站在森岡面前，身高比森岡足足高出一個頭。

「你，打算對後座的女孩做什麼？」森岡雙眼眨也不眨，目光緊盯著對方不放。

「後座的女孩？」光頭男子一回頭看，森岡突然對他展開攻擊，他揮拳正中光頭男子的下巴，當場只聽見「碰」地肉與肉碰撞的聲響。

我該怎麼辦呢？我無所事事地站在一旁。這時另一個年輕人也從轎車內走出來，一副要陪我玩玩的樣子。是那個坐在後座的娃娃臉。身材不怎麼高，不過肩膀倒是挺寬的。

娃娃臉男子對著我衝過來，當我發現他跑到我面前時，他已經緊抓住我的領口不放，接著還賞了我左臉一拳，害我的頭晃了一下。等我再回頭看那傢伙時，誰知他又朝同一方向繼續攻擊我。

森岡正和那個光頭男子互相纏鬥。毆打、被毆、互相抓扯，這些動作不斷輪番上演著。可能是森岡經常打架的關係，光頭男子頻頻露出被毆時的痛楚以及疲憊表情，而漸漸地光頭男子揮拳次數已明顯銳減。

那個抓住我領口的娃娃臉男子還是持續毆打著我的臉。就在我望向右邊的這段期間裡，他又揮拳揍了我好幾次，害我無法集中精神觀察，煩死了。但過了不久，他揮拳的氣勢也變弱了，等到我再回頭看他，娃娃臉男子早已放開了我，且呼吸紊亂地用左手撫摸著疼痛的右手。

「痛嗎？」我問道。

肩膀上下起伏，不停喘氣的年輕人瞪著我。那是一種遇見無解謎題時才會出現的眼神。

「怎麼了？你儘管揍沒關係啊。」我並非企圖煽動對方，而是誠心鼓勵他才這麼說的。

這時我聽到水花飛濺的聲音，轉頭望向右方，只見那光頭男子已經不支倒地，而森岡則繼續粗暴地踹著他。他的樣子活像個自暴自棄的彈簧人偶，不斷晃動著右腳。光頭男則抱著肚子，嘴巴噘成菱形，不停地喘氣。

森岡朝著轎車飛奔而去，我也隨後追上去。

「你！給我站住！」娃娃臉伸出手來想再度抓住我的領口。

「還想揍我嗎？就算你揍到天亮也無所謂。」我回答他。結果對方卻陷入無所適從的窘境，一動也不動地呆立在原地。

一打開轎車後座車門，森岡隨即朝車內望去。從後面追上來的我也趁機從旁邊窺伺車內情況。

「還好吧？」森岡對著車內說話。他的臉一片瘀青，身上穿的襯衫肩膀部位也被扯破，連嘴唇和眼角處也沾著血跡。

後座那個穿高中制服的女子正屈膝而坐，皮膚黝黑的臉上畫著厚重的妝，裙子則往上高高地捲起。

「喂，快逃吧！」森岡對她伸出手，沒想到那女子竟然對他怒目相視，還用腳猛踢森岡的手腕。

「你幹嘛啦！我為什麼要逃？」女子齜牙咧嘴地叫著。

「妳不是被綁架嗎？」森岡的眼神已經失焦。

「啥？」女子皺了皺眉頭。「我只是跟和君他們一起出來兜風而已。你在耍什麼白痴，開什麼玩笑！」

10

副駕駛座上的森岡看起來疲憊至極。不知是嚇傻了，還是意志消沉，總之他的臉上掛著一種複雜的神情。他捲起牛仔褲的褲腳，仔細檢查腳踝的傷口；一道如絲線般細長的傷口正緩緩地滲出血來。大概是剛才踹光頭男子時，不小心被他皮帶的扣環所傷。

濕黏的衣服緊貼在皮膚上令人難耐，也讓我們感覺渾身不自在。座椅也是一片濕。

「剛才那女的是什麼態度嘛！」車子接近盛岡市區的大十字路口時，森岡苦澀地埋怨道。

「到底哪個是她所說的和君呀？」我看見紅燈亮起便踩下煞車。

結果那部轎車裡坐的並非綁架犯，而只是一群十幾歲的年輕男女任意鼓譟、在路上飆車嬉戲罷了。

「隨便啦，總之真是倒楣透了！」

「你是為什麼想搭救那個女子？你自己可是個殺人犯耶！」

我的話立刻招來森岡瞇眼瞪我的下場。「我以為她被綁架了嘛！就只是誤會一場嘛！」

「你該不是想起以前的自己吧？」此時綠燈已亮，我發動車子前進。瞄了一下時鐘才發現已經接近下午兩點。

「不知道啦！」

「為何人類總是渾然不覺自己的事？」

「你很囉唆耶！」森岡嫌煩地說。他盯著左手邊的車窗，接著用襯衫的袖子將起霧的玻璃擦拭乾淨，然後額頭貼在窗上，專心看著外面的景色。

「怎麼了？」

「沒看見山耶。」

「你要去的地方不是湖嗎？」

「那個湖應該在岩手山附近，可是這場雨害我什麼也看不見。」

「要去嗎？」

「嗯？」

「反正是最後一趟旅程，所以想去的地方最好通通逛上一回。」

森岡沒有即刻作出決定。我想，肯定沒有必要繞過去，因為他的目的地只有深津所在的地方，和山沒有關係。不過想必他心底深處還是有些恐懼，害怕就這麼直接開向終點吧？他的恐懼來源究竟是湖泊、還是與深津見面、或是害怕這趟旅程即將結束？「不管哪一方都令你恐懼不已吧？」我忍不住說出口。

森岡卻會錯了意。「我怎麼會怕山！只不過就是到山裡繞上一圈而已嘛。走吧，朝岩手山前進！」他還刻意加強語氣。

「你知道路嗎？」

「不知道。反正大概往這邊走就會到了吧？」森岡相當有氣勢地指向左前方，未經深思熟慮就妄下斷語：「反正山嘛，隨便走也會撞上的。」

我依他所言，開下國道，進入了左邊的小路。雖然目前看不清楚，但從遠處那頭聚集著無數烏雲的天空判斷，山應該隱藏在其背後。

通過一片遼闊水田，途中不斷出現國道四十六號的標誌，上了國道後再繼續往前開，又出現其他不同的招牌。「喔，那不是小岩井農場嗎？」沉默一陣子的森岡此時突然開口。「真令人懷念。」

「你知道那個地方？」

「小時候曾和我老媽去過。」

「就是被你刺傷的媽媽？」

森岡用「別多嘴」的目光警告我，「是還沒刺傷她的時候啦。」然後說了句奇怪的辯解。「小岩井農場原本是岩手山火山爆發後，遭火山灰掩埋的地方喔。」

「火山爆發啊？」我過去也曾親眼看過幾次火山造成的災害，不由地回想起當時的情景。

「早在一百多年前，當時就有人開始整地、廣植樹林，可說是經前人流血流汗辛苦開拓的牧場。據說當時可真是費盡苦心，這事你知道嗎？」

「你真是見識淵博！」

森岡說完這些又開始噤口不語，不過他的眼神卻又像是想起什麼似地。我因無從判斷該走哪一條車道，於是開始左右移動，看到哪條車道是空的，就往哪裡鑽。

沒多久，森岡開口說：「我從不認為老媽是敵人。」這句話就像水位上漲的池塘，水滿了就往外流般，自然而然地從他嘴裡冒出來。

「你曾把她當成敵人嗎？」

「就像你所說的嘛。」

「像我所說的？」

「你剛才不是說了嗎？你說自從糞便事件發生之後，我開始認為大家都討厭我。我想你說的對，我呀，一直用檢視敵人的目光看待周遭的人。」

「是嗎？」

「我不明白為什麼，但事實似乎就是如此。也許正因為如此，這十幾年來我總是活得心驚膽跳，甚至養成先下手為強的生存方式。無論在街上或是其他地方，總是二話不說先衝過去揍人再說。」

「這是電影中經常出現的橋段。」我想起方才森岡所說的話，然後原封不動地送還給他。

不過森岡霎時愣了一下，「你在搞什麼啦！」苦笑過後，他馬上接著說：「可是，我認為只有老媽是站在我這邊的。儘管我爸死了，我又老是惹禍，可是我總覺得我媽瞭解我的心情。」

「跟自己母親撒嬌並非丟臉的事。」我這麼告訴他，同時心中湧上其他動物跟母親撒嬌的畫面。

大概覺得自己被揶揄了吧，森岡再次瞇眼瞪著我。「可是老媽竟然也是敵人，這令我大受打擊。」

「所以你就刺傷她？」

「我還有別的選擇嗎？」

雨依舊下個不停，外面依然一片模糊，我們迷路了好幾次，在不斷找路的過程中，時間已然悄然流逝。這段時間內濕透的衣服也乾了，不知是過於疲倦，還是心理上已完全不在乎，森岡看上去並無半點坐立難安的樣子。

當我們找到岩手高原的標誌牌時，黑暗已吞沒周圍的一切。「高原和山一樣嗎？」我問，森岡即刻回答：「當然不一樣。不過天色已暗，我們就先到高原去吧。」

我們持續往前開了一公里左右，發現有輛警車停在路旁。大概是負責取締超速的車輛吧。誰知副駕駛座上的森岡卻害怕地發起抖來，嘴裡還低聲叫著：「糟了！不管了，快轉彎！」森岡在慌張之下急忙指示我左轉，於是我將車子左轉開進旁邊的小路。

11

儘管我們突然登門造訪，還穿破衣，臉上畫著假痣，那間西式民宿的老闆還是對我們表示高度的歡迎。這似乎是間夫婦經營的民宿。當我們把車停進停車場，走進房子裡時，他們兩人已站在門口歡迎我們。

那名女子——應該是妻子——微笑說：「剛好今天有客人臨時取消訂房呢！」

那名男子——應該是丈夫——接著說：「正好趕上我們的晚餐時間呢！」

「感冒了嗎？」女子望向站在我身旁的森岡問道。

森岡的臉上戴著口罩，那是我們剛才特地到便利商店買的。「在這種高原地區沒人會注意東京發生的刑事案件啦！」他的嘴巴上雖然強辯，但終究在不安的驅使下買了口罩。

「兩個大男人到這種地方來住民宿，絕對會招來異樣眼光。」當我們被帶到二樓房間，面對著並列的兩張單人床時，森岡苦笑地說。

「異樣眼光？」

「反正你也無所謂吧。」

接著我們來到一樓類似食堂的地方用餐。不斷上桌的餐盤裡，裝著豐盛的蔬菜和肉類。

除了我們之外，還有兩組客人在場。一組是兩名年輕女性，另一組則是一對男女。一開始，森岡對他們還有所顧慮，煩惱該如何處理口罩，沒多久卻因熱衷各式菜餚，中途之後便完全除去偽裝露出原本的面目。他嘖嘖稱奇，「這個……」連忙把叉子上的肉送進張大的嘴巴，「真糟糕……」然後奮力鼓動著下巴，「實在太好吃了！」再用力地吞嚥下去。

他一面忙著咀嚼，一面不停地點頭讚許。

而我，對吃飯這項作業依舊毫無興趣，不過我還是邊觀察森岡進食的模樣，邊小心模仿他品嚐食物的表情。

「這個……」我把叉子上的紅蘿蔔送進張大的嘴巴，「真糟糕……」我邊說邊咬著，「實在太好吃了！」然後嚥下去。

「你當我是白痴呀？」森岡似乎看見我剛才模仿的那一幕，只見他皺著眉頭，說：「你那是紅蘿蔔耶！」

晚餐用畢，森岡抱著突出的小腹站起身來，接著我們倆走出餐廳。「肚子超飽的！沒蓋你，我快撐死了。」他撫著肚臍說。

「是嗎，快死了嗎？」我附和著他的話。「說得沒錯。」

到庭園散步是森岡出的主意。「到外頭乘涼去吧。」他自言自語地說道，於是便穿過玄關走到外頭。當然，我也穿上鞋子，跟著他一起走向屋外。

「怎麼還在下雨呀？」森岡手掌朝上試探過後，語帶遺憾地說。雖說只是綿綿細雨，不過的確還在下雨。

「抱歉。」

「你幹嘛道歉？」

「我至今從未見過晴天。」

「你又講一些讓人丈二金剛摸不著頭緒的話了。」森岡嘀咕了一下，便抬起頭仰望夜空，「說真格的，星星真是棒呆了，對吧？」

「星星很棒？」

「你很煩耶，幹嘛每件事都得跟你一一說明啊。」森岡一臉唾棄的樣子。走了幾步之後，他停下腳步，「他們好像有養狗。你看！那是間狗屋吧？」

民宿前方有片寬闊的庭園，除了幾株茂密的大樹，襯著一片綠油油的草地之外，沒有種植其他花卉。而最引人注目的則是庭園裡掛著一條長長的繩索，不，應該說是鍊子。那條鍊子從庭園的這端延伸到對面那頭，而且鍊子的一端綁在柱子上，另一端則連接到那間狗屋，看樣子這條鍊子是為了讓綁住的狗可以來去散步的裝置。

「不知道是哪種狗？」森岡並非對著我，而是對著狗屋裡的小狗問。他放輕腳步，慢慢接近狗屋。

「牠在裡面嗎？」我跟在他身後，輕輕問著。

「啊，在裡面！你看牠身體縮成一團。」森岡彎著腰，觀察著狗屋裡的狀況。「裡頭太暗了我看不清楚，不過感覺像日本種的狗。」

「感覺像日本種的狗？」我無法理解這種說明方式。

就在距離狗屋兩步之遙的地方，森岡突然停下腳步。

「怎麼了？」

「牠在生氣。」森岡的回答聽來像孩子悲傷的聲音。

我仔細聆聽，果然從狗屋裡傳出一陣綿長、富有高度警戒心的低鳴聲。那低鳴聲中清楚地警告著：只要你們膽敢再上前一步，我會立刻衝出去展開攻擊！

森岡無言地杵在原地。片刻後，等他企圖再次觀察狗屋內的情形時，只聽到裡面傳出一陣更為劇烈的低吼，他輕輕嘆了一聲。

「你說我這是在做什麼呀？」他的話裡透露出不快樂與不安，但更充滿發自心底深處的孤寂。被雨水淋濕的身體，滲透出來的失落，彷彿背負著整片黑暗夜空，壓得人喘不過氣來。

12

不消說，隔天當然也是雨天。吃過早餐後，我們準備出發。也不知道在做什麼，等到要出門時已經快要十點了。當時坐在玄關旁的大廳閱讀早報的森岡，仰起戴著口罩的臉龐對我說：「報紙上沒登那個案件的消息呢！」卻也看不到他臉上流露出安心的表情。「雖然由我來說怪怪的，每天都有新案件在發生，這世界到底是怎麼回事啊？」

當我們付完住宿費，打算穿鞋離開之際，老闆夫婦親自前來歡送我們。悠哉的兩人異口同聲地問道：「今天打算上哪兒去啊？」

我瞧瞧森岡一副懶得回答的樣子我只好開口，「十和田湖和奧入瀨。」

「真是不錯呢！只可惜今天是雨天。」女主人偏著頭惋惜地說。

「小心開車唷，真希望天氣能放晴。」男主人手撫著下巴說。

接下來他們把寫著如何往十和田湖方向的地圖遞給我們。

我和森岡彆扭地低頭道謝後，打算轉身離去，突然就在此時，有人喊了一聲：

「啊，對了！」森岡全身上下緊張的情緒四處亂竄，動作也一時愣住了。心想，糟糕，穿幫了！他緩緩地轉過身來，一面注意自己的口罩，一面反問：「什麼事？」
「沒什麼。」男主人平靜地說：「也許您早就知道，如果要徒步走訪奧入瀨，最好從下游開始比較好，因為欣賞從前方奔流而下的河川比較有樂趣。」
森岡的肩膀整個鬆懈下來。我們再度道謝，跟著走出玄關。看老闆夫婦的樣子，原本就打算親自目送我們上車離開，是以他們也來到庭園。
然後當他們一走近狗屋，從裡面走出一隻黑色柴犬。他們開始撫摸起那隻狗。
「啊，那隻狗！」森岡的聲音從口罩後傳了出來。原來是隻小型犬，外表長得兇猛卻又帶點狡猾的樣子。
「昨天你們沒嚐到牠的狂吠攻勢嗎？」女主人對著我和森岡說。
「有。」我點頭。「我們一靠近，牠就生氣了。」
「是啊。這隻狗只要一進入狗屋就會變成那樣。」
「大概牠覺得那是牠的私人空間吧！」男主人笑了。
「就連我們倆也不放過，只要一靠近，牠就會嗚、嗚、嗚地低吼個不停。」
「是……是嗎？」森岡結結巴巴地說。雖然有點害怕，不過他還是慢慢移動到那隻狗的身邊。
的確，昨晚那警戒攻勢宛如一場謊言，眼前的牠十分溫馴，森岡蹲下身子，將手伸向牠，也完全不介意，也沒發出半點低吼的聲音。不僅如此，當森岡用力撫摸梳理牠背上和肚子側面的毛時，牠還露出一臉相當舒服的樣子，不但眼睛瞇成細細地，還仰躺肚子朝上。

戴著口罩的森岡張大細小的眼睛，不斷地撫摸著小狗，我站在一旁望著他們。

原來不是因為我很壞呀！他原本不打算讓人聽見的心語，悄悄地飄進我的耳裡。

「好小的車子啊！」老闆指著我們的車。「真可愛！」老闆娘微笑地說。與緊鄰兩旁的車子相比，我們的車子的確顯得格外嬌小，而且它的車體給人一種雖然體格窄小，但仍挺起胸膛的感覺。

「因為車體小，所以很會跑吧？」老闆說。「才怪，根本就是老牛拖車慢吞吞的。」森岡的口氣聽來很不屑。

「比起橫衝直撞，這樣不是比較可愛嗎！」老闆娘的聲音很溫柔，於是我也使出最近才學到的字眼，「跑起來很吃力。」在此同時，我想起人類生命的步履，無論何時都是非常吃力地在前進。

我發動引擎倒車離開停車場。看了看照後鏡，只見老闆夫婦站在門口揮手。

我打著方向盤，奮力踩下油門爬上坡道，一路疾駛過高原，接著轉彎開上地圖上所指示的那條寬闊的T字路。

雨水敲打著擋風玻璃的聲音、定時刷去雨水的雨刷聲、引擎的隆隆聲，以及輪胎滑過積水的聲音，一時之間我整個人完全被這些聲音籠罩。收音機無法收到訊號。霧氣漫漫，原本應該可以瞭望到山脈的，現在只見一片朦朧的煙霧。我心底暗忖：如果風一起，將煙霧吹散，是否連背後的群山也會跟著消失？

「離家出走一年後我第一次返家，正巧碰上我老媽在講電話。」森岡唐突地開始說起。我不由得向左右確認，還以為有某位我看不見的人對森岡提出問題或質問，所以他才會突兀地開口說話。但，並沒有其他人。原來他是那種沒人問也會全盤托出的類型呀！

「她啊，沒注意到我回來了，所以她所說的每句話我全都聽見了。臨掛上電話的時候，她喊著對方的名字說，深津先生也要保重身體。」

「因此你懷疑令堂和深津有勾結？但電話那頭的深津或許另一個深津啊。」

「等老媽電話掛上後，我隨即大聲質問她：剛剛的深津就是綁架犯深津，對不對？小時候上家裡來的也是他，對不對？為何綁架我的犯人會認識妳，這不是很怪的事嗎？結果我老媽支吾其詞地根本答不上來，真是笑死人了！」

「於是你怒火攻心，刺傷了她？」我憶起在仙台停車場內邂逅的青年，他曾說過這句話：「人類感覺幻滅時會很難受。」。對於心底一直深信不疑、絕對不會背叛自己的母親，當時的森岡是否有幻滅之感？

「別說陌生人了，就算令堂面對你那種充滿威脅性的問話，也會嚇得說不出話來吧。」

當我這麼一說，森岡搖頭否認，「不對，她的表情告訴我她有事瞞著我，她在騙我。」

「可是那個叫深津的男人是好人吧？他可說拯救了你的心靈。」

「幫助我脫逃的也是他。」

「如此說來，就算你母親對他抱持著感謝之情也不為過啊。」

「可是，這依然改變不了他是個綁架犯的事實！」

「嗯，你說得也沒錯。」

「而且為什麼綁架犯和我媽這麼親近？我只想到有兩種可能。」

「哦？」

「當初我老媽就與這樁綁架案有關，要不然就是案件發生後，我老媽才和深津搞上。到底哪一個才是背後的真相？」

「搞上什麼？」是完成什麼的意思嗎？

「我刺傷我老媽後，我馬上回撥電話。電話不是有重撥鍵嗎？結果電話接到奧入瀨的一間商店裡，接電話的是店裡的工讀生。我試探性地問他，深津那傢伙在嗎？他回答說：在。」

「你和深津說過話了？」

「沒說就掛斷了。因為光靠電話殺不了他。」森岡的語氣聽來平淡，卻給人有種話中帶刺的感覺。

一開上國道四十六號，為了安全起見，中途我繞到加油站加滿油後，才一路專心沿著國道往前開。儘管車流量不少，但未遇上令人心煩的塞車。

我按下收音機的開關，裡頭傳來悅耳的音樂，總算又開到收得到訊號的地方了，這可讓我鬆了一口氣。

「你真的很喜歡搖滾樂耶！」

「搖滾樂？」

「瞧你一副聽得渾然忘我的樣子。」森岡用下巴指指收音機。

「我有一副渾然忘我的樣子嗎？」

「你可別說什麼音樂能救人之類的話！我最討厭那種騙人的鬼話了。」

「正確來說，音樂除了人類以外，其他都能救。」

森岡脫了鞋，彎起膝蓋將腳抬到置物櫃上，跟著把椅背稍微放平後，隨即雙手抱胸，說：「我可以睡覺嗎？」

13

大約經過一個半小時，眼前出現了十和田高速交流道的標誌牌。按照地圖上的標示必須在此右轉，於是我依照指示直接駛入一〇三號公路。

眼前是條蜿蜒不絕的山路，我像遭到山路擺佈，向左、向右地打著方向盤。

「轉、轉、轉，轉得令人心神不寧！」森岡醒了。他放下雙腳，把臉往前靠近擋風玻璃，天空依舊灰濛濛的一片，不過雨卻幾乎已經停歇。

「怎麼樣，快到了嗎？」

「照地圖來看是快到了。」我用左手把地圖抓到我的眼前。穿過這條山路，十和田湖就在正前方。

「啊！」數分鐘後森岡突然驚呼。

寬廣無比的湖水，因天候不佳，到處瀰漫的濃濃霧氣，然而縱使如此，那看似巨大圓圈裡即將滿溢的湖水，這樣驚人的光景就這麼呈現在我們眼前。不過這全因我們居高臨下才得以一窺這樣的景緻。

「就是那個嗎？」

「超讚的！」森岡不由地發出讚嘆聲。「好大喔！」

我們順著山路往下移動，逐漸開近湖邊。湖畔林立著許多看似山毛櫸的樹木，彷彿正張開手臂環抱著湖水。我們依著順時鐘方向，沿著湖邊前進。坐在副駕駛座上的森岡一直將臉緊貼車窗。「如果天氣放晴，這裡的景色會更棒吧？」

我心想，這個壞天氣的罪魁禍首正是我。

經過良久，森岡似乎深受感動。「真好，不僅寬廣，而且感覺挺清靜的。」

聽說奧入瀨溪流起源於十和田湖一個名叫「子之口」的地方，朝東北方順流而下。因此在「子之口」該處，不僅設置了遊覽船的登船處，還有不少林立的商店，連停車場都順應而生。

走下車的森岡大大地伸了個懶腰後，開始做起扭腰的動作，彷彿是為了確認上半身和下半身的連接處是否依然安好如初。待他將視線重新轉回十和田湖時，他那雙細長的眼睛緊盯著眼前的一切事物，那專注的模樣，宛如湖面上正寫著某篇精采的文章，而他則聚精會神地努力閱讀著。

厚重的雲朵輪廓模糊不清，以青一色的灰暗覆蓋住整片天空，幸好目前只有些微細雨輕輕地從天空中飄落。由於今天是非假日，整個停車場空蕩蕩的，幾乎沒什麼車輛，就連站在商店門口的店員和計程車司機也全是一副閒得發慌的樣子。

我決定先到立在湖邊的地圖前研究一下奧入瀨溪流的全貌。

「看見深津了嗎？」我開口問森岡，他的眉毛立刻跳了一下，嘴唇和臉頰也隨之抽動。「還沒啦。」

「如果你母親和深津有往來的話……」

「他們有來往，絕對錯不了！他們一定是舊識。」

「如果真如你所說，令堂不是應該老早就轉告深津，說你極有可能來此尋仇？」就算被森岡刺傷，這點小事還能辦到吧？

「啊！」森岡隔了一會兒才叫出聲來。「這個可能性很高耶！」

「那你這下還真是走投無路了。」不過我還是心生佩服。「怎麼樣，還要刺殺他嗎？」

「那是我來的目的。」

「可是我已經把刀子丟了。」

「那容易解決啦！」說完，他不知從何處拿出一根預藏好的叉子。大概是從昨天我們進去的那間餐廳裡順手牽羊來的吧。

「用那個能刺死人嗎？」

「可以刺眼睛之類的地方。」森岡沒有半點開玩笑的樣子。

「刺殺他之後你要怎麼逃？」

「我不會逃。我說過我會去警察局自首。」

「那就別拖泥帶水了，趕快進商店找他吧！」我這麼一說，大概是我的態度不順他的意，只見森岡臉色一沉。「你在搞什麼呀！」又像先前那般說些負氣話。「不用你說，我也會去！」說完，他馬上轉身，朝著商店筆直走去。

我一直盯著他。位於停車場對面的那家商店門口，有個男子手裡正忙著串烤食物。等森岡一靠近那個男子，便冷冷地與男子攀談了起來。森岡的口罩早已丟掉。

沒想到，森岡竟然再度轉身走回來。他雙手插在牛仔褲的口袋裡，縮著肩膀，身體微屈地走到我身邊。

「深津已經離開了？」

「沒有，他還在那家店工作，只是不巧今天輪到他休假。真倒楣！不過他三點左右會來這裡一趟，好像是為了來還車。」

於是我瞄了一眼商店旁邊公車亭內的時鐘。「那得等二個鐘頭以上？」

「嗯。」

「那麼，」我隨口問問。「要去觀光嗎？」我伸出大拇指指著奧入瀨溪流的招牌。觀光就是旅行，這是森岡自己說的。

14

森岡並未忘記民宿老闆的提議。他熱切無比地堅持：反正橫豎都要去的話，一定要參加溯溪的行程。是以我們搭乘計程車，前往奧入瀨的下游。之後再從下游步行返回子之口即可。

計程車司機告訴我們，只要從這一帶溯溪而上，不用三個鐘頭就能走回子之口，因此我們決定從他建議的地方徒步走回去。臨下車之際，「如果天公作美的話，這裡的風光可真稱得上絕景呢！」目光略帶哀怨的司機如此對我們說。孰料森岡竟然回答：「我早就習慣沒有天公作美的日子了。」

對我而言，奧入瀨溪流也算是個新鮮的體驗。我不知道人類是為了追尋怎麼樣的感動而來到此地，不過我對這條緩緩流到腳邊，幾乎與地面同高的河流倒也覺得饒富趣味。河水從遠方源源不絕地流轉至此，我甚至感覺到這些匍伏流經我腳邊的液體正在進行一次大規模的移動之旅。

森岡無言地走過被樹木層層包圍的觀光步道。

途中他曾一度停下腳步，「啊」地大聲吶喊。吶喊聲中帶著某種青澀，剎那間彷彿看到眼前的森岡隨著時光倒轉，身體正逐漸變矮，連外表也回到十幾年前童稚時的模樣。我也在他身邊停下腳步。

眼前正是川流湍急之處。河床上有不少突岩，弄亂原本平順的水流，不僅造成衝擊，也加快了水流的速度。受到衝擊而激起的白色水花，強勁地拍打著岩石以及河床。水花的潔白與岩石的鈍色，雖說只是大自然隨機創作的作品，卻是絕妙的搭配組合。

溪流周圍以及河流源頭的岩石地帶隨處可見青苔的蹤跡。根據先前司機的說法，那是因為此地水位幾乎終年不變，才能生成石苔。

「真有趣！」走了一個多小時後，森岡突然冒出這句話。

「有趣嗎？」

「雖然是逆流，可是卻如此接近我們。而且以同一高度流動著的溪流，你不覺得它好像跟我們一起散著步嗎？」

的確，流過身邊的溪流正與我們並肩走著。我像在觀察人類般，邊走邊觀察流動的溪流。小鳥振翅飛翔之聲，樹枝隨風搖擺的聲響，其間夾雜著流水聲。清風幾度滑過我的臉龐，須臾間我閉上雙眼，這才領略到：原來靜心傾聽，自然皆如音樂般悅耳動聽。

我們大約往前走了三十分鐘，來到一處欣賞小瀑布的景點。有張長椅，上頭坐著兩名老人家，看樣子是一對老夫妻。當我們正要通過時，他們正巧也站了起來，結果那個老太太向前摔了一跤。

眼看她差點就要撞到我和森岡，我們連忙停下腳步。

我暗忖，森岡該不會又像先前一樣發飆吧？不過這次他卻毫無動靜。

「對不起！」老太太一面用手撐住地面，一面對我們說著抱歉。一旁的老公公則顯得有些驚慌失措，趕忙上前攙扶老太太。「真抱歉，內人走得太累了。」老公公抬頭望著我們，向我們致歉。但看得出來他的腳步也已蹣跚不定。於是我說：「兩位都累了吧！」。誰知道老公立即反駁：「沒那回事！」他用那張滿是皺紋的臉說：「我還是元氣十足呢！體力不支的只有我內人。」，接著轉頭對老太太說：「來，抓緊我！」

接著，他和老太太便緩緩朝著我們的來時路漸行漸遠。

「老人家走這段路程的確挺吃力的。」森岡說。

「那名男子分明也累壞了」我說出心底的疑問。「為何還要撒謊？」

「大概是逞強吧！」

「逞強？有必要嗎？」

「我雖然不清楚原因，不過我想他是為了老婆婆才硬撐著吧！如果連老爺爺也累垮了，老婆婆不就更加坐立不安嗎？因此老爺爺才故意逞強。結論就是依靠的對象必須比自己更強才行。」

「是這樣嗎？」

我們的對話到此又告一段落。經過十分鐘、二十分鐘拚命步行的結果，使得森岡的呼吸越來越紊亂。應該是已經接近上游的終點了吧。此時森岡的臉色越來越沉重。

「也許不是什麼重要的事……」我一面觀看緩緩流過的溪水，一面說出自從與那對老夫妻分手後，一直盤據在我心中的事。

「什麼事啦？」

「或許我們可以這樣思考。」

「我哪知啊！」話還沒說完，森岡就這麼說了。「到底是什麼啦？」

「也許深津本身也是受害者？」

「啊？」森岡皺著眉頭。

「我想他並非綁架犯的同夥，而和你一樣是個受害者吧。」

「你在胡說什麼呀！」

「我一直想不通這點，為什麼其他犯人全蒙著臉，唯有深津以真面目示人？」雖然我嘴上這麼說，事實上這件事是我現在才想到的。「我也挺在意他拿拐杖的事，我不認為犯人有必要搞個傷患當同夥。」

「哪有一把年紀還被綁架的？」

「就算是大人，只要有錢還是會發生這種事吧？」我試著說服他。

「你在胡說什麼呀！根本不可能有那種事！我不是說連深津本人都坦承他也是犯人嗎？」

「那個不就是……」我用手指著一路走來的小徑，「跟剛才那個老公公的情形相同嗎？」

「跟剛才的老公公情形相同？」

「深津只是在逞強。」

「喔，那他是為了什麼？」

「為了消除你的不安。」

我所說的這番話，讓原本打算開口反駁我的森岡立刻噤口不語。

「深津說的沒問題只是為了讓你安心的話而已。不過，如果深津自己也身為受害者，他的話對你能產生說服力嗎？又怎麼能讓你覺得安心？」

森岡對我的推論沒有馬上回應。他一步、兩步地踱步著，似乎正在確認記憶中那筆禁忌的塵封往事。「我不曉得啦！」

「原本深津也被囚禁在那間房裡，就跟你一樣。可是，他為了不要讓你感到不安，便順勢偽裝成負責監視你的犯人。」

「好，就算真相正如你所推測的，那些犯人應該把深津綁住才對吧？就連我這個小孩也被綁的像肉粽一樣，更何況他是個大人耶。」

「確實你說的沒錯。」我點頭同意。

「搞什麼，怎麼這麼乾脆就被說服了？」

「說真格的，我既不知道事件的真相，也沒興趣知道。我只不過是把想到的事情提出來討論罷了。」

「你到底在搞什麼呀！」森岡被我弄得目瞪口呆，嘆了一口氣。

我們繼續往前走。方才那些未經深思熟慮的臆測，到底是不是真相，對我來說一點兒都不重要，不過片刻後，「可是……」森岡主動提出看法。「可是，我想深津或許真的不利於行吧！就算他真的逃得出那間屋子，就憑他那雙腳，根本不可能逃多遠嘛。或許正因為如此，他才能在房裡自由走動。沒錯，一定是這樣！以犯人的立場來想，就算不綁著他，一來他根本逃不掉，二來還可以讓他自己去上廁所，也省得他們麻煩。」

我聳了聳肩。「真相如何我無所謂，只是，這麼說來，說不定那場害犯人喪生的意外事故，是深津所引起的。」

「何以見得？」

「深津那天被迫坐上車子外出。當然我們不清楚當時他究竟是要被釋放，或是被殺害。反正只知道事故發生的那天，他被迫坐上車子，然後他為了逃命在車內跟他們發生衝突。」我回想起昨天那輛紅色轎車的蛇行事件。「而最後發生了車禍。」

「發生嚴重的交通意外而僥倖逃過一劫的機會，根本就微乎其微吧！這豈不是太危險了？」

「也許他打算就這麼死了也無所謂吧。」當時深津得以大難不死，大概是因為他身邊沒有死神跟著吧。

「所以意外發生後，他是為了幫我才特地跑回來的？他大可不必管我的死活，自己逃跑就算了……」森岡說完之後，又立刻補充說：「他是拖著那雙行動不便的腳拚命走回來的耶！」，他發出一陣乾笑，似乎是為了掃去纏繞在心裡的混亂。「不可能……有那種事吧？」

「不可能吧？」、「不可能啦！」

「可是，如果這真是整件事情的真相，你媽與深津有聯絡也就不足為奇，因為深津並非犯人，而是你的救命恩人。」

「那深津為何要到我家來？」

「或許他是擔心你被綁架之後的狀況——基於同是受害者同志的情誼嘛。你被囚禁的當時，是否曾告訴深津你家的地址？」

「我不記得啦！」過度激動使得森岡的太陽穴冒出青筋。「如果這一切假設都是真的，我老媽為什麼從來不告訴我，她只要老實說不就得了？如果深津真的不是犯人，她就跟我直說有什麼關係……」

「我不清楚其中有何隱情。」不過說著說著，又勾起我那段在仙台邂逅那個青年的記憶。「或許他們不想讓你幻滅。」

「幻滅？」

「深津的存在對你而言，代表著值得信賴的男人吧？一旦你得知他本身也是受害者，你的夢想便會破滅。這大概是深津的想法，是以他堅持非得繼續扮演著犯人的角色才行。」

「怎麼可能只因為那樣就幻滅嘛。」

森岡一面走著，一面用雙手胡亂抓著頭髮。他那種激烈的抓法，似乎想宣告這片混亂的根源其實就藏在髮根之中。

「等等！假設真相正如你所說……」

「我又不像你是個萬事通」

「假設真是這樣……這，到底是怎麼回事啊？事到如今我可是刺傷了我老媽，甚至還刺死那個小混混，結果你說這一切的一切只是出自我個人的誤解？」

「如果我老媽和深津肯說實話，或許今天我就不會毫無理由地淪落為殺人犯？也許我的人生會完全改觀，對吧？開什麼玩笑啊！」

我老覺得人類所做的事大多毫無理由，因此對此我沒回答。不過森岡似乎並未注意到我的反應，於是我只好說些什麼。

「類似這種無聊的錯過，不正是人類最擅長的事嗎？」

眼前出現一個巨大的瀑布，讓我們再度停下腳步。那是個寬約二十公尺、高度不到十公尺的瀑布。那狂洩而下的美麗潔白絹絲不但發出劇烈聲響，同時還撼動著大地。現場有許多人手拿照相機聚集在前方，好不熱鬧。還有幾個人正站在寫著銚子瀑布的標誌前攝影。

眼前的瀑布聲以及那群遊客似乎也讓森岡回過神來，只見他放下原本猛搔著頭髮的手，一臉茫然地盯著瀑布。過了不久，他轉頭看我，「就是這個！」他說。「這就像人類的一生啊！」

「你在說什麼？」我想起以前有個同事曾經告訴我，人類不管看到什麼，總愛與人生聯想在一起。

「這並非誤解。」

「這裡是河川的上游，就是所謂的源頭吧，也就是這個瀑布。這裡不僅風景壯麗，同時還聚集了許多人。就是這個啦！這景象不就跟我們出生時相似嗎？我們剛出生時不也都是這樣？就連在廟會的那種吵鬧場面之下，旁人還是會注意到嬰兒的存在，而且還會把大家逗得非常開心。可是，當人生的洪流逐漸往下流，最後將成為方才那種炫麗不再、平淡不生波地淺淺流動罷了。怎麼樣，很像吧？」

我歪著頭看著他，然後仔細回想著剛才那段讓我們走了兩個鐘頭以上、欣賞了平靜和美麗的溪流，為了保持一定水位，就這麼持續流動的姿態，彷彿像反覆平穩的呼吸一般。「我覺得下游也不差。」我這麼說。

當我們回到子之口停車場時，森岡隨即跑去公共廁所報到。如廁過後，他對我說，「我已經很久沒有走這麼遠的路了。」然後，他將那雙滿是血絲的眼睛靠近我，問道：「那……我該怎麼辦才好？究竟哪個才是真相？深津是綁架犯，還是和我一樣是個受害者？」

「知道真相後有什麼差別嗎？」

「到底和深津見面時，我該怎麼辦？」幾乎就在森岡呻吟似地說完這句話的同時，我們看見距離約三十公尺遠的商店門口，出現了一個男子。

那是個中年男子。只見他稀疏的頭髮，配上一對濃眉、下垂的眼角，接著還有正在拖行的左腳——他的手拉著左腳，正吃力地前進著。

森岡的眼睛緊盯著男子。「他是深津嗎？」我的提問並未獲得他任何的回應。良久之後，森岡就像找到救命仙丹似地問我。「喂！在你看來那個男子感覺如何？」

「感覺如何？」

「他看上去的感覺，到底是懦弱的綁架犯，還是為了逞強而偽裝成犯人的男人？」

我著實搞不懂這兩者究竟有何差異。「你只要照著自己喜歡的版本去想不就好了。總歸一句話，看你是想用叉子戳瞎他的眼睛，或者只想打聲招呼就打道回府，都跟我沒有關係。」反正五天之後森岡一定會死。這是目前我唯一確定的事。

結果森岡竟然回答我說：「拉麵……」

「什麼？」

「我們開車來時經過的那家拉麵店，回程再繞過去吧。」

「在國道旁邊的那家？」

「那家店的大叔或許正在等著我們呢。」

說完，森岡開始拔腿跑向商店門口。不過有個東西從他身上掉落，我便彎下腰去將它拾起。「喂！你忘了你的叉子。」

就在此時，天空上飄落的雨滴就這麼不偏不倚地滴在我的臉上。等我抬起頭來一瞧，正好看見原先站在商店門口的男子，正帶著又驚又喜——最後肯定會以痛哭收場——的神情，一面拖著腳，一面吃力地走近森岡……

07

死神VS.老婆婆 *Death vs. Old woman*

1

「你不是人類吧？」

被老婆婆這麼一說，我不禁「喔」地發出佩服之聲。當然，到目前為止還是有幾個人識破我「非人類」的身分。不過，薑不愧是老的辣，這還是頭一遭有人如此篤定，甚至確切指出我的身分：「你是死神吧？」以前曾聽人說，我身上有股寒氣讓他們直發抖；也有人歪著頭，怪異地瞧著我說，你好像哪裡怪怪的！可是，像這樣在相遇的頭一天，而且還是坐在鏡子前的椅子上，享受著理完髮的悠閒氣氛時，猛然遭人識破身分的經驗，對我而言還真是少見。

直到數分鐘前，老婆婆還忙著替我剪頭髮、洗頭，用吹風機吹乾定型，一面嘴上閒聊著關於這個坐落在海邊的小鎮種種。等到所有工作結束，而我起身取出錢包之際，她竟然問我：「對了，你不是人類吧？」

「你不否認？」她露出微笑。雖然已年過七十，可是說話的口吻還像個年輕女孩似的。

「你是從頭髮辨認出來的嗎？」我低頭看著落在我腳邊的黑髮。

「才不是呢！」老婆婆挑高眉毛。她有一頭銀白的秀髮，臉上也被歲月刻劃出無數痕跡。

「我只不過感覺到你有某些地方跟人類不同而已。我啊，對這方面挺敏感的呢！所以，我剛才是信口亂猜的。」

「你難道沒想過或許我聽了以後會生氣？」

「令年輕人動怒可是老年人的專利唷。」她一派輕鬆說著話的樣子，看起來竟然比幻化成二十五歲的我感覺更加年輕。

「那你這趟的目的是？」

「我是為了理髮才來的。」我隨口撒了謊。

「怎麼可能？」她識破了我的謊言。

「這家美容院蠻有名的吧？」我腦海裡回想起事前獲得的情報。面對太平洋的小鎮上，有家可以從高台俯視大海的美容院，而且理髮師還是高齡的老婆婆。而這些都成為大家口耳相聞的話題。

「大家都想試一下被年過七十的老人理髮時的那種驚悚刺激呢！」她露齒一笑。只見她那潔白的牙齒整齊地排列著，不知道是真牙還是假牙。「那種刺激感就像在坐雲霄飛車喔。」

「原來如此。」

這片牆上掛著一面大鏡子，而鏡子前方有三個供客人理髮的座位。

「以前生意好的時候，我也僱過一些年輕人幫忙，當時我們幾乎忙到隨時都是坐滿三名客人等著理髮呢！」

店內的空間不大，不過感覺上就像我以前看過的芭蕾舞練習場，顯得空盪盪的。門口處擺放著提供給客人坐的皮革沙發。

「說到最近，除了附近的老顧客和小孩外，竟然還有一些年輕人，不曉得是讀了哪裡的雜誌報導，也跟著上門來了。」

「我也跟他們一樣。」

「你又在說謊了。」她相當篤定地否定我的話。「你在理髮的這段期間，別說我這家店了，就連那片海景你連提也沒提過。如果當真對我的店有興趣，起碼會提一下吧！」

「我剛剛忘了，接下來我會特別注意。」我望著倒映在鏡子裡頭的那片戶外景緻。

「這家店的視野特好，放眼望去那片景緻堪稱無與倫比！」等我說完這虛情假意的感想後，她大大地嘆了口氣，一副受不了的表情說：「下著這麼大的雨，你還能『放眼望去』看到那片景緻？」

窗戶外面此刻正下著傾盆大雨。現在應該是秋雨吧？即使雨勢時大時小，卻絲毫沒有半點停歇的樣子。「雨的確下得蠻大的。」

「這樣你都還能說出什麼『無與倫比的景緻』之類的話，我真的無話可說。」老婆婆把我拿出來的紙鈔收進收銀機，然後再找零錢給我。

「我出任務時老是遇上雨天。」我老實招供。

「老是？」

「我如果說到目前為止我從未看過天空放晴，妳不吃驚嗎？」

老婆婆眨了眨眼，嘴角也跟著放鬆。雖然臉上的深紋慢慢不見了，不過還留有其他淺紋。「信你也無妨呀。」說完，她問我：「你來此地是為了什麼工作？」此刻她已坐定在圓椅子上，她的態度不像是在對客人說話，反而像在質詢意外的訪客。

「妳看起來不像七十歲呀！」這是我的真心話。即使她已經白髮蒼蒼、滿面風霜，卻沒有老態龍鍾的樣子，腦筋也動得飛快。

「人類啊，據說就算變老，也不太有啥長進。」

「深有同感。」

老婆婆摸著下巴，好一段時間她就這麼坐著緊盯著我，像是在觀察我。而她的舉止活像個攝影師正與模特兒討論著畫面的構圖一樣。「你是專程為了那個吧？」她緩緩地開口問道。「為了來見證我的死亡？」

「喔。」

「我呀，也不知怎麼回事，我周遭的朋友多半都已死亡。」

「喔。」

「舉例來說，我的父親在我十幾歲時便因車禍亡故。」她彎起大拇指，「然後二十多歲時，我初戀的對象也死了。」再度彎起食指。那是指第二個人的意思吧。

「當時很難過吧？」

「怎麼會不難過？」感覺上老婆婆好像在談自己的失敗經驗。「那是現在已經這把年紀了，才能冷靜地告訴你這些往事，當時根本就是晴天霹靂，幾乎都快崩潰了呢！」

這麼雲淡風輕的描述方式，對我而言也蠻新鮮的。

「當時受到的打擊之大，連我自己都感覺心好像死了一般。可是呢，那也已經是五十年前的事囉！當時心裡還想著，我再也無法活下去了，可是一轉眼竟又多活了五十年呢！」老婆婆似乎想起了有趣的事，噗哧地笑了出來。「三十歲那年我甚至結了婚呢。」

我將視線移到店門口收銀機旁擺放的一個小相框，相框裡有個瘦削男子身穿西裝羞赧地笑著。「這樣很好哇。」我不帶感情地說。

「可是，我老公也在結婚第四年就因車禍死亡了！你相信嗎？」

「這是有可能發生的。」沒錯，這事的確有可能發生。

「還有呢！」

「還有啊？」

「相當扯吧？」老婆婆嘴裡這麼說著，語氣卻顯得十分淡然。「我曾經有兩個兒子，老大在上國中時被雷劈死了。是雷喔！這種事任誰也猜不透吧！」

「原來如此。」我靜靜地點頭。「妳的確是蠻帶衰的」

「你的說法真有趣。」她笑了。「帶衰。沒錯，或許你說的對。我大概是挺帶衰的，所以大家才會慘遭意外，紛紛從我身邊消失，就連比我年輕的兒子也是如此。」

基本上，人類被捲入意外或事故當中而身亡，都是因為死神下決定的結果，像我們這類的調查員，負責執行被挑中對象的調查，只要向上面呈報「認可」，上級就會立即執行對他們的死刑。但我不懂的是，他們實際上究竟以何種基準來選擇這些對象，當然我也從沒想要認真去追究。只是連我都感覺得出來她周遭的人類好像經常被挑中。

「總之，我剛才一邊替你理髮，一邊想著，我對你怎麼好像有種莫名的熟悉感。」

「熟悉感？」

「就是人家說的死亡預感吧？不過那只是個無聊的說法罷了。」老婆婆再度像個年輕女孩似地笑了起來，也再次讓我忘記她真實的年齡。「我父親、丈夫和兒子死亡的時候，我所感覺到的空氣，就和你現在周遭的空氣很像喔！我突然覺得，或許我周遭的親友臨死之際，也曾出現像你這樣的死神吧！」

「妳的感覺實在太敏銳了！」正如她所說的，那些人在死亡的一個星期前，我的同事應該都會跟在他們身邊進行調查。

「這回輪到我了吧？」她微微瞇起眼睛，目不轉睛地盯著站著的我。與其說那是為了逼我吐實所採取的技巧性逼供，還不如說那是一雙懇切的眼神，彷彿訴說著這回死的絕對是我！

到底我該如何回答？我在心底不停思索，只見她又說：「反正我們家也沒有其他人了！」

「你的家人全都亡故了？」

「我還有個二兒子，就是那個被雷劈死兒子的弟弟，不過我們已經足足二十年沒見面囉。自從長男死後，我有段時期因過於自責而頹廢不振，根本就沒盡到母親應盡的義務。」

「所以你的次子為此大怒？」

「或許他是嚇壞了。等上了大學以後，他就再也沒有回家過，甚至連結婚這等大事也沒捎個信來通知我。簡單地說，就是音信全無。」

「臨死之前，想見見兒子嗎？」我信口說出這句不合我個性的話。我的同事當中，雖然有人會替即將死之人做些特別的服務，可是那與我的作風不符。

「還好……吧。只要知道兒子還好好地在某處生活著就夠了，反正我靠自己也能過活嘛。更重要的是，從你剛才這番談話看來，這次果然輪到我了吧？」

「你會為此心情鬱悶嗎？」

「不會。」老婆婆既不逞強，也不自暴自棄；相反地，她相當自傲地說：「因為我知道一件非常重要的事。」

「什麼事？」

「人都難免一死。」

「當然。」

「在你眼中或許理所當然，但這可是我足足花了七十年才有的體悟呢！」

這時大門倏地打開，外頭傾盆大雨的聲響流竄進店裡，一個渾身濕淋淋的少年和一隻大狗走進店裡。

2

那名少年似乎是店裡的常客，只見他以一派熟練的口吻，不太禮貌地說：「婆婆，我又來光臨囉！」似乎是為了回應剛才老婆婆所說的「歡迎光臨」。

「大雨天你還專程跑來……」老婆婆邊說，邊忙著從店裡拿出大毛巾丟給少年。「外頭好冷唷。」少年邊說邊匆忙地拿毛巾擦起淋濕的頭髮，接著迅速地擦了擦自己身上的T恤，然後立刻擦起坐在他身邊的那隻大狗。那隻狗的身體幾乎和少年的身高一般高。

「好大喔。」我不禁脫口而出。少年立刻翹高尖尖的鼻子，驕傲地說：「很棒吧！」

「幾歲了？」我問。少年馬上打開手掌，回答：「六歲」。明明是六歲，怎麼只有五根手指頭呢？我原先想糾正他，心想還是算了。「我是問小狗的年紀。」當我說完，這回他帶著誇耀的神情，大聲說：「噗，GUCCI也是六歲唷！」

「GUCCI？」

「就是那隻雜種狗的名字啦。」老婆婆說完時，便叫少年坐在正中央的椅子上。「這個孩子的父親是個狗迷。聽說他老婆央求他，說聖誕節禮物想要一個GUCCI的名牌手提包，誰知道他竟然帶回這隻狗。」

「這是狗，又不是手提包。」我低頭瞧著坐在我手邊，毛髮蓬鬆的褐色狗。

「牠不是GUCCI的手提包，而是狗狗中的GUCCI。」我透過鏡子的反射，看到老婆婆露出苦笑。

「這隻狗可以待在這裡嗎？」

「GUCCI很聰明，所以沒問題。」少年邊讓老婆婆在他胸前掛上圍兜，邊回答我。

「先別管那些了，你不回家行嗎？」老婆婆看出我毫無回家的打算，故意對我這麼說。

「雨停之前，可以暫時先讓我坐在這裡嗎？」我邊說邊坐進沙發裡，還跟隔壁的狗面對面互看。牠的臉的位置幾乎跟坐著的我同高，當我跟牠互相乾瞪眼時，狗狗的鼻子馬上嗅了一下，然後眼睛緊緊地盯著我。牠伸出舌頭，不停輕搖著，就像發出蒸氣的引擎一樣。狗與貓這些動物簡直比人類聰明多了，當我們經過時，牠們總能立即感應到我們的存在。看來這隻雜種狗也不例外，牠臉上的表情明白無誤地表示牠已經注意到我的真面目，不過牠並未對我狂吠。牠沒有狂吠，只是用眼神安慰我的辛勞，牠的雙眸似乎對我說：你挺辛苦的吧！所以我也禮貌地回禮：「你也是！」

有一陣子時間就這麼靜靜地流逝。打在窗戶上的雨聲，剪頭髮時的卡嚓卡嚓聲，而掛在柱子上的時鐘秒針似乎正配合著兩者的韻律移動著，坐在我隔壁的雜種狗安靜而不斷重複的呼吸聲。剪刀聲、時鐘滴答聲、狗的呼吸聲，以及店裡的暖氣的風聲彼此交錯飄蕩在我的四周。

我遠遠觀察著老婆婆的動作，她的技巧十分純熟。只見她先把少年的頭髮梳起來，再輕快地舞動剪刀。少年一直盯著鏡子看，八成看膩了，他覺得有點睏，眼皮也變得格外沉重，正當他的頭即將垂落之際，他又睜開了雙眼。

這種情況大約持續了三十分鐘左右。老實說，我當下好想聽音樂，可是我明白我不能開口奢求，結果等我對自己說「反正多的是時間」時，大門再度倏地開啟，又出現另一個客人。

「我還在想下這種大雨應該沒客人呢！」剛進來的女子遺憾地說。「怎麼會這樣！」，她拂去身上的雨滴。只見方才睡在我身旁的小狗大概是對雨滴有反應吧，咻地一聲猛然站起身，然後走到那名女子的腳邊磨蹭著。「啊，是GUCCI！」女子用手摸摸小狗的頭與項圈部分。看樣子他們似乎彼此認識。

女子大約二十歲出頭，白皙的肌膚襯著瓜子臉，褐色的長髮盤在腦後，身材高挑瘦削，毛衣上套著一件深藍色的外套。

「啊，是竹子。嘿嘿、真是遺憾呀。」身影倒映在鏡內的少年高聲喊著。

「再等我一下，馬上就好了！」老婆婆一邊熟練地揮動著手上打直的剪刀一邊說道。「是嗎?那我等一會兒好了。反正外面又冷，大雨又下個不停的。」竹子說著，也邊脫下身上的外套，最後她終於發現坐在沙發上的我。

「啊，他不是等待的客人。」老婆婆似乎察覺到她的眼神，連看都不看我就對她這麼說。

「你好。」竹子點頭向我致意後，坐到我的旁邊。大概是這回我的年齡設定與她是同一世代吧，是以她帶著輕鬆熟稔的語氣問道：「你不是這一帶的人吧？」

「是啊。」

「果然你也是衝著對這家店的興趣才來的吧？」竹子對窗外撇了一眼。「如果今天晴空萬里就好了，從這裡放眼望去的景色，簡直是棒呆了！」

「下次再來看吧！」我說。可惜我並沒有再次造訪的打算。

「你的頭髮理得挺帥的耶！」與其說觀察我的臉，還不如說竹子她觀察了我的頭之後，這麼對我說。「新田太太雖然已經是老婆婆，可是她很有美感，對吧？」

「是啊！」我無法理解何謂頭髮的美感，於是便含糊帶過。但我這才想起，原來這位老婆婆的名字叫新田呀！「你是這家美容院的常客嗎？」

「大概從兩年前開始。其實我住在離此地搭車要三十分鐘路程的地方，不過當我從雜誌上看到這家店的介紹之後，我就變成這裡的常客了，對吧？」最後那句話是為了徵求老婆婆的同意而說的。

「我可是比妳更早之前就來囉。」少年得意地大聲宣告。我心想，人類這玩意兒怎麼老是能從無謂的事物中找出差異，進而讓自己覺得比其他人優越？這麼小就染上這種惡習，真是無藥可救。

「但最重要的原因是，聽新田太太說話很有趣。」竹子瞇起眼睛。

「老人家說的都是一些無聊的瑣事吧！」老婆婆苦笑地說。

「比方說？」我問隔壁的竹子。總算現在開始做調查員該做的事了。

「比方說……有了！」竹子抬頭看了看天花板。：「我們有個親戚連續遭遇到不幸的事。」

「不幸的事？」

「是一個老爺爺，今年已經六十多歲了。不但自己經營的公司倒閉，孫子被送感化院，就連妻子也遭逢交通意外。因此之前他到這裡理髮時，還垂頭喪氣地說：『這種不幸的人生我真的受夠了。相比之下，別的老爺爺實在太幸福了，不但有豪宅可住，還把兩個兒子培養成醫生呢！』結果你知道新田太太聽完以後怎麼說？」

「不知道。」

「她好像問他：『那些人全死了嗎？』」

聽到她這番敘述的老婆婆，一邊忙碌地揮動著剪刀，一邊輕輕地笑著。

「幸或不幸，這種事死到臨頭才見真章啦！」

「只要活著，你就無法預測下一秒會發生什麼事。」儘管老婆婆感觸良多，語氣上卻絲毫不見沉重。「人生有喜有憂，這也是沒辦法的事。直到蓋棺論定之前，誰也不知道將面對什麼事呀！」

「聽說老爺爺聽完後，好像還滿認同的呢！」竹子摸著小狗。

「事實上，他當初覺得很幸福的那位老爺爺，現在好像沉迷於某個新興宗教，為此還債台高築；還有一些叱吒風雲的政治家，年紀一大把了還因涉嫌弊案被叫去問話；名運動員遭逢重大意外等等。真的！沒死之前根本不知道還會發生有什麼事呢！」

「也就是說，」我在腦中判斷我應該當場做出某些回應，於是我想起許久之前曾經擔任過調查棒球選手的案子，「跟棒球一樣，不到比賽結束勝負難定的意思吧？」

「啊，還挺類似的呢！」老婆婆愉悅地附和著。

竹子卻搖頭說：「不像啦！我覺得意思上有點不同。」

「比賽結束！」少年無意義地大聲叫著，獨自沉浸在他愉悅的世界中。

3

聊完之後，我繼續坐在沙發上。事情發展正如我所預期，這場大雨持續下個不停，而老婆婆也無心趕我出門。

少年理完髮後，輪到竹子坐上椅子。時間依舊在剪刀聲中流逝而過。我來到此地時，大約是下午一點，從那之後已經過了五個小時，窗外已到日暮西沉的時刻，所有景物已完全無法辨識。

理完髮的少年此刻仍無歸家之意，只見他一手摸著我身旁的小狗，一面閱讀著漫畫週刊。

「大哥哥，如何?」正當少年在閱讀漫畫週刊時，他有次這麼問我。他抬高鼻子的表情像極了睡在我身旁的小狗。「我的頭髮，看起來不錯吧?」

「看起來不錯?」

「酷嗎?」

「只是變短了而已。」當我說出自己的感想時，少年一臉不服氣的樣子，「我又不是問這個!」他臉色泛紅地說:「有變酷嗎?」

像這樣如此在意別人如何看待自己的生物，真是十分罕見。我再次對人類興起佩服之意。

「在那裡耍什麼酷啊！」聽到說話聲一抬頭，才發現竹子就站在面前。她取出錢包，付完老婆婆的理髮費後，望著窗外說：「怎麼還在下呀！」

外頭的天色已被有如深夜的黑所吞噬，只有敲打著玻璃窗的雨聲還未消失。女子轉頭對我說：「如果你要回家，我可以送你一程。」

「啊，就這麼辦吧！」老婆婆發出愉悅的聲音，不過我想說，其實我無家可歸。

「我也該回家了。」少年也從椅子上站起來。他家住在附近，而且還帶著小狗，因此似乎沒打算搭竹子的便車。「今天的晚飯真希望有涼拌龍鬚菜啊。」他帶著如在夢中的口吻祈禱著。

「小孩子就應該說咖哩才對嘛，咖哩！說什麼涼拌龍鬚菜，真是的！」竹子笑了。

「有什麼關係。」少年誇張地裝成戽斗的樣子。

「來，帶這個回去。」老婆婆拿出雨傘。少年最初推說不要，但最終還是收下，「再見囉。」說完後，便帶著小狗走出去了。

「那你呢？」老婆婆重新轉向我，挑了挑眉。要不是竹子還站在一旁，我想她或許會單刀直入問：「那、你打算何時取我的性命？」她這種冷靜與沉著實在令人印象深刻。

「嗯……」我看著竹子。「那你可以載我到隨便到市區嗎？隨便哪裡都行。」

「市區？這樣說未免太過籠統。」

「有CD唱片行嗎？」我瞧了瞧店內的時鐘。現在才傍晚六點多，唱片行應該還開著吧？

「CD唱片行？你想買什麼CD嗎？」

「我想試聽音樂。」

竹子似乎覺得我的理由很詭異，瞧了我好幾眼，卻也隨即回答我說：「車站前的鬧區有家CD唱片行，我可以載你過去。」

「那麼……」老婆婆卻在此時開口。

「什麼事？」

「那，我有件事想麻煩你……」

未免過於唐突，我一時半刻無法回應。只見老婆婆的表情當下變得有如少女般，霎時間彷彿重新回到幾十年前，她的肌膚也回復緊繃與彈性，就連頭髮也呈現了烏黑亮麗的色澤。她微笑地說：「這是我這輩子唯一的請求。」

「喂，新田太太很有趣吧？」坐在駕駛座上的竹子對我說。

「有趣？」

「她不僅看不出已經年過七十，仍然精力旺盛，還極有審美眼光。」身上戴著華麗佩飾的竹子此時正駕駛著車體堅固的休旅車。她一面操縱著方向盤，一面緊盯著被雨打濕的擋風玻璃。「聽說她以前還是個大美女呢。」

道路泥濘不堪，輪胎不時傳來一陣泥巴或雨水飛濺時的唰、唰聲。這讓我猛然聯想到人類啃著西瓜時的嘴角。

「我總覺得太不可思議了！怎麼每個我遇到上了年紀的女性都說自己『以前是個美女』呢。」

竹子此時也忍俊不住地笑了出來。「可是，聽說新田太太真的很酷耶。你聽過有關新田太太的過往嗎？」

「只聽說她丈夫跟小孩去世的事。」

「咦，是嗎？那些事我反而沒聽過！」竹子斜眼看了看我，她的眼神似乎正驚訝地問我，初次見面為何會聊及那種話題？我連忙編了一個亂七八糟的理由：「我喜歡聽死亡的故事。」結果竹子說：「太蠢了吧！」隨即付諸一笑。

「新田太太好像是二十年前開始經營那家店吧，算來整整二十年了，真是太厲害了，不過聽說她之前所從事的工作與現在迥然不同。」

「喔？」

「感覺像是電影相關的工作……」

「感覺像是電影相關的工作？」我不禁想著，這麼抽象的說法不就跟什麼也沒說一樣嗎？可是從她的表情看來，她似乎覺得說明已經相當充分，於是我只得裝成一副聽懂的樣子，「啊、原來感覺像是電影相關的工作啊？」

「之前聽她說過，工作的內容大致上就是宣傳，或找臨時演員之類有趣的事。」

「臨時演員？」

「電影上不是常常出現一大群人，讓畫面有種聲勢浩大的感覺？臨時演員就是指那些人。」竹子的表情正無聲地責問我：你怎麼會連這種事都不知道！

「你不看電影嗎？」

「依我的工作內容而定。」我回答。我的體驗通常是根據調查對象而有所改變。我曾經邂逅一名身負義俠情操的男子，也曾寸步不離地跟著足球職業聯盟裡相當活躍的年輕人。至於電影，大約二十年前我曾調查一名自稱是電影影評人的男子。跟他認識時，我迫於情勢看了一堆意義不明的電影，其中令我印象最深刻的，就是一部將我極度厭惡的『塞車』，跟我最愛的『音樂』兩方集大成的奇妙電影，前半段是敘述超脫常理的塞車，最後則以打鼓男人的身影告終。我著實無法理解那種奇異影片的內容，可是那個影評家卻忘情地不斷反覆觀看著那部影片。

「剛才新田太太麻煩你做什麼？」當鬧區的燈光穿過雨簾照射到我們前方時，竹子問起這個問題。不知是紅綠燈的緣故，還是車流量逐漸增加，車子前進的速度越來越緩慢了。

我開始回想當我步出店門前新田太太託付的事。

這是我這輩子唯一的請求！老婆婆笑著說完後，接著說：「你可以幫我找客人嗎？」

「找客人？你很缺錢嗎？」我環視店內，不由得心生疑惑。我嗅不到一絲她想賺大錢的味道呀。

「缺錢……嗯，也是啦，還挺缺的。你現在要去鬧區嘛，可否幫我招攬年輕人，叫他們到店裡來？」

「妳要我替你招攬生意？」

「也算是啦！」

「為何我得幫妳這個忙？」我轉頭望向背後，看見先走出店門外的竹子正把休旅車從停車場開出來。「你可以拜託她呀。」

「不行，非你不可！你對這一帶不熟吧？」

「沒錯。」

「我覺得這樣反而適當。年輕人多半趁著夜晚上街溜達，所以希望你替我招攬一下生意嘛！」

「我還是搞不懂妳的企圖。」

「不過我還有附帶條件……」老婆婆完全枉顧我紊亂的思緒，只是一味地說下去。

「年齡嘛，鎖定十五歲到二十歲，四個人左右。可以的話，最好有男有女。」

「這是為啥？」

「還有，最重要的是一定要後天上門才行。」

「這是為啥？」我又重複問了一次。

「就是限定後天嘛！時間不限，日期是後天，你替我招攬符合這些條件的年輕人上門。這就是我想拜託你的事。」

「我該怎麼做他們才會上門來呀？其實妳只要站在店門口隨意招攬一下，客人就會來了吧？」

「如果是認識的人會造成我的困擾啦。所以才希望你到人群聚集的鬧區替我招攬客人嘛！對了，客人之間彼此不能認識，必須是四個單獨上門的客人，還有……」

「還有其他要求啊？」

「即使上門來，也必須與他們約法三章，告誡他們絕口不提是你叫他們上門的。這點你得事先叮囑他們。」

「這是什麼意思？」

「你想想看，要是有客人上門來，卻說『是因為有人介紹才來的』之類的話，我心裡多少會有些失落吧！」

「怎麼這麼多條件呀！」老婆婆單方面的請求令我無比困惑。這些條件既不合理，加上我對工作之外的事根本提不起勁。不過，最終我還是接下了這個任務了。原因有二，第一、只要接下這個工作，便有與老婆婆再相見的藉口；第二、我急欲把這個話題告一段落，然後趕去ＣＤ唱片行。

4

當我一腳踏進ＣＤ唱片行，店內播放的音樂猛地竄進我耳裡，臉上自然綻放出光彩。店內人聲鼎沸，首先映入眼簾的是站在CD架前的年輕人，和站在收銀機前方的女性。原先聽說最近經由網路下載音樂的人數陡增，導致店家的生意一落千丈，不過照這樣子看來，情況應該還好吧？頓時心裡注入一般強心劑。

我開始放眼搜尋試聽機的位置，然後迅速移動腳步走過去，幸運的是還有機器閒置著，我二話不說立刻拿起耳機戴上。等我一按下按鈕，等待CD就轉盤定位，當時那股對音樂的迫不及待，不斷在腦中拼命地想著：要開始了嗎？要開始了嗎？

大鼓鼕鼕地響了幾聲之後，緊接著換上錚錚作響的吉他，這張CD大概是屬於搖滾樂的曲風吧，還蠻對我的胃口的。我閉上眼睛，全神貫注地聆聽著。

就在快要聽完一張CD之際，竟然有人輕拍我的肩膀，甚至還把手放在我的左肩上。我猛然抬頭一瞧，對方是個手持耳機的女子，她對我打聲招呼：「你好。」

原來是同事。不單是我，我們所有同事對音樂都有著強烈的喜好，只要有空到夜間營業的CD唱片行裡轉上一圈，十之八九都會遇上同事。

「你的調查對象也在這一帶？」我拿下耳機問對方。

「是啊是啊！」化身為女子的同事點頭，「調查期限到今天結束，我也是剛剛呈上報告。」

「認可嗎？」我問。這種事即使不問，也想像得到最終報告的結果就是認可。

「嗯，是認可沒錯。」果不其然，同事的回答正如我所料想的。「那你那邊還好嗎？」

「今天才剛開始。」我回答，心底浮現了老婆婆手執剪刀揮舞的身影。

「是個什麼樣的人？」

「是個上了年紀的女人。有趣的是她竟然看穿我不是人類。」

「這還真是奇事一樁！不過偶爾也會出現這種特殊案例。那、接下來你打算怎麼做？反正結果終究是認可吧？」

就在我欲脫口說出「大概吧！」的瞬間，我腦中閃過，是不是該告訴她老婆婆前半生的際遇，還有其周遭的親友發生的事。「究竟我們調查的對象到底是怎麼被挑上的？」

「怎麼突然問起這個？」

「沒什麼，只不過這回的調查對象，發生在她周邊的死亡人數頗多，這點令我感到有點失之偏頗罷了。」

「是喔，不過我沒啥興趣去了解那些瑣事。」

「我也是。」

「不過就算太過偏頗，八成也是誤差的緣故吧？」

「大概吧。」我對她打過招呼後，便離開現場。

走出店外，瞧瞧掛在大樓牆上的數字鐘顯示的時間，快接近晚上八點了。商店街裡人潮洶湧。由於沒什麼特別要去的地方，於是我向左方走去，感覺那個方向會有比較多的年輕人聚集。

我打算開始進行老婆婆所託付的任務，尋找後天會光臨美容院的顧客。

「什麼呀，你想幹嘛？」身著制服的女子正惡狠狠地瞪著我。此刻的我正坐在速食店二樓，靠窗的座位上。雖然此處可以觀察下方通過的人群，不過首先我想先探一探坐在我旁邊座位上這名女子的反應。「妳想不想後天去理個髮？」我突然開口問她。

「啊？」最初她只回以難看的臉色。等我一一說明那家美容院的名字、地點，甚至大大讚美了理髮師的審美品味，「所以，妳要不要去試一試？」說完，她完全不想理我。

無奈之餘我只得轉移目標。這次鎖定的對象是坐在最裡面，看起來像一群高中生。

「你們想理髮嗎？我知道有一家不錯的店……」誰知我話還沒說完，他們便群起激憤，大叫：「你是把我們當白痴啊！」我想原因八成出在他們都是光頭。不過，我毫不氣餒地重新問了一次。結果他們其中有個體格最魁梧的男子馬上擺出一副想痛扁我的態度，逼得我只好作罷。這種事怎麼這麼難搞啊！

走出速食店後，我決心這次要站在路上招攬路過的人。惱人的雨依舊下個不停，幸好商店街有屋簷可以避雨。

每當有十幾歲的年輕人走過來的時候，我都會立即上前詢問：「你想理……」，卻沒有碰上肯稍稍停下腳步聽我說話的人。可能是我聲音不夠宏亮吧，有人連頭也不回地便走過我身邊，也有人突然加快速度從我面前通過。挨過好幾十個人以後，好不容易有一個女子願意停下腳步聽我說話，不過究竟該怪我自己口才不好，還是她對理髮沒興趣，終究她還是離我而去。

「你在推銷什麼啊？」約過兩個小時之後，有個男子走近我。我一瞧對方是個身材高挑的男人，臉上呈現健康的小麥色，燙著一頭捲捲的頭髮，十分引人注目，他身穿咖啡色外套，手上還拿著一疊紙。

「我正在找想去美容院的客人。」

「美容院？沒發傳單嗎？」

「傳單？」我回問他時，那男子的嘴巴立刻張得老大，真的假的？接著便將手上的那疊紙張拿到我面前。「就是這個嘛！寫些介紹店裡的相關情報什麼的。」

在那疊紙張裡，每一張都印著相同的圖樣和宣傳文字。仔細一看，才知道那是家新開張的西餐廳廣告，上面不僅載明地圖，還寫著「打折」、「免費甜點」等文字。

「我看你啊，從剛才一直拚命找人，而且幾乎被回絕，所以還滿擔心你的。」乍看之下他像隻皮膚黝黑的獅子，可是說話方式卻相當沉穩。「剛開始我以為你在找人搭訕，不過後來發現你連男的也不放過，可是看起來又不像在發傳單。」

「沒有那玩意兒不行嗎？」我的目光落在那疊紙上。

「嗯，有比較好辦事。」他聳聳肩。「你想想看嘛，即使你很仔細地說明那家美容院的所在位置，還是讓人一時難以瞭解，對吧？而且光憑你一張嘴，別人一定會懷疑你說的那家美容院是真是假，況且在你還沒說完時，人早就走地遠遠的了。更重要的是，如果只是發傳單，你就不用多費唇舌去說明什麼，這樣反而落得輕鬆。」

正當我思量著下一步該怎麼進行時，結果我眼前這位長得像獅子的男人靦腆地搔著臉說：「不介意的話，我可以幫你做傳單啦！其實我在設計方面還挺在行的。」

「那真是求之不得。」我爽快地應允，不過下一秒我想起另一件重要的事。「可是……如果不能在後天以前找到客人就糟了。」

「後天一定要找到上美容院的客人？而且要從現在開始？你說真的假的?!」他臉上同時浮現不可思議和同情的神色。

「果真如此，那可就難辦囉！像美容院這種地方，大家多半會固定上某家店，再加上如果地點離自己住家太遠，更會讓人裹足不前，更何況你今天才出來招攬生意，就指定要客人後天上門！照你這麼說，在美容院附近找客人會比較容易吧？」

「可是老闆堅持要我在鬧區招攬客人。」接下來的時間內，我試著將老婆婆交代的附帶條件一一對他說明。年齡十五歲到二十歲，男女共計四名，不能是朋友關係，而且還不能將受我推薦一事掛在嘴上。

「這好像在玩什麼遊戲喔。」獅子男甩動他那頭長髮，帶著半是驚奇、半是愉快的神情點點頭。「就好像尋寶遊戲一樣。」

「尋寶？」

「好！」此時他似乎已下定決心而大喊一聲，接著嘴上喃喃念著：我最喜歡玩遊戲了，就讓我幫幫你吧！說著說著，他馬上指著一位坐在百貨公司門口長椅上的年輕女子，問道：「那個女的怎麼樣？」

那女子正低著頭，百般無聊地玩著自己的頭髮，她不僅身材高挑，腿也很長。

「看起來對流行事物好像挺敏銳的。我問你，那家美容院有什麼賣點，或是有什麼特徵？」

「從店內可以直接看到海，而且店面的位置坐落在高台上，放眼望去景色怡人。」

聽完我的回答，獅子男立刻激動地揮舞著手裡的那疊傳單，「啊、我知道，就是那家海邊高台上的美容院，我聽說過耶！理髮師是個老婆婆對吧？」他整個臉頓時亮了起來。

「果然挺有名的。」

「聽說某名女演員也是那裡的常客，前一陣子還蔚為話題呢！咦，它現在還開著呀？」

「有名的女演員常來嗎？」對此我毫不知情。情報部為何每次是給這種殘缺不全的情報呢？

「是啊！不過呀，我聽說她兩年前去世了。對了，就是那個女演員嘛，死於地鐵事故的那個。」他一面轉著脖子，臉上的表情彷彿正在廣闊無垠的記憶大海中巡游著，「叫什麼名字來著？」等到他足足低聲唸了十回之多，終於想起那個女演員的正確姓名，只可惜我根本不認識她。總而言之，這段插曲更加深了我的想法，就是在她周遭的人，確實意外死亡的比率相當高。當然，人類總有一天都會面臨死亡，但話又說回來，由死神所執行的意外或事故發生率未免也太高了吧。

「既然那家店挺有名的，或許要招攬客人會比較容易唷！」獅子男又開始全身帶起勁來，「你剛才都是非常突兀地走近他們，然後開始推薦這家美容院，但我想，你要不要試試看禮貌一點的推銷方式？如果一臉神清氣爽地上前推銷，就憑你這麼帥氣的外表，也許這一招行得通唷！」我想他老早就對這種事習以為常了吧，不然就是他平日經常思索如何招攬客戶的方法，此刻他正滔滔不絕地對我耳提面命。

儘管我對他的建議還似懂非懂，我移動腳步，心想：就先照著做吧！

「可是……」背後傳來獅子男喃喃自語。「勉強招攬客戶上門，看似生意興隆，但究竟是要做給誰看呢？」

5

「成果如何？」當我回到美容院時，老婆婆正坐在店內翻閱雜誌，當時已經過了深夜十二點。我瞧見她手上翻著的那本正是專門針對年輕女性出版的雜誌，或許是為了工作上的研究，她正好翻到滿載著女性髮型的那頁。甚至她臉上還帶著一副「我早就知道你會回來」的表情，對我說：「辛苦了。」於是我開始對她說起我在鬧區上所做的一切。

「外頭還下著雨嗎？」老婆婆指著窗戶，厚重的淡咖啡色窗簾正緊閉著。

「還下著呢。」只要我人在這裡，雨就一刻也不會歇息。

「那成果如何？有沒有找到後天可能會上門的客人？」

「有一個。」我豎起手指。「有一個女的似乎蠻感興趣的，而且也知道這裡，我想她可能會來吧！」結果我就靠著獅子男給我的建議，在將近二個鐘頭裡，不斷地面對像山一樣多的年輕人，或者該說像海一樣多，反正就是對著一大堆人推薦美容院。

「如果只是可能會來，這會讓我很困擾耶，你非得讓她來不可。」

「可是這麼突然叫人家上門來理髮，你不覺得有困難嗎？」事實上，有好幾個年輕人就這麼對我提出抗議。

「就是這樣才要請你想辦法嘛！」她非常認真地回應我，看樣子她指使我做這差事並非只是好玩。

「想辦法嗎……」我回答地很無力，只好答應她明天再到街上試一試。我竟然跟人類做了約定?!這下子目瞪口呆的可換成我了。

稍後，我問她：「妳不怕死嗎？」我看著坐在沙發上專心翻閱雜誌的老婆婆，突然在意起此事。「你不是已經看穿我的身分嗎？」

老婆婆緩緩地抬起頭來，望著站著的我，「你就是為了確認我的死亡而來的吧！」一如先前，她依然帶著一派恬淡的口吻。「沒錯，死亡是件可怕的事。」言語中卻不帶半分恐懼。「但是更難受的是……」她搖了搖頭，「大概就是身邊親人都過世了吧，與之相較，自己的死亡反而變得比較容易接受了。反正死的人是自己，你根本無暇難過，對吧？所以，我覺得人生最糟的情況就是……」

「最糟的情況？」

「死不了。」她像拉出天線般地豎起手指。「活得愈久，身邊的人死得愈多。雖然這是理所當然的事。」

「沒錯。」

「所以說，我反而不害怕自己的死亡，不過我倒挺討厭疼的。而且如今我心裡也沒留下什麼憾事。」

「真的沒有憾事？」

「或許有吧，如果連拜託你的那件事也計算在內的話，我可能得承認確實有點遺憾。」她點頭坦承。我在她身上沒有嗅到半點逞強的味道。

不過，我並不打算繼續討論下去，是以我改變話題，問道：「這家店裡有音響嗎？我想聽點音樂。」

老婆婆最初還搞不懂我的意圖，只是一個勁兒地眨著眼睛，最後她終於站起來。

「小的收錄音機我倒是有一個，它現在已經是古董囉。」

「你想聽什麼？」她站在店內收銀機旁的一個看似收錄音機的機器面前，一面打開電源，一面回頭問我。

「只要是音樂我什麼都聽。」

「難道你女朋友從未對你說過，講這種話最讓人無所適從了！」老婆婆展開笑顏，動手將手邊那幾張ＣＤ翻來覆去地做了一番檢視之後，遂拿出其中的一張，「這張很久以前還造成轟動呢！」說著說著便把ＣＤ放進機器倒轉。

到底會是哪種音樂飛躍而出呢？我照例滿懷著期待一邊仔細豎起耳朵，一邊屏息以待。

機器裡慢慢流洩出的一個感覺從容自在、透明清澈的女性嗓音。她的嗓音既鮮明、優美，又強而有力，搭配上鼓聲和貝斯，彷彿這位歌手正飛躍離開地面的束縛，將歌聲推送到穹蒼之巔，替整首音樂加上一份躍動感。

我不知不覺已經整個人忘情地移到那台既陳舊，卻又讓人懷念不已的收錄音機旁，甚至我的手伸向機器旁邊放著ＣＤ空盒的架子上，我著實按捺不住心裡那股想要對這個音樂家一探究竟的慾望。

「很棒吧？雖然是屬於大器晚成的歌手，不過在我年輕時——大概是二、三十歲的年紀吧，她還造成一股轟動呢。雖然年代有點久遠，不過現在聽起來還是不輸給時下的流行歌手吧！」

原本我們對於時間的觀感就異於人類，因此我們很難理解何謂新舊的感覺。我只好發表自己的感想：「聲音很棒。」

等到我的目光落在ＣＤ盒上，才發現封面是一名面容樸素、頭有些低低的女性。雖然外表並不搶眼，但她側面流露出的那份內蘊卻充滿自信的模樣，令人印象深刻。

「啊！」突然我地驚叫出聲。

「怎麼了？」老婆婆問道。

「我直覺這張臉我好面熟，原來我真的見過她。」我指著照片上的女性。我記得一惠這個名字。「取這個名字的緣由，聽說是我的父母希望最起碼能蒙天惠賜一項才能。」我想起她本人曾經對我說過這個名字的由來。

「你遇過的對象不是全死了嗎？」老婆婆為自己這句沒經過大腦的話覺得有點可笑。

我喃喃自語地說，那次是例外。她是唯一我沒有呈上「認可」的例外。製造例外正是人類愚蠢的舉動之一，反正我又不是人類，當然不能給我扣上個愚蠢的帽子。總歸一句話，照片上那名女子的調查報告，呈上「放行」卻是千真萬確的事。「她真的成為一名音樂家了啊！」

「沒錯，還是個了不起的音樂家呢！」老婆婆心有所感地回應。「不知道她如今怎麼樣了？」

老婆婆再度回到沙發上坐著翻閱雜誌，而我則依然保持站姿，繼續享受著迴盪在店內的歌聲。音樂處處飄，不停翻滾著屋裡的空氣，真是一段令人神清氣爽的時光啊。正當我愉悅地享受著音樂饗宴之際，老婆婆則開始在沙發上搖頭晃腦了起來。雖然我心想，反正有死神隨侍的調查期間，調查對象也不會死亡，因此就算放任她不管，身體也不會有什麼問題。不過最終我還是抱起她，走到二樓將她安置在床上，然後，再回到一樓繼續聆聽CD。

6

翌日，到了正午依然沒有半個客戶上門，反倒是老婆婆本人一副毫不在意的模樣，對我說：「長期以來都是這樣的呢！」

「都是這樣，那妳還要求客人明天來？」

「是呀。」

「店內生意興隆的景象，」我腦海中掠過昨晚那個獅子男的發言，便問她：「妳想做給誰看？」

「給誰看？」老婆婆並沒有故意裝成不知情的樣子，只是再次重複我的問題。

「沒有啊，只是做給自己看罷了。反正今天還是得麻煩你去找客人唷！」

「為何想招攬那麼多客戶上門呢?」

「我沒有求很多人啦，只要四個就行了。太多客人上門，我一個人會忙不過來的。」

感覺上好像老婆婆的手中握有我的弱點，因而便恣意差遣我似地。當然，我並非有何弱點落到她手裡，不過我還是乖乖地朝著鬧區前進，我心想，這也是工作當中的一環。

我決定改變作法。

我覺得就算沿襲昨天的作法，肯定也不會出現什麼太大的效果，於是我決定招攬客人去美容院的同時，先交給他們一半費用。也就是說，「明天你想去能欣賞海景的美容院嗎?」等我吸引他們的注意力以後，我馬上採取懇求的方式，說:「老實說，如果招攬不到客人上門，我會被罵得很慘，因此我願意出一半的費用，勞煩你走一趟，行嗎?」

當然這個方法並非我的原創，我只是模仿我曾經調查過的一名業務員所經常使用的苦肉計罷了。

大概是我已經對招攬客戶的方式相當熟稔，或者只是因為白天的緣故，跟昨晚相較之下，今天停下腳步的人還挺多的，而且我也事先交給其中幾個有意想上美容院的人一半費用。有人轉身離去之際，嘴裡還叨唸著:「花錢請客人上門，好奇怪喔!」當然也有人表現得很積極，一口就答應下來，說：「是嗎？那我就幫你走一趟囉！」

「一定要記得只有明天喔！」我再次提醒他們。

「咦，非得明天嗎？為何？」

「因為明天過後就關門大吉了。」我不得不隨口編出謊言，結果竟惹得有些年輕女性不快，其中有些人當場便說：「我才不想去快要倒閉的地方理髮呢！」

「不是妳想的那樣啦。是因為生意太好，所以店內要重新裝潢。」我也不打算認輸，繼續幫自己圓謊。

一直到下午傍晚五點為止，我已經獲得將近十個人「會去」的首肯，不過我無法預知究竟其中有多少人只拿錢就溜走。

「喂、聽說你會發錢？」有人站在我的背後問道。我轉頭一看，發現有兩個身材高大的十七、八歲男生站在我的面前。雖然他們身著學校制服，不過衣服上的釦子完全沒扣，一副邋遢至極的模樣，特別是他們滿臉的青春痘相當醒目。

「是呀，如果明天你們上美容院的話。」我回答他們。應該先拿錢給他們吧？是以我從口袋裡掏出皮夾。

「啊、我們一定會去，絕對會去！」站在右邊的男子態度輕浮地說。

「你們真的會去嗎？」此時我開始有所察覺——他們絕對不會去。

「你很煩耶，我們不是說過會去嗎？」我覺得站在左邊的男子太早表現出不耐煩的神情。我在驚訝之餘，暗忖，既然打算騙錢，就要表演得逼真、嚴謹一點嘛！此時，他竟然上前想強行奪下我手上的皮夾。

我隨即迅速地脫下右手手套，摸了一下左邊男子的手，而幾乎就在同一時間，那個男子發出小小的驚呼聲後便當場倒地不起。

我聽說凡是跟我們徒手接觸過的人類一定會當場昏厥，而且還會縮短一年的陽壽，我倒是無法理解對當事人而言，失去一年會有多重要，不過就是短短的一年陽壽罷了。我拾起掉落的皮夾，眼睛瞄了一下右邊的男子，他似乎對朋友的昏倒感到相當不解。見狀，我再次出手。果不其然，他也當場不支倒地。

希望他們都能長壽。我內心如此說著，不過絕非挖苦。

「成果如何？」晚上八點已過，當我踏進美容院時，老婆婆依然坐在沙發上翻閱著時尚雜誌——從她身上嗅不出任何死亡在即的焦躁不安，反而是一如往昔的沉靜與從容。

我看著那股飄散在她周圍的沉著冷靜，剎那間令我興起「莫非她死不了?!」的錯覺——即使我最終的報告結果肯定是「認可」。

「今天成果豐碩，我想明天八成會有幾個人上門吧。」依我推測最起碼會有四個人吧。

「最多有幾個？」

「十個左右吧？」

「哎呀，那我是否該找個人手過來幫我啊？一對十，花我一整天也弄不完啦！」婆婆的臉上露出溫柔的笑容。「外頭依舊……下著雨？」

「真抱歉。」說完，我拂去落在肩膀上的雨滴。

「我問你……」片刻之後，老婆婆稍稍張嘴呼吸，順便問道。「你怎麼看待人類的死亡？」

「毫無特別之處。」我坦承以對。她不是昨天才剛發表過「人誰無死」的宣言？

「是呀，的確毫無特別之處。」不知為何老婆婆開心似地附和我。「不過卻是相當重要的事。」

「不是毫無特別之處嗎？」

「打個比方吧，就好像天空有太陽是件理所當然的事，而且並無特別之處，不過，太陽很重要吧？我一直認為死亡跟太陽一樣呢！儘管毫無特別之處，不過對周圍的人來說，卻是件既悲傷又重要的事。」

「那會怎樣嗎？」

「不會怎樣。」白髮皤皤的婆婆笑開了。

「我從未見過太陽。」當我一說完，老婆婆馬上回答：啊，對喔。然後又笑了起來。

說完這句話以後，我們再也沒有進一步的交談。彷彿昨夜的情景重現，老婆婆用收錄音機倒轉CD後，她坐回沙發上，而我則繼續站著聽音樂，等到她打起瞌睡來，我便將她抱到二樓的床上，然後我依舊回到一樓繼續享受音樂。真是一段不錯的時光。

7

翌日，在美容院開店前我被趕出門了。

那是發生在美容師到了之後的事。她似乎是老婆婆的舊識，是名年紀大約三十多歲的女性，聽說她被臨時徵召前來幫忙一天。「好久沒到新田太太的店裡幫忙囉！」看她活力充沛的樣子，似乎非常開心能來幫忙。

「那我為何不能待在這兒？」我要求她給我一個理由。

「如果你拉的客人上門，看到你也在店內，搞不好會想跟你聊個幾句，我討厭這樣。」

這理由根本無法說服我，不過我當下作出判斷，應以她的願望為願望，是以我轉身走出店外。

最初第一個湧上心頭的主意，當然是，到鬧區的ＣＤ唱片行吧！不過當我走到半路，我突然改變心意。因為我突然想知道究竟那些收了錢的年輕人，有多少人會確實遵守諾言上門光臨？

一走出美容院，沒多久就能看見一個寬廣的停車場，而停車場裡有個能欣賞海景的眺望台。我決定撐著老婆婆借給我的傘，站在眺望台旁觀察美容院的門口。我稍加考慮美容院的營業時間，發現大概只要站上十個小時就夠了，這對我來說不是什麼苦差事。

從後方一眼望去，可以俯瞰連綿不絕的海岸線。雖然此刻小雨霏霏，不過連續幾天不曾停歇的雨，已經使海水顏色呈現一片混濁，波濤洶湧，甚至連沙灘也帶著潮濕沉重的顏色。

大約過了一個小時，第一個客人總算上門了。

大概是雨天請友人開車相送吧，只見有輛車停在人行道旁，接著有人從副駕駛座上走出來，然後撐著傘朝美容院的方向走過去。從背影和走路方式判斷，我知道那是名女性。

美容院的門口位置較高，正當她走上樓梯之際，我看見那名客人的臉。我記得她！正是我第一天招攬的那名女子。當時她正跟另一名男子並肩走在街上，隨即表現出濃厚的興趣，說：「我正好也想剪頭髮呢！」她站在門口稍微朝店內張望了一下後，便立刻開門走進去。這是第一位客人。

以結果論來說，我的戰績蠻輝煌的。

接下來偶爾會有空檔，不過也有好幾位客人同時上門的紀錄。我所招攬的那些年輕人也一個接著一個上門來，細數之下，發現共計有兩男三女，這下她總該滿意這樣的結果了吧？另外還有兩個大概是住在附近的中年女性，也有年輕女子上門光顧。

在營業時間內，我曾一度從遠處觀察著店內的情況，結果看見老婆婆和那名助手美容師正熟練地理著髮。從她們認真的背影可以感覺到，那股專注力就像蒸氣似地不斷湧出。

等到他們送走最後一位客人時，天色早已變暗，不但受雨雲遮蔽的天空呈現一片漆黑，就連海面上也開始傳來那清晰可聞的細小浪濤聲。一看時鐘，才發現早已過了晚上九點。

「還真是欲罷不能呢！」

當我一踏進店內，收拾完畢的老婆婆這麼說著迎接我。「雖說有秋雨鋒面來襲，可是這場雨也下得太久了點吧！」

正巧助手美容師也準備打道回府。「結果，就算沒有我的幫忙，新田太太一個人也能搞定嘛！」說著說著，那美容師笑了，低頭行禮說：「不過能再度和好久不見的新田小姐見面實在太開心了！那麼下回見囉！」說完便踏上歸途。她大概再也沒有機會和老婆婆見面了吧？我心知肚明。

店內只剩下我和老婆婆獨處。

「看樣子你們似乎忙翻了？」

「是呀。」老婆婆整個人清爽優雅，她按摩著腰部，說：「托你的福，好久沒有這樣忙碌囉，讓我又回憶起從前那段時光呢！只可惜年紀大了，還真有點吃不消呢！真是歲月不饒人。」

「大概吧。」我隨口附和著她。稍後，我提出盤據在心中的疑問：「這究竟是為了什麼？為什麼我必須招攬客人回來？」

「沒什麼大不了的啦！」等老婆婆用毛巾擦完鏡子前的平台後，她慢慢在沙發上坐下。「那……你要不要猜猜看？」

「猜什麼？」

「猜一猜我為何要請你招攬客人上門來的理由？」

「我猜不著。」我當場立刻聳肩表示不解。「不過，硬要我說的話，這個理由怎麼樣？」

「什麼理由？」

「臨死前，妳想重溫一下過去那段忙碌的時光。我猜對了嗎？」我從事調查人類這份工作也已經有一段相當長的時間，我驚訝地發現人類的行動模式，相似度極高，所以在某種程度上也能想像出來理由為何。

可惜老婆婆對我的答案只回以一個開心的笑容，然後便裝出前幾天那個小男孩所發出的幼稚聲音「噗——」、「答錯了！想不到你也沒太聰明嘛！」

「辜負您的期待，還真抱歉。」

接下來的時間，我們依舊以昨天——也就是跟前天——同樣的模式度過。

我先用收錄音機將CD倒轉，老婆婆坐在沙發上閉目養神，而我則站著專心品味音樂之美。大概是今天的勞動量太大，以致於老婆婆剛坐下不久便開始打鼾，她的鼾聲雖然不吵，我還是照例將老婆婆放置在床上。我當時內心深處突然感覺，這些舉動似乎已經是沿襲多年每天必行之事。我細細端詳躺在床上的老婆婆，她沉睡的側臉洋溢著滿足感，還有一種我以前曾欣賞過、當暴風雪肆虐過後的大地，所呈現出的一片雪白無垠的寧靜，那感覺真是美極了！我走下一樓，再次聽著ＣＤ直到天明。

8

隔天清晨，雖然只是八點而已，尚未等到開店時間，不過卻有人推開了大門。我還在猜來者何人，結果是竹子走進店內。她外面套著一件深藍色陳舊的外套，下半身則搭配著緊身牛仔褲，給人有種開朗的印象。

「咦，你借宿在這裡？」

當她見到我這麼大喇喇地站在店內，她略帶驚訝地睜大雙眼。「是啊。」我回道。正確來說，我並未睡著，這或許跟借宿在意義上有些不同吧！

「都已經早上了，窗簾還緊閉著，難不成新田太太還沒下來？」

「昨天她忙了一整天，可能現在還沒醒吧？倒是妳，今天又來理髮呀？」

「不是不是！」竹子連忙揮手否認。「我心裡一直惦記著昨天那件事，所以就忍不住跑過來了」

「我招攬到客人了。」

「太厲害了！」她笑了。「那……原因呢？為何要找客人上門？」

「不清楚。」我只能如此回答。「昨天不但有客戶上門，她看起來也相當滿足，不過原因未明。」

「怎麼這樣！搞什麼！」雖然讓她有所失望，不過我的確無能為力。

「哎呀，早！」就在這時，老婆婆出現了。在她臉上並未留下剛清醒時的呆滯和昨晚的疲憊。從她的裝扮看來，即使現在立刻開始工作也不會有任何問題。她那副精神矍鑠的模樣令我相當佩服。「怎麼了？」她問竹子。

「嗯，」竹子瞬間似乎苦於不知該如何編造一個適當的藉口，不過她經過一番深思熟慮，似乎認為與其採取迂迴戰術，還不如直接從正面攻擊比較好，是以她開口說：「我很想知道為什麼新田太太突然想招攬客戶上門？」、「其實我昨天早想來一探究竟，只可惜大學裡有事，我沒辦法趕來」

老婆婆瞬間將目光轉向我，似乎正用眼神斥責我：你這傢伙的口風真不緊！不過她既然事先並未禁止我對外洩漏這件事，此刻當然不能指責我的任何疏失。「大家對特別的事都挺有興趣的。」

「因為實在太令人匪夷所思了嘛！」

「我不是說過沒啥大不了的嘛，更何況這件事只跟我有關係。」老婆婆四兩撥千金地企圖矇混過去。接下來她伸出手指頭，指著竹子身上穿的外套，說：「啊！那件衣服！」

「咦！」剎那間竹子嚇了一跳，不過她當下即刻會過意，點頭說：「沒錯沒錯！」「這件正是新田太太的外套！我只是稍微改良一下，就變成現在這種感覺囉！」

「穿在年輕人身上，就完全變了個樣呢！」老婆婆瞇起眼睛端詳著，然後轉頭面對我，說：「這件呀，是我幾十年前穿的衣服唷！流行這玩意兒果然是不斷在循環呢，聽說如今這種樣式又重新流行起來了，真是不敢相信！」

「那件衣服這麼有歷史了？」我一面問著，一面頻頻望著那件外套——質地由於經常洗滌而變薄，再加上衣服上還破了幾個洞，不過看樣子那些洞也是刻意設計的。

「不錯吧？不但看上去有屬於特定年份的歲月感，長度也短，正好符合現下的流行唷！只要縫上內襯穿起來就會很暖和。事到如今才問雖然有點遲，不過這件夾克真的可以送給我嗎？」

「因為我很中意這件外套，所以如果妳想要我心裡反而很開心呢！」老婆婆一面點著頭，一面伸手摸著竹子的外套。

我當時原本正站在一旁無所事事地看著她的舉動，不過她這個動作卻好像牽動了我的某個記憶。究竟是這件外套眼熟，還是我曾經在某處遇見過身著這件外套的竹子，或者那是某個關於老婆婆的往日記憶？總之，我的腦海裡此刻正為了這該出現而未出現的情報所苦。

突然老婆婆幽幽地開口，「事實上……」打斷了我的思緒。現場沒有任何人提起，不過她卻自然而然地開始講起別的事。「事實上我還有個兒子。」

我稍微往前探出身子，確認道：「是那個還活著的兒子嗎？不是被雷劈死的那個吧？」

「沒錯沒錯，就是那個還活著的二兒子。」老婆婆點頭。「我最近接到他打來的電話……」

「不是音信全無嗎？」

「就在一星期前。大概足足隔了二十年之久了吧，那天他突然打電話來，告訴我說我有孫子了。」

她的敘述口氣彷彿是輕鬆地說著發生在他人身上的喜事。

「孫子。」竹子在嘴裡小聲地重複著。

「我這個二兒子呢，還一直對我怨恨在心。也難怪啦，當初他被我嚇壞了，到如今還堅持跟我形同陌路，不過聽說我的孫子倒想來看看我呢！」

「太棒了！」竹子開朗地說。

「只不過我的二兒子八成不想讓孫子跟我見面吧？於是他便開出幾個條件。他說他可以答應孫子到我的美容院來，不過說到底還是得用客人的身分。他既不許我孫子自己報上名來跟我相認，也不許他跟我多說話。」

「那是對你孫子開出的條件嗎？」

「好像是。聽說只要我孫子答應這些條件，他就會告訴他美容院的所在位置。」

「真是慎重。」我說。我心想，該說他兒子太固執，還是該說他承襲了愛開條件的優良血統？

「然後呢？」竹子催促著她繼續往下說。

「前一陣子我二兒子打了通電話來，只通知了我相關日期，告訴我孫子哪天會到。這究竟是出自他的一份體貼之心，還是只是存心讓我煩惱呢？我也不知道。」歪著腦袋思考中的老婆婆看起來活像十幾歲的少女。

「那是……」雖然此刻她的腦袋已經陷入混亂當中，竹子還是零零落落地慢慢拼湊出一句話。「那是昨天囉？」

「沒錯。」老婆婆一臉開心的樣子。

「等一下！」我立刻伸出手制止。「那跟我招攬客戶有何關係？」

「最近店內生意有點冷清吧？」

「所以妳想讓他看看生意興隆的樣子？」

「我已經說過不是那個原因了嘛」她張大了嘴巴，愉快地大聲說：「因為我不想知道。」

「不想知道……什麼？」

「突然叫我跟孫子見面，我的心裡總是會感到害怕和緊張嘛！當然還有一點不好意思。可是，一向冷清的店裡突然有個客人上門，我不就馬上知道那是我孫子嗎？所以啦，只要有很多同年齡的孩子上門，我自然就無從得知誰是誰了！」

「幹嘛呀！」竹子滿臉疑惑地問。「非得如此刻意？」

「我二兒子呀，也沒告訴我孫子是男是女，所以我才想找幾個同年齡的男孩跟女孩來，這樣我孫子也方便隱身其中。」

我與竹子一時間不知該如何回應，是以保持著沉默。

「我還是不懂。」過了不久，我轉頭面對老婆婆。「這樣好嗎？」

「是啊！新田太太，這樣好嗎？難得可以見到自己的孫子耶。」

「我是跟孫子見了面呀！」老婆婆看起來相當神清氣爽。「因為他就是昨天那些客人當中的一個。雖然我不知道是哪一個，不過我想這樣正好，如果我再奢求些什麼，老天爺會懲罰我的。」嘴唇放鬆的老婆婆喃喃地說著：這樣子就夠了！可是我看得出來她那個因歡喜而上揚的嘴角，同時也流露出同等的寂寞。

「不過，就算只是些微的感覺，妳有沒有感應到『這該不會是我孫子』的人嗎？」

「也許該怪你的人選太好。」老婆婆斜眼瞄著我。「我覺得每個人看起來都像是乖孩子呢！」、「甚至我當時還想說我孫子的動作可能會不大自然吧？結果第一次上門的客人每個人看起來都挺彆扭的。」她覺得有些可笑。「還有更好笑的呢！」

「還有更好笑的？」我問道。

「最好笑的是我還拚命地幫每個孩子修剪出最適合他們的髮型。」

9

「我得走了，我學校還有課。」說完後，竹子便走出門口。這下子又只剩下我跟老婆婆兩個人。

「喂、你今天想做什麼？」

「逛CD唱片行吧！」我回答。「你真的很喜歡音樂耶！」等她發出讚佩聲之後，

「那……」她靈機一動地說。「要不要賭賭看？」

「賭？賭什麼？」

「賭看看外頭是否已經雨過天晴。」老婆婆伸出右手指指窗戶。如今窗簾緊閉著，看不到任何外頭的景象，不過就算不打開窗簾我也知道正確解答。

「雨不可能會停的。」

「你想賭一賭嗎？我倒覺得會放晴呢！」

「憑什麼？」

「就憑我覺得今天是個適合放晴的好日子。」

「這根本不能拿來當證據。」

「我們就來賭賭看囉！」

我對這個打賭著實興趣缺缺。不用看也知道，外頭的雨肯定還在下，因為根據我常年的經驗值判斷，那是必然的結果。不過當我告知她我的經驗時，她卻帶點性感的聲音說：「你還真是個乏味的男人啊！」接著走向窗戶邊。她邊微笑邊挖苦我說，我又不是跟你打賭只要我贏就賜給我長生，真是的！然後便動作利落地拉開窗簾。

結果，

「看吧！」我的視線越過回頭向我炫耀的老婆婆身後，緊盯住窗外那片我從未見過的晴空。

老婆婆帶著過度驚訝以致無法言語的我一直走到海邊。雖然連續數天的降雨讓整片沙灘變得相當潮濕，不過卻不泥濘，走起來沒有半點困難。我面向著大海，眺望著遠方，不由自主地發出感嘆聲。「蔚藍……」我抬頭仰望，不帶一絲沉重的蔚藍廣佈在那沒有半片雲彩、無限延伸的穹蒼裡。「好遼闊啊！」

老婆婆此刻正站在我身旁，極力忍住那即將脫韁而出的笑聲。「宛如貫穿穹蒼的蔚藍青空，這種表現法挺好的對吧？」她雙手交錯在胸前，「這是誰說的呀？」

「就這麼望著望著，身體彷彿開始融化進而與它合為一體……」我已經沉醉於這片廣漠的蔚藍，無法自拔。仰頭望著眼前這片有深有淺、遼闊無垠的青空，以及腳底這片暗潮洶湧的大海，最終分不清是天空還是海，讓我深深感覺有一股自己即將被吞沒的壓迫感，同時也喪失了遠近感。

「很美吧？」

我佇立在當場，根本無法移動腳步。然後我閉上雙眼，毫不抗拒地接受晴空的洗禮。

「你也能感受到它的美嗎？」老婆婆並沒有挖苦的意味。

耳邊突然傳來一陣狗叫聲，於是我張開眼睛。這才發現有個少年在約五十公尺外的那片沙灘上奔跑著，少年身邊還帶隻狗，牠又蹦又跳地朝前方跑著。是前幾天上美容院理髮的那個少年。老婆婆似乎也發現了這一幕，嘴裡喃喃地低語，他們真是活力充沛呀！

我們就這麼佇立著好一陣子，仰頭望著蔚藍的青空。我心想：這樣的美景真是百看不厭呢！

老婆婆目不轉睛地看著遠處少年和狗開心遊玩的景象。「在這樣的晴空下，不僅有隻狗，還有開心的孩子，只要這樣就……」她的話語一度中斷，「只要這樣我就覺得好幸運了！」她彷彿高喊萬歲似地朝向天空大大地展開雙臂。

「對了，」我突然想起方才的話題。「我記得妳以前說過，妳和妳二兒子彼此不是音信全無嗎？」

「啊！」老婆婆猛然害羞似地雙頰泛紅，卻嗅不到半點罪惡感。「只有一小部分是謊話。」她略帶戲謔地說。接著，「不過呢，以前有部電影說過，好像是『微妙的謊言其實近似於錯誤』……」她露齒一笑。「那部電影叫什麼來著？」

「啊！」我下意識地叫出聲來。

我記得這句台詞。我將自己的記憶重新倒轉回到有點遙遠的過去，然後再度從頭到尾仔細端詳眼前這個老婆婆，最後終於發現我以前曾經跟她見過面。「莫非剛才那件外套……」我問她，「那件舊外套是以前在大拍賣的時候買的？」

「大概是吧？我早忘了，好久以前的事囉！」

幾十年前我調查的一名男子當時在某家精品店工作，我還記得當時的種種。「妳一直保存著它？」

「那是因為我很喜歡它嘛！」老婆婆嘴上雖然有所回應，不過她的雙眸卻緊盯著大海，因此我也不再繼續談論往事。小狗的叫聲與浪濤聲碰撞、反彈、擴散，在我們四周迴盪不去。

片刻後我往旁邊一瞧，只見老婆婆瞇起雙眼，眼角帶著魚尾紋，嘴角正往上揚起。

「妳在笑什麼？」

她慢慢地把目光移到我臉上，略帶疑惑地回我一句：「因為太陽很刺眼。」被她這麼一說，我確實看到太陽光從她的右手邊照射下來。

「原來如此。」我有上了一課的感覺。「原來人類覺得刺眼時與微笑時有著類似的表情呀！」

一時間老婆婆滿臉不解的表情，不過她卻立刻有所領悟地回答說，是啊！「聽你這麼一說，或許兩者在意義上也挺相近的。」

「在意義上？」

「覺得刺眼的事，跟開心的事，或許真的挺類似的。」

「那是什麼意思？」老婆婆的話又把我弄得一頭霧水。

耳際只傳來老婆婆帶著興奮激動的聲音。真的，好刺眼！

解說

死亡，有時也是一種濕答答的溫柔

曲辰

在日本推理小說家的行列中，伊坂幸太郎其實是個相當獨特的存在。很少作者可以像他一樣，與直木賞有著那麼密切的往來，從二〇〇三年的《重力小丑》開始，每年都入圍直木賞（二〇〇四年還一口氣兩屆都入圍(註)），目前以入圍五屆的次數平了之前東野圭吾創下的入圍紀錄（東野於第一三四屆直木賞，以《嫌疑犯X的獻身》擊敗了本書得到桂冠）。

除了與直木賞的關係，他的作品也透露出與其他作家截然不同的氣味，儘管伊坂幸太郎這個筆名是來自於老派推理作家「西村京太郎」（姓名中每個字依順序的筆畫通通

註：直木賞與芥川賞相同，都是一年舉辦兩屆。

一樣），相較於西村的本格、旅情推理，伊坂的作品無疑是偏離推理小說許多的。

儘管也都看的到謎團、詭計、甚至是偵探角色，但是伊坂的推理小說就是少了那麼幾分純然的感覺，不像一般推理小說從頭到尾只是在敘述案情跟偵探如何解開，而是把整個案件視為人生旅途的一個事件，作者更在乎的是這個事件如何分隔開上游與下游，而其各自有著怎麼樣不同的風貌吧。

與其說伊坂幸太郎寫的是「推理小說」，不如說他想藉著「推理小說」這個「器具」承載他想說的話，透露自己的想法之餘，無意間展延了推理小說的邊界，碰觸到過去的人甚少履及的領域。

所以在《死神的精確度》這個推理小說短篇集中，每篇小說都不是可以用「推理小說」來概括形容的，同時也會是純愛小說、公路電影、青春小說、成長小說，一切以你觀看的角度決定，就好像鑽石，從不同角度看到的光芒都不相同，儘管同樣絢爛。

音樂與塞車謀合

本書的主角設定為一個叫千葉的死神，這個設定為整部小說集帶進了非日常的元素，也讓整本小說呈現一種微妙的輕快感。

在許多動漫畫或小說中，死神常被拿來當作主角，早期的死神還有著相當黑暗與強烈的權威感，柏格曼在電影「第七封印」裡創造出來的穿戴披風拿著鐮刀的肅穆形象，被不斷轉喻運用後，開始變得輕質。漫畫《闇之末裔》（又譯：愛上壞壞的死神）讓死神成為了俊美非常的青年，對於人類有著強烈的執著；另一部漫畫《Bleach》中的死神則成為了動作漫畫的主角。

在這不斷變形的死神形象中，有一點倒是出乎意料的統一，每個死神都對人的行為與心靈產生了莫大的好奇與在意，不但積極的參與人們的生活，更希望能夠幫助人類度過外敵的侵襲以進入更為美好的境地。

不過伊坂並不企圖延續這種統一形象，相反的，他創造出的死神，帶有絕對的冷漠感，看待人世間的任何事情幾乎都以地球外的眼光在看待。關於他的任何設定，也都與「隔絕」有關：只要出任務時就會帶來壞天氣，與外在環境之間始終有著雨幕作為接觸上的障礙；他人對於自己身體的任何傷害都毫無用處，不僅不會受傷，還無痛無感，這也塑造了無法感同身受的描寫基礎；最令人感到難以親近的，則是他無法直接碰觸到人類，這個特徵注定了死神的孤絕。

也因此，死神在小說中，總是以一種「旁觀者」的身分出現，他本身特有的異質化身分，更具有絕對的穿透力，讓人可以將死亡解讀為小說中的主角，而作者不斷利用各種題材去試探它。這種試探成就了那些題材本身的發光發亮。就好像小說中的主角死神最喜歡的是音樂，而最討厭的是塞車，偏偏卻有部電影把兩個東西結合起來，「前半段是敘述超脫常理的塞車，最後則以打鼓男人的身影告終」，有種無法理解卻緊緊抓住人目光的奇妙魅力。

就以〈死神的精確度〉來說，無論我們有沒有聽過一惠的歌聲，再發現死神的蹤影時，也會不自覺的期待起那種讓死亡也為之困擾的清音；而當〈死神與藤田〉中的藤田面對即將到來的死亡時，無論採取什麼手段都得以引領進入聖潔的殿堂，所有接之而來可能的暴力都成了一種正義，這邊的正義沒有相對而言，因為死亡成全了它的純粹；相對的，當死神介入一個集體復仇的場合時，〈暴風雪中的死神〉中的復仇有了嘲諷性的意義，因為死亡本來就是一個公平的事情，沒有人的死亡重於他者、也沒人的死亡無足輕重；〈旅途中的死神〉則以公路電影的形式，帶領讀者追索森岡的一生，只是森岡本人完全沒有發現，那也是自己的贖罪之路。

不過在各個短篇之中，特別看的出來，伊坂對於愛情與死亡的關係備感關切，甚至還對愛情有著強烈的期許。

輕拂的微風與狂嘯的暴風

在各種文學作品中，愛情成為了人類的各種體系之中最為重要的部分，不管是科幻小說或奇幻小說，其中的外星人或異種族，都無法理解愛情的存在，但是仍舊服膺於純愛的力量。

不過我們的死神千葉在這邊仍舊秉持著他的硬漢性格，對於愛情毫不關心（甚至又為了聽音樂差點沒法見證萩原的死亡）。

但是他卻不只是單純的旁觀者，甚至還是重要的關鍵，沒有他的存在，萩原與古川朝美的愛情故事不可能成真，甚至沒有人能夠確認這份感情是否真的曾經存在於這個世界。

伊坂在〈戀愛與死神〉中以他擅長的蒙太奇手法，並不呈現連續的動態時間，而是給我們看到每一天的時間切片，即使只有一小部分，但仍夠我們拼湊出故事的全貌，也才能理解萩原與古川朝美的愛情的來歷。

在這邊，伊坂某種程度透露了他的愛情觀，與其愛情是追求表面上的和諧，其實只要有著一定的同調性就可以是一種幸福。所以他讓萩原戴上眼鏡，也讓古川朝美從一開始就沒認出萩原是那個店員過，唯有捨棄外表，才能成就真正的純愛。

這種無關於所有的外在條件，純粹心靈層次的愛情觀其實相當危險，因為當精神碰觸到現實，社會強大的物質力量就會磨蝕掉愛情的形狀，直到被現實沖淡到無法扼抑為止（這就是愛情小說的結尾不可信的原因）。但是死神的介入，讓愛情得以昇華成為永恆，只有讓心靈的回歸心靈，那麼記憶才能讓它真正銘刻在時間上。

所以死神並無給出「認可」之外的答案，因為對他來說現實的任何事物都不重要，而對於人們真正重要的，卻又不是死亡可以折損的。與其說死神的存在是帶給人們猝不及防的不幸，不如說死神留給人們的是真正需要重視以及守護的事物。

時間與微微的光

不過，即使是死神，也會有碰到鐵板的時候，在〈死神VS.老婆婆〉中，千葉彷彿被牽著鼻子走，而制衡住他的，則是我們以為離死神比較近的「老婆婆」。

伊坂幸太郎在作為壓軸之作的短篇中，不複製過往的「青春無敵」的價值觀，而讓大家以為對於死亡毫無抵抗能力的老人家擔綱演出，一方面除了製造家庭溫馨的戲劇效果（雖然事實上是反溫馨而行），一方面則賦予了老人家對抗死神的能力——回憶。

象徵著過往時間的老婆婆，面對象徵無時間感的死神，可憑依的只有對於過去的回憶，這種回憶儘管看來經不起死亡的侵襲，但事實上卻是當人明瞭在最終時刻能夠留著的只有回憶時，那死亡殊無可懼——甚至，還能幫上點忙呢。

作者或許也是這樣希望的，希望當讀者讀完這本小說，能夠將其存放在回憶之中，直到需要的時候，讓情節在心中一點一點的散發出暖暖的光，這樣也就心滿意足了吧。

伊坂幸太郎作品集07
死神的精確度
死神の精度

作　　者　伊坂幸太郎
翻　　譯　葉帆
原出版社　文藝春秋
責任編輯　陳亭妤
行銷業務部　陳玫潾、陳亭妤
版 權 部　吳玲緯
編輯總監　劉麗眞
總 經 理　陳逸瑛
榮譽社長　詹宏志
發 行 人　涂玉雲
出　　版　獨步文化
城邦文化事業股份有限公司
104台北市中山區民生東路二段141號5樓
電話：(02) 2500-7696　傳眞：(02) 2500-1967
發　　行　英屬蓋曼群島商家庭傳媒股份有限公司城邦分公司
104台北市中山區民生東路二段141號2樓
讀者服務專線：(02)2500-7718；2500-7719
24小時傳眞服務：(02)2500-1990；2500-1991
服務時間：週一至週五　上午09:00～12:00　下午13:00～17:00
讀者服務信箱E-mail：service@readingclub.com.tw
劃撥帳號：19863813　戶名：書虫股份有限公司
香港發行所　城邦（香港）出版集團有限公司
新址：香港灣仔駱克道193號東超商業中心1樓
電話：(852) 25086231　傳眞：(852) 25789337
E-mail：hkcite@biznetvigator.com
馬新發行所　城邦（馬新）出版集團　Cite(M)Sdn Bhd
41, Jalan Radin Anum, Bandar Baru Sri Petaling,
57000 Kuala Lumpur, Malaysia.
電話：(603) 90578822　傳眞：(603) 90576622
email:cite@cite.com.my

城邦讀書花園
www.cite.com.tw

美術設計　蔡南昇
封面攝影　藤里一郎
排　　版　浩瀚電腦排版股份有限公司
印　　刷　中原造像股份有限公司

初　　版　2006年12月
再　　版　2023年 6 月21日三版44刷
定價　380元
ISBN 978-986-6043-95-6

國家圖書館出版品預行編目資料

死神的精確度 / 伊坂幸太郎著, 葉帆譯. 三版. -- 台北市：
獨步文化：家庭傳媒城邦分公司發行, 2014〔民103〕
面；　　公分. --（伊坂幸太郎作品集：07）
譯自：死神の精度

ISBN 978-986-6043-95-6（平裝）

861.57　　　　　　　　103012928